William Golding

El Señor
de las Moscas

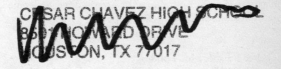

El libro de bolsillo
Literatura
Alianza Editorial

TÍTULO ORIGINAL: *Lord of the Flies*
        TRADUCTORA: Carmen Vergara

Primera edición en «El libro de bolsillo»: 1972
Vigésima tercera reimpresión: 1996
Primera edición en «Área de conocimiento: Literatura»: 1998

Diseño de cubierta: Alianza Editorial

© Faber & Faber Ltd., Londres
© Ed. cast.: Alianza Editorial, S. A., Madrid, 1972, 1979, 1981, 1982, 1983, 1984, 1985, 1986, 1987, 1988, 1989, 1990, 1991, 1992, 1993, 1994, 1995, 1996, 1998
    Calle Juan Ignacio Luca de Tena, 15;
    28027 Madrid; teléfono 393 88 88
    ISBN: 84-206-3411-5
    Depósito legal: M. 43.188-1977
    Impreso en: Artes Gráficas Palermo. Camino de Hormigueras, 175, nave 11. 28031 Madrid
    Printed in Spain

A mi madre y a mi padre

1. El toque de caracola

El muchacho rubio descendió un último trecho de roca y comenzó a abrirse paso hacia la laguna. Se había quitado el suéter escolar y lo arrastraba en una mano, pero a pesar de ello sentía la camisa gris pegada a su piel y los cabellos aplastados contra la frente. En torno suyo, la penetrante cicatriz que mostraba la selva estaba bañada en vapor. Avanzaba el muchacho con dificultad entre las trepadoras y los troncos partidos, cuando un pájaro, visión roja y amarilla, saltó en vuelo como un relámpago, con un antipático chillido, al que contestó un grito como si fuese su eco:

—¡Eh —decía—, aguarda un segundo!

La maleza al borde del desgarrón del terreno tembló y cayeron abundantes gotas de lluvia con un suave golpeteo.

—Aguarda un segundo —dijo la voz—, estoy atrapado.

El muchacho rubio se detuvo y se estiró las medias con un ademán instintivo, que por un momento pareció transformar la selva en un bosque cercano a Londres.

De nuevo habló la voz.

—No puedo casi moverme con estas dichosas trepadoras.

El dueño de aquella voz salió de la maleza andando de espaldas y las ramas arañaron su grasiento anorak. Tenía desnudas y llenas de rasguños las gordas rodillas. Se agachó para arrancarse cuidadosamente las espinas. Después se dio la vuelta. Era más bajo que el otro muchacho y muy gordo. Dio unos pasos, buscando lugar seguro para sus pies, y miró tras sus gruesas gafas.

–¿Dónde está el hombre del megáfono?

El muchacho rubio sacudió la cabeza.

–Estamos en una isla. Por lo menos, eso me parece. Lo de allá fuera, en el mar, es un arrecife. Me parece que no hay personas mayores en ninguna parte.

El otro muchacho miró alarmado.

–¿Y aquel piloto? Pero no estaba con los pasajeros, es verdad, estaba más adelante, en la cabina.

El muchacho rubio miró hacia el arrecife con los ojos entornados.

–Todos los otros chicos...–siguió el gordito–. Alguno tiene que haberse salvado. ¿Se habrá salvado alguno, verdad?

El muchacho rubio empezó a caminar hacia el agua afectando naturalidad. Se esforzaba por comportarse con calma y, a la vez, sin parecer demasiado indiferente, pero el otro se apresuró tras él.

–¿No hay más personas mayores en este sitio?

–Me parece que no.

El muchacho rubio había dicho esto en un tono solemne, pero en seguida le dominó el gozo que siempre produce una ambición realizada, y en el centro del desgarrón de la selva brincó dando media voltereta y sonrió burlonamente a la figura invertida del otro.

–¡Ni una persona mayor!

En aquel momento el muchacho gordo pareció acordarse de algo.

–El piloto aquel.

El otro dejó caer sus pies y se sentó en la tierra ardiente.

–Se marcharía después de soltarnos a nosotros. No podía aterrizar aquí, es imposible para un avión con ruedas.

–¡Será que nos han atacado!

–No te preocupes, que ya volverá.

Pero el gordo hizo un gesto de negación con la cabeza.

–Cuando bajábamos miré por una de las ventanillas aquellas. Vi la otra parte del avión y salían llamas.

Observó el desgarrón de la selva de arriba abajo.

–Y todo esto lo hizo la cabina del avión.

El otro extendió la mano y tocó un tronco de árbol mellado. Se quedó pensativo por un momento.

–¿Qué le pasaría? –preguntó–. ¿Dónde estará ahora?

–La tormenta lo arrastró al mar. Menudo peligro, con tantos árboles cayéndose. Algunos chicos estarán dentro todavía.

Dudó por un momento; después habló de nuevo.

–¿Cómo te llamas?

–Ralph.

El gordito esperaba a su vez la misma pregunta, pero no hubo tal señal de amistad. El muchacho rubio llamado Ralph sonrió vagamente, se levantó y de nuevo emprendió la marcha hacia la laguna. El otro le siguió, decidido, a su lado.

–Me parece que muchos otros estarán por ahí. ¿Tú no has visto a nadie más, verdad?

Ralph contestó que no, con la cabeza, y forzó la marcha, pero tropezó con una rama y cayó ruidosamente al suelo. El muchacho gordo se paró a su lado, respirando con dificultad.

–Mi tía me ha dicho que no debo correr –explicó–, por el asma.

–¿Asma?

–Sí. Me quedo sin aliento. Era el único chico en el colegio con asma –dijo el gordito con cierto orgullo–. Y llevo gafas desde que tenía tres años.

Se quitó las gafas, que mostró a Ralph con un alegre guiño de ojos; luego las limpió con su mugriento anorak. Quedó pensativo y una expresión de dolor alteró los pálidos rasgos de su rostro. Enjugó el sudor de sus mejillas y en seguida se ajustó las gafas.

–Esa fruta...

Buscó en torno suyo.

–Esa fruta –dijo–, supongo...

Puestas las gafas, se apartó de Ralph para esconderse entre el enmarañado follaje.

–En seguida salgo...

Ralph se escabulló en silencio y desapareció por entre el ramaje. Segundos después, los gruñidos del otro quedaron detrás de él. Se apresuró hacia la pantalla que aún le separaba de la laguna. Saltó un tronco caído y se encontró fuera de la selva.

La costa apareció vestida de palmeras. Se sostenían frente a la luz del sol o se inclinaban o descansaban contra ella, y sus verdes plumas se alzaban más de treinta metros en el aire. Bajo ellas el terreno formaba un ribazo mal cubierto de hierba, desgarrado por las raíces de los árboles caídos y regado de cocos podridos y retoños del palmar. Detrás quedaban la oscuridad de la selva y el espacio abierto del desgarrón.

Ralph se paró, apoyada la mano en un tronco gris, con la mirada fija en el agua trémula. Allá, quizá a poco más de un kilómetro, la blanca espuma saltaba sobre un arrecife de coral, y aún más allá, el mar abierto era de un azul oscuro. Limitada por aquel arco irregular de coral, la laguna yacía tan tranquila como un lago de montaña, con infinitos matices del azul y sombríos verdes y morados. La playa, entre la terraza de palmeras y el agua, semejaba un fino arco de tiro, aunque sin final discernible, pues a la izquierda de Ralph la perspectiva de palmeras, arena y agua se prolongaba hacia un punto en el infinito. Y siempre presente, casi visible, el calor. Saltó de la terraza. Sintió la arena pesando sobre sus zapatos negros y el azote del calor en el cuerpo. Comenzó a notar el peso de la ropa: se quitó con una fuerte sacudida cada zapato y de un solo tirón cada media. Subió de otro salto a la terraza, se despojó de la camisa y se detuvo allí, entre los cocos que semejaban calaveras, deslizándose sobre su piel las sombras verdes de las palmeras y la selva. Se desabrochó la hebilla adornada del cinturón, dejó caer pantalón y calzoncillo y, desnudo, contempló la playa deslumbrante y el agua. Por su edad –algo más de doce años– había ya perdido la prominencia del vientre de la niñez; pero aún no había adquirido la figura desgarbada del adolescente. Se adivinaba ahora, por la anchura y peso de sus hombros, que podría llegar a ser un boxeador, pero la boca y los ojos tenían una suavidad que no anunciaba ningún demonio escondido. Acarició suavemente el tronco de palmera y, obligado al fin a creer en la realidad de la isla, volvió a reír lleno de gozo y a saltar y a voltearse. De nuevo ágilmente en pie, saltó a la playa, se dejó caer de rodillas y con los brazos apiló la arena contra su pecho. Se sentó a contemplar el agua, brillándole de alegría los ojos.

–Ralph...

El muchacho gordo bajó a la terraza de palmeras y se sentó cuidadosamente en su borde.

–Oye, perdona que haya tardado tanto. La fruta esa...

Se limpió las gafas y las ajustó sobre su corta naricilla. La montura había marcado una V profunda y rosada en el caballete. Observó con mirada crítica el cuerpo dorado de Ralph y después miró su propia ropa. Se llevó una mano al pecho y asió la cremallera.

–Mi tía...

Resuelto, tiró de la cremallera y se sacó el anorak por la cabeza.

–¡Ya está!

Ralph le miró de reojo y siguió en silencio.

–Supongo que necesitaremos saber los nombres de todos –dijo el gordito– y hacer una lista. Debíamos tener una reunión.

Ralph no se dio por enterado, por lo que el otro muchacho se vio obligado a seguir.

–No me importa lo que me llamen –dijo en tono confidencial–, mientras no me llamen lo que me llamaban en el colegio.

Ralph manifestó cierta curiosidad.

–¿Y qué es lo que te llamaban?

El muchacho dirigió una mirada hacia atrás; después se inclinó hacia Ralph.

Susurró:

–Me llamaban «Piggy»*.

Ralph estalló en una carcajada y, de un salto, se puso en pie.

–¡Piggy! ¡Piggy!

–¡Ralph..., por favor!

Piggy juntó las manos, lleno de temor.

–Te dije que no quería...

–¡Piggy! ¡Piggy!

Ralph salió bailando al aire cálido de la playa y regresó imitando a un bombardero, con las alas hacia atrás, que ametrallaba a Piggy.

–¡Ta-ta-ta-ta-ta!

Se lanzó en picado sobre la arena a los pies de Piggy y allí tumbado volvió a reírse.

–¡Piggy!

Piggy sonrió de mala gana, no descontento a pesar de todo, porque aquello era como una señal de acercamiento.

–Mientras no se lo digas a nadie más...

---

* Cerdito. *(N. de la T.)*

Ralph dirigió una risita tonta a la arena. Piggy volvió a quedarse pensativo, de nuevo en su rostro el reflejo de una expresión de dolor.

–Un segundo.

Se apresuró otra vez hacia la selva. Ralph se levantó y caminó a brincos hacia su derecha.

Allí, un rasgo rectangular del paisaje interrumpía bruscamente la playa: una gran plataforma de granito rosa cortaba inflexible bosque, terraza, arena y laguna, hasta formar un malecón saliente de casi metro y medio de altura. Lo cubría una delgada capa de tierra y hierba bajo la sombra de tiernas palmeras. No tenían éstas suficiente tierra para crecer, y cuando alcanzaban unos seis metros se desplomaban y acababan secándose. Sus troncos, en complicado dibujo, creaban un cómodo lugar para asiento. Las palmeras que aún seguían en pie formaban un techo verde recubierto por los cambiantes reflejos que brotaban de la laguna. Ralph subió a aquella plataforma. Sintió el frescor y la sombra; cerró un ojo y decidió que las sombras sobre su cuerpo eran en realidad verdes. Se abrió camino hasta el borde de la plataforma, del lado del océano, y allí se detuvo a contemplar el mar a sus pies. Estaba tan claro que podía verse su fondo, y brillaba con la eflorescencia de las algas y el coral tropicales. Diminutos peces resplandecientes pasaban rápidamente de un lado a otro. Ralph, haciendo sonar dentro de sí los bordones de la alegría, exclamó:

–¡Uhhh...!

Había aún más para asombrarse allende la plataforma. La arena, por algún accidente –un tifón, quizá, o la misma tormenta que le acompañara a él en su llegada–, se había acumulado dentro de la laguna, formando en la playa una poza profunda y larga, cerrada por un muro de granito rosa al otro extremo. Ralph se había visto en otras ocasiones engañado por la falsa apariencia de profundidad de una poza de

playa y se aproximó a ésta preparado para llevarse una des-
ilusión; pero la isla se mantenía fiel a su forma, y aquella in-
creíble poza, que evidentemente sólo en la pleamar era inva-
dida por las aguas, resultaba tan honda en uno de sus
extremos que el agua tenía un color verde oscuro. Ralph examinó detenidamente sus treinta metros de extensión y luego se lanzó a ella. Estaba más caliente que su propia sangre y
era como nadar en una enorme bañera.

Apareció Piggy de nuevo. Se sentó en el borde del muro
de roca y observó con envidia el cuerpo a la vez blanco y verde de Ralph.

–Ni siquiera sabes nadar.

–Piggy.

Piggy se quitó zapatos y calcetines, los extendió con cuidado sobre el borde y probó el agua con el dedo gordo.

–¡Está caliente!

–¿Y qué creías?

–No creía nada. Mi tía...

–¡Al diablo tu tía!

Ralph se sumergió y buceó con los ojos abiertos. El borde
arenoso de la poza se alzaba como la ladera de una colina. Se
volteó apretándose la nariz, mientras una luz dorada danzaba y se quebraba sobre su rostro. Piggy se decidió por fin. Se
quitó los pantalones y quedó desnudo: una desnudez pálida
y carnosa. Bajó de puntillas por el lado de arena de la poza y
allí se sentó, cubierto de agua hasta el cuello, sonriendo con
orgullo a Ralph.

–¿Es que no vas a nadar?

Piggy meneó la cabeza.

–No sé nadar. No me dejaban. El asma...

–¡Al diablo tu asma!

Piggy aguantó con humilde paciencia.

–No sabes nadar bien.

Ralph chapoteó de espaldas alejándose del borde; sumer-

gió la boca y sopló un chorro de agua al aire. Alzó después la
barbilla y dijo:

–A los cinco años ya sabía nadar. Me enseñó papá. Es te-
niente de navío en la Marina y cuando le den permiso ven-
drá a rescatarnos. ¿Qué es tu padre?

Piggy se sonrojó al instante.

–Mi padre ha muerto –dijo deprisa–, y mi madre...

Se quitó las gafas y buscó en vano algo para limpiarlas.

–Yo vivía con mi tía. Tiene una confitería. No sabes la de
dulces que me daba. Me daba todos los que quería. ¿Oye, y
cuando nos va a rescatar tu padre?

–En cuanto pueda.

Piggy salió del agua chorreando y, desnudo como estaba,
se limpió las gafas con un calcetín. El único ruido que ahora
les llegaba a través del calor de la mañana era el largo rugir
de las olas que rompían contra el arrecife.

–¿Cómo va a saber que estamos aquí?

Ralph se dejó mecer por el agua. El sueño le envolvía,
como los espejismos que rivalizaban con el resplandor de la
laguna.

–¿Cómo va a saber que estamos aquí?

Porque sí, pensó Ralph, porque sí, porque sí... El rugido
de las olas contra el arrecife llegaba ahora desde muy lejos.

–Se lo dirán en el aeropuerto.

Piggy movió la cabeza, se puso las gafas, que reflejaban el
sol, y miró a Ralph.

–Allí no se va a enterar de nada. ¿No oíste lo que dijo el piloto? Lo de la bomba atómica. Están todos muertos.

Ralph salió del agua, se paró frente a Piggy y pensó en
aquel extraño problema.

Piggy volvió a insistir.

–¿Estamos en una isla, verdad?

–Me subí a una roca –dijo Ralph muy despacio–, y creo
que es una isla.

–Están todos muertos –dijo Piggy–, y esto es una isla. Nadie sabe que estamos aquí. No lo sabe tu padre; nadie lo sabe...

Le temblaron los labios y una neblina empañó sus gafas.

–Puede que nos quedemos aquí hasta la muerte.

Al pronunciar esa palabra pareció aumentar el calor hasta convertirse en una carga amenazadora, y la laguna les atacó con un fulgor deslumbrante.

–Voy por mi ropa –murmuró Ralph–, está ahí.

Corrió por la arena, soportando la hostilidad del sol cruzó la plataforma hasta encontrar su ropa, esparcida por el suelo. Llevar de nuevo la camisa gris producía una extraña sensación de alivio. Luego alcanzó la plataforma y se sentó a la sombra verde de un tronco cercano. Piggy trepó también, casi toda su ropa bajo el brazo. Se sentó con cuidado en un tronco caído, cerca del pequeño risco que miraba a la laguna. Sobre él temblaba una malla de reflejos.

Reanudó la conversación.

–Hay que buscar a los otros. Tenemos que hacer algo.

Ralph no dijo nada. Se encontraban en una isla de coral. Protegido del sol, ignorando el presagio de las palabras de Piggy, se entregó a sueños alegres.

Piggy insistió.

–¿Cuántos somos?

Ralph dio unos pasos y se paró junto a Piggy.

–No lo sé.

Aquí y allá ligeras brisas serpeaban por las aguas brillantes, bajo la bruma del calor. Cuando alcanzaban la plataforma, la fronda de las palmeras susurraba y dejaba pasar manchas borrosas de luz que se deslizaban por los dos cuerpos o atravesaban la sombra como objetos brillantes y alados.

Piggy alzó la cabeza y miró a Ralph. Las sombras sobre la cara de Ralph estaban invertidas: arriba eran verdes, más abajo resplandecían por efecto de la laguna. Una mancha de sol se arrastraba por sus cabellos.

–Tenemos que hacer algo.

Ralph le miró sin verle. Allí, al fin, se encontraba aquel lugar que uno crea en su imaginación, aunque sin forma del todo concreta, saltando al mundo de la realidad. Los labios de Ralph se abrieron en una sonrisa de deleite, y Piggy, tomando esa sonrisa como señal de amistad, rió con alegría.

–Si de veras es una isla...

–¿Qué es eso?

Ralph había dejado de sonreír y señalaba hacia la laguna. Algo de color cremoso resaltaba entre las algas.

–Una piedra.

–No. Un caracol.

Al instante, Piggy se sintió prudentemente excitado.

–¡Es verdad! ¡Es un caracol! Ya he visto antes uno de ésos. En casa de un chico; en la pared. Lo llamaba caracola y la soplaba para llamar a su madre. ¡No sabes lo que valen!

Un retoño de palmera, a la altura del codo de Ralph, se inclinaba hacia la laguna. En realidad, su peso había comenzado a levantar el débil suelo y estaba a punto de caer. Ralph arrancó el tallo y con él agitó el agua mientras los brillantes peces huían por todos lados. Piggy se inclinó peligrosamente.

–¡Ten cuidado! Lo vas a romper...

–¡Calla la boca!

Ralph lo dijo distraídamente. El caracol resultaba interesante y bonito y servía para jugar; pero las animadas quimeras de sus ensueños se interponían aún entre él y Piggy, que apenas si existía para él en aquel ambiente. El tallo, doblándose, empujó el caracol fuera de las hierbas. Con una mano como palanca, Ralph presionó con la otra hasta que el caracol salió chorreando y Piggy pudo alcanzarlo.

El caracol ya no era algo que se podía ver, pero no tocar, y también Ralph se sintió excitado. Piggy balbuceaba:

–...una caracola; carísimas. Te apuesto que habría que pagar un montón de libras por una de ésas. La tenía en la tapia del jardín y mi tía...

Ralph le quitó la caracola y sintió correr por su brazo unas gotas de agua. La concha tenía un color crema oscuro, tocado aquí y allá con manchas de un rosa desvanecido. Casi medio metro medía desde la punta horadada por el desgaste hasta los labios rosados de su boca, levemente curvada en espiral y cubierta de un fino dibujo en relieve. Ralph sacudió la arena del interior.

–...mugía como una vaca –siguió– y además tenía unas piedras blancas y una jaula con un loro verde. No soplaba las piedras, claro, pero me dijo...

Piggy calló un segundo para tomar aliento y acarició aquella cosa reluciente que tenía Ralph en las manos.

–¡Ralph!

Ralph alzó los ojos.

–Podemos usarla para llamar a los otros. Tendremos una reunión. En cuanto nos oigan vendrán...

Miró con entusiasmo a Ralph.

–¿Eso es lo que habías pensado, verdad? ¿Por eso sacaste la caracola del agua, no?

Ralph se echó hacia atrás su pelo rubio.

–¿Cómo soplaba tu amigo la caracola?

–Escupía o algo así –dijo Piggy–. Mi tía no me dejaba soplar por el asma. Dijo que había que soplar con esto –Piggy se llevó una mano a su prominente abdomen–. Trata de hacerlo, Ralph. Avisa a los otros.

Ralph, poco seguro, puso el extremo más delgado de la concha junto a la boca y sopló. Salió de su boca un breve sonido, pero eso fue todo. Se limpió de los labios el agua salada y lo intentó de nuevo, pero la concha permaneció silenciosa.

–Escupía o algo así.

Ralph juntó los labios y lanzó un chorro de aire en la caracola, que contestó con un sonido hondo, como una ventosidad. Los dos muchachos encontraron aquello tan divertido que Ralph siguió soplando en la caracola durante un rato, entre ataques de risa.

–Mi amigo soplaba con esto.

Ralph comprendió al fin y lanzó el aire desde el diafragma. Aquello empezó a sonar al instante. Una nota estridente y profunda estalló bajo las palmeras, penetró por todos los resquicios de la selva y retumbó en el granito rosado de la montaña. De las copas de los árboles salieron nubecillas de pájaros y algo chilló y corrió entre la maleza. Ralph apartó la concha de sus labios.

–¡Qué bárbaro!

Su propia voz pareció un murmullo tras la áspera nota de la caracola. La apretó contra sus labios, respiró fuerte y volvió a soplar. De nuevo estalló la nota y, bajo un impulso más fuerte, subió hasta alcanzar una octava y vibró como una trompeta, con un clamor mucho más agudo todavía. Piggy, alegre su rostro y centelleantes las gafas, gritaba algo. Chillaron los pájaros y algunos animalillos cruzaron rápidos. Ralph se quedó sin aliento; la octava se desplomó, transformada en un quejido apagado, en un soplo de aire.

Enmudeció la caracola; era un colmillo brillante. El rostro de Ralph se había amoratado por el esfuerzo, y el clamor de los pájaros y el resonar de los ecos llenaron el aire de la isla.

–Te apuesto a que se puede oír eso a más de un kilómetro.

Ralph recobró el aliento y sopló de nuevo, produciendo unos cuantos estallidos breves.

–¡Ahí viene uno! –exclamó Piggy.

Entre las palmeras, a unos cien metros de la playa, había aparecido un niño. Tendría seis años, más o menos; era rubio y fuerte, con la ropa destrozada y la cara llena de manchones de fruta. Se había bajado los pantalones por una ra-

zón evidente y los llevaba a medio subir. Saltó de la terraza
de palmeras a la arena y los pantalones cayeron a los tobillos;
los abandonó allí y corrió a la plataforma. Piggy le ayudó a
subir. Entre tanto, Ralph seguía sonando la caracola hasta
que un griterío llegó del bosque. El pequeño, en cuclillas
frente a Ralph, alzó hacia él la cabeza con una alegre mirada.
Al comprender que algo serio se preparaba allí quedó tranquilo y se metió en la boca el único dedo que le quedaba limpio: un pulgar rosado.

Piggy se inclinó hacia él.

–¿Cómo te llamas?

–Johnny.

Murmuró Piggy el nombre para sí y luego lo gritó a Ralph,
que no le prestó atención porque seguía soplando la caracola. Tenía el rostro oscurecido por el violento placer de provocar aquel ruido asombroso y el corazón le sacudía la tirante
camisa. El vocerío del bosque se aproximaba.

Se divisaban ahora señales de vida en la playa. La arena,
temblando bajo la bruma del calor, ocultaba muchos cuerpos a lo largo de sus kilómetros de extensión; unos muchachos caminaban hacia la plataforma a través de la arena caliente y muda. Tres chiquillos, de la misma edad que Johnny,
surgieron por sorpresa de un lugar inmediato, donde habían
estado atracándose de fruta. Un niño de pelo oscuro, no mucho más joven que Piggy, se abrió paso entre la maleza, salió
a la plataforma y sonrió alegremente a todos. A cada momento llegaban más. Siguieron el ejemplo involuntario de
Johnny y se sentaron a esperar en los caídos troncos de las
palmeras. Ralph siguió lanzando estallidos breves y penetrantes. Piggy se movía entre el grupo, preguntaba su nombre a cada uno y fruncía el ceño en un esfuerzo por recor-
darlos. Los niños le respondían con la misma sencilla
obediencia que habían prestado a los hombres de los megá-
fonos. Algunos de ellos iban desnudos y cargaban con su

ropa; otros, medio desnudos o medio vestidos con los uniformes colegiales: jerseys o chaquetas grises, azules, marrones. Jerseys y medias llevaban escudos, insignias y rayas de color indicativas de los colegios. Sus cabezas se apiñaban bajo la sombra verde: cabezas de pelo castaño oscuro o claro, negro, rubio claro u oscuro, pelirrojas... Cabezas que murmuraban, susurraban, rostros de ojos inmensos que miraban con interés a Ralph. Algo se preparaba allí.

Los niños que se acercaban por la playa, solos o en parejas, se hacían visibles al cruzar la línea que separaba la bruma cálida de la arena cercana. Y entonces la vista de quien miraba en esa dirección se veía atraída primero por una criatura negra, semejante a un murciélago, danzando en la arena, y sólo después percibía el cuerpo que se sostenía sobre ella. El murciélago era la sombra de un niño, y el sol, que caía verticalmente, la reducía a una mancha entre los pies presurosos. Sin soltar la caracola, Ralph se fijó en la última pareja de cuerpos que alcanzaba la plataforma, suspendidos sobre una temblorosa mancha negra. Los dos muchachos, con cabezas apepinadas y cabellos como la estopa, se tiraron a los pies de Ralph, sonriéndole y jadeando como perros. Eran mellizos, y la vista, ante aquella alegre duplicación, quedaba sorprendida e incrédula. Respiraban a la vez, se reían a la vez y ambos eran de aspecto vivo y cuerpo rechoncho. Alzaron hacia Ralph unos labios húmedos; parecía no haberles alcanzado piel para ellos, por lo que el perfil de sus rostros se veía borroso y las bocas tirantes, incapaces de cerrarse. Piggy inclinó sus gafas deslumbrantes hasta casi tocar a los mellizos. Se le oía, entre los estallidos de la caracola, repetir sus nombres:

–Sam, Eric, Sam, Eric.

Después se confundió; los mellizos movieron las cabezas y señalaron el uno al otro. El grupo entero rió.

Por fin dejó Ralph de sonar la caracola y con ella en una mano se sentó, la cabeza entre las rodillas. Las risas se fueron apagando al mismo tiempo que los ecos y se hizo el silencio.

Algo oscuro andaba a tientas dentro del rombo brumoso de la playa. El primero que lo vio fue Ralph y su atenta mirada acabó por arrastrar hacia aquel lugar la vista de los demás. La criatura salió del área del espejismo y entró en la transparente arena, y vieron entonces que no toda aquella oscuridad era una sombra, sino, en su mayor parte, ropas. La criatura era un grupo de chicos que marchaban casi a compás, en dos filas paralelas. Vestían de extraña manera. Llevaban en la mano pantalones, camisas y otras prendas, pero cada muchacho traía puesta una gorra negra cuadrada con una insignia de plata. Capas negras con grandes cruces plateadas al lado izquierdo del pecho cubrían sus cuerpos desde la garganta a los tobillos, y los cuellos acababan rematados por golas blancas. El calor del trópico, el descenso, la búsqueda de alimentos y ahora esta caminata sudorosa a lo largo de la playa ardiente habían dado a la piel de sus rostros el aspecto de una ciruela recién lavada. El muchacho al mando del grupo vestía de la misma forma, pero la insignia de su gorra era dorada. Cuando su grupo se encontró a unos diez metros de la plataforma, gritó una orden y todos se pararon, jadeantes, sudorosos, balanceándose en la rabiosa luz. El propio jefe dio unos pasos al frente, saltó a la plataforma, revoloteando su capa, y se asomó a lo que para él era casi total oscuridad.

–¿Dónde está el hombre de la trompeta?

Ralph, al advertir en el otro la ceguera del sol, contestó:

–No hay ningún hombre con trompeta. Era yo.

El muchacho se acercó y, fruncido el entrecejo, miró a Ralph. Lo que pudo ver de aquel muchacho rubio con una caracola de color cremoso no pareció satisfacerle. Se volvió rápidamente y su capa negra giró en el aire.

–¿Entonces no hay ningún barco?

Se le veía alto, delgado y huesudo dentro de la capa flotante; su pelo rojo resaltaba bajo la gorra negra. Su cara, de piel cortada y pecosa, era fea, pero no la de un tonto. Dos ojos de un azul claro que destacaban en aquel rostro, indicaban su decepción, pronta a transformarse en cólera.

–¿No hay ningún hombre aquí?

Ralph habló a su espalda.

–No. Pero vamos a tener una reunión. Quedaos con nosotros.

El grupo empezó a deshacer la formación y el muchacho alto gritó:

–¡Atención! ¡Quieto el coro!

El coro, obedeciendo con cansancio, volvió a agruparse en filas y permaneció balanceándose al sol. Pero unos cuantos empezaron a protestar tímidamente.

–Por favor, Merridew. Por favor..., ¿por qué no nos dejas?

En aquel momento uno de los muchachos se desplomó de bruces en la arena y la fila se deshizo. Alzaron al muchacho a la plataforma y le dejaron allí sobre el suelo. Merridew le miró fijamente y después trató de corregir lo hecho.

–De acuerdo. Sentaos. Dejadle solo.

–Pero, Merridew...

–Siempre se está desmayando –dijo Merridew–. Hizo lo mismo en Gibraltar y en Addis, y en los maitines se cayó encima del chantre.

Esta jerga particular del coro provocó la risa de los compañeros de Merridew, que posados como negros pájaros en los troncos desordenados observaban a Ralph con interés. Piggy no preguntó sus nombres. Se sintió intimidado por tanta superioridad uniformada y la arrogante autoridad que despedía la voz de Merridew. Encogido al otro lado de Ralph, se entretuvo con las gafas.

Merridew se dirigió a Ralph.

–¿No hay gente mayor?

–No.

Merridew se sentó en un tronco y miró al círculo de niños.

–Entonces tendremos que cuidarnos nosotros mismos.

Seguro al otro lado de Ralph, Piggy habló tímidamente.

–Por eso nos ha reunido Ralph. Para decidir lo que hay que hacer. Ya tenemos algunos nombres. Ése es Johnny. Esos dos –son mellizos– son Sam y Eric. ¿Cuál es Eric...? ¿Tú? No, tú eres Sam...

–Yo soy Sam.

–Y yo soy Eric.

–Debíamos conocernos por nuestros nombres. Yo soy Ralph –dijo éste.

–Ya tenemos casi todos los nombres –dijo Piggy–. Los acabamos de preguntar ahora.

–Nombres de niños –dijo Merridew–. ¿Por qué me va nadie a llamar Jack? Soy Merridew.

Ralph se volvió rápido. Aquella era la voz de alguien que sabía lo que quería.

–Entonces –siguió Piggy–, aquel chico... no me acuerdo...

–Hablas demasiado –dijo Jack Merridew–. Cállate, Fatty*. Se oyeron risas.

–¡No se llama Fatty –gritó Ralph–, su verdadero nombre es Piggy!

–¡Piggy!

–¡Piggy!

–¡Eh, Piggy!

Se rieron a carcajadas y hasta el más pequeño se unió al jolgorio. Durante un instante, los muchachos formaron un círculo cerrado de simpatía, que excluyó a Piggy. Se puso éste muy colorado, agachó la cabeza y limpió las gafas una vez más.

---

* Gordo.

Por fin cesó la risa y continuaron diciendo sus nombres. Maurice, que seguía a Jack en estatura entre los del coro, era ancho de espaldas y lucía una sonrisa permanente. Había un chico menudo y furtivo en quien nadie se había fijado, encerrado en sí mismo hasta lo más profundo de su ser. Murmuró que se llamaba Roger y volvió a guardar silencio. Bill, Robert, Harold, Henry. El muchacho que sufrió el desmayo se arrimó a un tronco de palmera, sonrió, aún pálido, a Ralph y dijo que se llamaba Simon.

Habló Jack:

–Tenemos que decidir algo para que nos rescaten.

Se oyó un rumor; Henry, uno de los pequeños, dijo que se quería ir a casa.

–Cállate –dijo Ralph distraído. Alzó la caracola–. Me parece que debíamos tener un jefe que tome las decisiones.

–¡Un jefe! ¡Un jefe!

–Debo serlo yo –dijo Jack con sencilla arrogancia–, porque soy el primero en el coro de la iglesia y soy tenor. Puedo dar el do sostenido.

De nuevo un rumor.

–Así que –dijo Jack–, yo...

Dudó por un instante. El muchacho moreno, Roger, dio al fin señales de vida y dijo:

–Vamos a votar.

–¡Sí!

–¡A votar por un jefe!

–¡Vamos a votar...!

Votar era para ellos un juguete casi tan divertido como la caracola.

Jack empezó a protestar, pero el alboroto cesó de reflejar el deseo general de encontrar un jefe para convertirse en la elección por aclamación del propio Ralph. Ninguno de los chicos podría haber dado una buena razón para aquello; hasta el momento, todas las muestras de inteligencia habían procedido de Piggy, y el que mostraba condiciones más evidentes de jefe era Jack. Pero tenía Ralph, allí sentado, tal aire de serenidad, que le hacía resaltar entre todos; era su estatura y su atractivo; mas de manera inexplicable, pero con enorme fuerza, había influido también la caracola. El ser que hizo sonar aquello, que les aguardó sentado en la plataforma con tan delicado objeto en sus rodillas, era algo fuera de lo corriente.

–El del caracol.

–¡Ralph! ¡Ralph!

–Que sea jefe ése de la trompeta.

Ralph alzó una mano para callarles.

–Bueno, ¿quién quiere que Jack sea jefe?

Todos los del coro, con obediencia inerme, alzaron las manos.

–¿Quién me vota a mí?

Todas las manos restantes, excepto la de Piggy, se elevaron inmediatamente.

Después también Piggy, aunque a regañadientes, hizo lo mismo.

Ralph las contó.

–Entonces, soy el jefe.

El círculo de muchachos rompió en aplausos. Aplaudieron incluso los del coro. Las pecas del rostro de Jack desaparecieron bajo el sonrojo de la humillación. Decidió levantarse, después cambió de idea y se volvió a sentar mientras el aire seguía tronando. Ralph le miró y con el vivo deseo de ofrecerle algo:

–El coro te pertenece a ti, por supuesto.

–Pueden ser nuestro ejército...

–O los cazadores...

–Podrían ser...

Desapareció el sofoco de la cara de Jack. Ralph volvió a pedir silencio con la mano.

–Jack tendrá el mando de los del coro. Pueden ser... ¿Tú qué quieres que sean?

–Cazadores.

Jack y Ralph sonrieron el uno al otro con tímido afecto. Los demás se entregaron a animadas conversaciones. Jack se levantó.

–Vamos a ver, los del coro. Quitaos las capas.

Los muchachos del coro, como si acabara de terminarse la clase, se levantaron, se pusieron a charlar y apilaron sobre la hierba las capas negras. Jack dejó la suya en un tronco junto a Ralph. Tenía los pantalones grises pegados a la piel por el sudor. Ralph los miró con admiración, y al darse cuenta Jack explicó:

–Traté de escalar aquella colina para ver si estábamos rodeados de agua. Pero nos llamó tu caracola.

Ralph sonrió y alzó la caracola para establecer silencio.

–Escuchad todos. Necesito un poco de tiempo para pensar las cosas. No puedo decidir nada así de repente. Si esto no es una isla, nos podrán rescatar en seguida. Así que tenemos que decidir si es una isla o no. Tenéis que quedaros todos aquí y esperar. Y que nadie se mueva. Tres de nosotros... porque si vamos más nos haremos un lío y nos perderemos, así que tres de nosotros iremos a explorar y ver dónde estamos. Iré yo, y Jack y...

Miró al círculo de animados rostros. Sobraba donde escoger.

–Y Simon.

Los chicos alrededor de Simon rieron burlones y él se levantó sonriendo un poco. Ahora que la palidez del desmayo había desaparecido, era un chiquillo delgaducho y vivaz, con una mirada que emergía de una pantalla de pelo negro, lacio y tosco.

Asintió con la cabeza.

–De acuerdo, iré.

–Y yo...

Jack sacó una navaja envainada, de respetable tamaño, y la clavó en un tronco. El alboroto subió y decayó de nuevo.

Piggy se removió en su asiento.

–Yo iré también.

Ralph se volvió hacia él.

–No sirves para esta clase de trabajo.

–Me da igual...

–No te queremos para nada –dijo Jack sin más–; basta con tres.

Las gafas de Piggy despidieron destellos.

–Yo estaba con él cuando encontró la caracola. Estaba con él antes de que vinierais vosotros.

Ni Jack ni los otros le hicieron caso. Hubo una dispersión general.

Ralph, Jack y Simon saltaron de la plataforma y marcharon por la arena, dejando atrás la poza. Piggy les siguió con esfuerzo.

–Si Simon se pone en medio –dijo Ralph–, podremos hablar por encima de su cabeza.

Los tres marchaban al unísono, por lo cual Simon se veía obligado a dar un salto de vez en cuando para no perder el paso. Al poco rato Ralph se paró y se volvió hacia Piggy.

–Oye.

Jack y Simon fingieron no darse cuenta de nada. Siguieron caminando.

–No puedes venir.

De nuevo se empañaron las gafas de Piggy, esta vez por humillación.

–Se lo has dicho. Después de lo que te conté.

Se sonrojó y le tembló la boca.

–Después que te dije que no quería...

–Pero ¿de qué hablas?

–De que me llamaban Piggy. Dije que no me importaba con tal que los demás no me llamasen Piggy, y te pedí que no se lo dijeses a nadie, y luego vas y se lo cuentas a todos.

Cayó un silencio sobre ellos. Ralph miró a Piggy con más comprensión, y le vio afectado y abatido. Dudó entre la disculpa y un nuevo insulto.

–Es mejor Piggy que Fatty –dijo al fin, con la firmeza de un auténtico jefe–. Y además, siento que lo tomes así. Vuélvete ahora, Piggy, y toma los nombres que faltan. Ése es tu trabajo. Hasta luego.

Se volvió y corrió hacia los otros dos. Piggy quedó callado y el sonrojo de indignación se apagó lentamente. Volvió a la plataforma.

Los tres muchachos marcharon rápidos por la arena. La marea no había subido aún y dejaba descubierta una franja de playa, salpicada de algas, tan firme como un verdadero camino. Una especie de hechizo lo dominó todo; les sobrecogió aquella atmósfera encantada y se sintieron felices. Se miraron riendo animadamente; hablaban sin escucharse. El aire brillaba. Ralph, que se sentía obligado a traducir todo aquello en una explicación, intentó dar una voltereta y cayó al suelo. Al cesar las risas, Simon acarició tímidamente el brazo de Ralph y se echaron a reír de nuevo.

–Vamos –dijo Jack en seguida–, que somos exploradores.

–Iremos hasta el extremo de la isla –dijo Ralph– y veremos desde allí lo que hay al otro lado.

–Si es que es una isla...

Ahora, al acercarse la noche, los espejismos iban cediendo poco a poco.

Divisaron el final de la isla, bien visible y sin ningún efecto mágico que ocultase su aspecto o su sentido. Se hallaron frente a un tropel de formas cuadradas que ya les eran familiares y un gran bloque en medio de la laguna. En él tenían sus nidos las gaviotas.

–Parece una capa de azúcar –dijo Ralph– sobre una tarta de fresa.

–No vamos a ver nada desde el extremo porque no hay ningún extremo –dijo Jack–. Sólo una curva suave... y fíjate que las rocas son cada vez más peligrosas...

Ralph hizo pantalla de sus ojos con una mano y siguió el perfil mellado de los riscos montaña arriba. Era el lugar de la playa más cercano a la montaña que hasta el momento habían visto.

–Trataremos de escalar la montaña desde aquí –dijo–. Me parece que éste es el camino más fácil. Aquí hay menos jungla y más de estas rocas de color rosa. ¡Vamos!

Los tres muchachos empezaron a trepar. Alguna fuerza desconocida había dislocado aquellos bloques, partiéndolos en pedazos que quedaron inclinados, y con frecuencia apilados uno sobre otro en volumen decreciente. La forma más característica era un rosado risco que soportaba un bloque ladeado, coronado a su vez por otro bloque, y éste por otro, hasta que aquella masa rosada constituía una pila de rocas en equilibrio que emergía atravesando la ondulada fantasía de las trepadoras del bosque. A menudo, donde los riscos rosados se erguían del suelo aparecían senderos estrechos que serpenteaban hacia arriba. Sería fácil caminar por ellos, de cara hacia la montaña y sumergidos en el mundo vegetal

–¿Quién haría este camino?

Jack se paró para limpiarse el sudor de la cara. Ralph, junto a él, respiraba con dificultad.

–¿Hombres?

Jack negó con la cabeza.

–Los animales.

Ralph penetró con la mirada en la oscuridad bajo los árboles. La selva vibraba sin cesar.

–Vamos.

Lo más difícil no era la abrupta pendiente, rodeando las rocas, sino las inevitables zambullidas en la maleza hasta alcanzar la vereda siguiente. Allí las raíces y los tallos de las plantas trepadoras se enredaban de tal modo que los muchachos habían de atravesarlos como dóciles agujas. Aparte del suelo pardo y los ocasionales rayos de luz a través del follaje, lo único que les servía de guía era la dirección de la pendiente del terreno: que este agujero, aún galoneado por cables de trepadoras, se encontrase más alto que aquél.

Siguieron hacia arriba a pesar de todo.

En uno de los momentos más difíciles, cuando se encontraban atrapados en aquella maraña, Ralph se volvió a los otros con ojos brillantes.

–¡Bárbaro!

–¡Fantástico!

–¡Estupendo!

No era fácil explicar la razón de su alegría. Los tres se sentían sudorosos, sucios y agotados. Ralph estaba lleno de arañazos. Las trepadoras eran tan gruesas como sus propios muslos y no dejaban más que túneles por donde seguir avanzando. Ralph gritó para sondear, y escucharon los ecos amortiguados.

–Esto sí que es explorar –dijo Jack–. Te apuesto a que somos los primeros que entramos en este sitio.

–Deberíamos dibujar un mapa –dijo Ralph–. Lo malo es que no tenemos papel.

–Podríamos hacerlo con la corteza de un árbol –dijo Simon–, raspándola y luego frotando con algo negro.

De nuevo, en la temerosa penumbra, brotó la solemne comunión de ojos brillantes.

–¡Bárbaro!

–¡Fantástico!

No había espacio para volteretas. Aquella vez Ralph tuvo que expresar la intensidad de su entusiasmo fingiendo de-

rribar a Simon de un golpe; y pronto formaron un montón
alegre y efusivo bajo la sombra crepuscular. Cuando se des-
enlazaron, Ralph fue el primero en hablar.

–Tenemos que seguir.

El granito rosado del siguiente risco se encontraba más
alejado de las trepadoras y los árboles, y resultaba fácil seguir la vereda. Ésta, a su vez, les condujo hacia un claro del
bosque, desde donde se vislumbraba el mar abierto. El sol
secó ahora sus ropas empapadas por el oscuro y húmedo calor soportado. Para llegar hasta la cumbre ya no habrían de
zambullirse más en la oscuridad, sino trepar tan sólo por la
roca rosada. Eligieron su camino por desfiladeros y afilados
peñascos.

–¡Mira! ¡Mira!

Las piedras desgarradas se alzaban como chimeneas a
gran altura en aquel extremo de la isla. La roca que escogió
Jack para apoyarse cedió, rechinando, al empuje.

–Venga...

Pero este «venga» no era una incitación a seguir hacia la
cumbre. La cumbre sería asaltada más tarde, una vez que los
tres muchachos respondieran a este reto. La roca era tan
grande como un automóvil pequeño.

–¡Empuja!

Adelante y atrás; había que coger el ritmo.

–¡Empuja!

Tiene que aumentar el vaivén del péndulo, aumentar, aumentar, hay que arrimar el hombro en el punto que más os-
cila... aumentar... aumentar.

–¡Empuja!

La enorme roca dudó un segundo, se balanceó en un pie,
decidió no volver, se lanzó al espacio, cayó, golpeó el suelo,
giró, zumbó en el aire y abrió un profundo hueco en el dosel
del bosque. Volaron pájaros y rumores, flotó en el aire un
polvo rosado y blanco, retumbó el bosque a lo lejos como si

lo atravesara un monstruo enfurecido y luego enmudeció la isla.

–¡Qué bárbaro!

–¡Igual que una bomba!

–¡Yipiiii!

No pudieron apartarse de aquel triunfo suyo en un buen rato. Pero al fin se alejaron.

El camino a la cumbre resultó fácil después de aquello. Al iniciar el último tramo, Ralph quedó inmóvil.

–¡Fíjate!

Habían llegado al borde de un circo, o anfiteatro, esculpido en la ladera. Estaba cubierto de azules flores de montaña que le rebasaban y colgaban en profusión hasta el dosel del bosque. El aire estaba cargado de mariposas que se elevaban, volaban y volvían a las flores.

Más allá del circo aparecía la cima cuadrada de la montaña y pronto se encontraron en ella.

Habían sospechado desde un principio que estaban en una isla: mientras trepaban por las rosadas piedras, con el mar a ambos lados y el alto aire cristalino, un instinto les había dicho que se encontraban rodeados por el mar. Pero era mejor no decir la última palabra hasta pisar la propia cumbre y ver el redondo horizonte de agua.

Ralph se volvió a los otros.

–Todo esto es nuestro.

Su forma venía a ser la de un barco: el extremo donde se encontraban se erguía encorvado y detrás de ellos descendía el arduo camino hacia la orilla. A un lado y otro, rocas, riscos, copas de árboles y una fuerte pendiente. Frente a ellos, toda la longitud del barco: un descenso más fácil, cubierto de árboles e indicios de la piedra rosada, y luego la llanura selvática, tupida de verde, contrayéndose al final en una cola rosada. Allá donde la isla desaparecía bajo las aguas, se veía otra isla. Una roca, casi aislada, se alzaba como una fortale-

za, cuyo rosado y atrevido bastión les contemplaba a través
del verdor.

Los muchachos observaron todo aquello; después dirigieron la vista al mar. La tarde empezaba a declinar y desde el
alto mirador ningún espejismo robaba al paisaje su nitidez.

–Eso es un arrecife. Un arrecife de coral. Los he visto en
fotos.

El arrecife cercaba gran parte de la isla y se extendía paralelo a lo que los muchachos llamaron su playa, a una distancia
de más de un kilómetro de ella. El coral semejaba blancos
trazos hechos por un gigante que se hubiese encorvado para
reproducir en el mar la fluida línea del contorno de la isla y,
cansado, abandonara su obra sin acabarla. Dentro del agua
multicolor, las rocas y las algas se veían como en un acuario;
fuera, el azul oscuro del mar. Del arrecife se desprendían largas trenzas de espumas que la marea arrastraba consigo, y
por un instante creyeron que el barco empezaba a ciar.

Jack señaló hacia abajo.

–Allí es donde aterrizamos.

Más allá de los barrancos y los riscos podía verse la cicatriz en los árboles; allí estaban los troncos astillados y luego
el desgarrón del terreno, dejando entre éste y el mar tan sólo
una orla de palmeras. Allí estaba también, apuntando hacia
la laguna, la plataforma, y cerca de ella se movían figuras que
parecían insectos.

Ralph trazó con la mano una línea en zig-zag que partía
del área desnuda donde se encontraban, seguía una cuesta,
después una hondonada, atravesaba un campo de flores y,
tras un rodeo, descendía a la roca donde empezaba el desgarrón del terreno.

–Ésta es la manera más rápida de volver.

Brillándoles los ojos, extasiados, triunfantes, saborearon
el derecho de dominio. Se sintieron exaltados; se sintieron
amigos.

–No se ve el humo de ninguna aldea y tampoco hay barcos –dijo Ralph con seriedad–. Luego lo comprobaremos, pero creo que está desierta.

–Buscaremos comida –dijo Jack entusiasmado–. Tendremos que cazar; atrapar algo... hasta que vengan por nosotros.

Simon miró a los dos sin decir nada, pero asintiendo con la cabeza de tal forma que su melena negra saltaba de un lado a otro. Le brillaba el rostro.

Ralph observó el otro lado, donde no había arrecife.

–Ese lado tiene más cuesta –dijo Jack.

Ralph formó un círculo con las manos.

–Ese trozo de bosque, ahí abajo... lo sostiene la montaña.

Todos los rincones de la montaña sostenían árboles; árboles y flores. En aquel momento el bosque empezó a palpitar, a agitarse, a rugir. El área de flores más cercanas fue sacudida por el viento y durante unos instantes la brisa llevó aire fresco a sus rostros.

Ralph extendió los brazos.

–Todo es nuestro.

Gritaron, rieron y saltaron.

–Tengo hambre.

Al mencionar Simon su hambre, los otros se dieron cuenta de la suya.

–Vámonos –dijo Ralph–. Ya hemos averiguado lo que queríamos saber.

Bajaron a tropezones una cuesta rocosa, cruzaron entre flores y se hicieron camino bajo los árboles. Se detuvieron para ver los matorrales con curiosidad.

Simon fue el primero en hablar.

–Parecen cirios. Plantas de cirios. Capullos de cirios.

Las plantas, que despedían un olor aromático, eran de un verde oscuro y sus numerosos capullos verdes, replegados para evitar la luz, brillaban como la cera. Jack cortó uno con la navaja y su olor se derramó sobre ellos.

–Capullos de cirios.

–No se pueden encender –dijo Ralph–. Parecen velas, eso es todo.

–Velas verdes –dijo Jack con desprecio–; no se pueden comer. Venga, vámonos.

Habían llegado al lugar donde comenzaba la espesa selva, y caminaban cansados por un sendero cuando oyeron ruidos –en realidad gruñidos– y duros golpes de pezuñas en un camino. A medida que avanzaban aumentaron los gruñidos hasta hacerse frenéticos. Encontraron un jabato atrapado en una maraña de lianas, debatiéndose entre las elásticas ramas en la locura de su angustiado terror. Lanzaba un sonido agudo, afilado como una aguja, insistente. Los tres muchachos avanzaron corriendo y Jack blandió de nuevo su navaja. Alzó un brazo al aire. Se hizo un silencio, una pausa, el animal continuó gruñendo, siguieron agitándose las lianas y la navaja brillando al extremo de un brazo huesudo. La pausa sirvió tan sólo para que los tres comprendieran la enormidad que sería la caída del golpe. En ese momento, el jabato se libró de las ramas y se escabulló en la maleza. Se quedaron mirándose y contemplaron el lugar del terror.

El rostro de Jack estaba blanco bajo las pecas. Advirtió que aún sostenía la navaja en lo alto; bajó el brazo y guardó el arma en su funda. Rieron los tres algo avergonzados y retrocedieron hasta alcanzar el camino abandonado.

–Estaba buscando un buen sitio –dijo Jack–; sólo esperé un momento para decidir dónde clavarla.

–Los jabalíes se cazan con venablo –dijo Ralph con violencia–. Siempre se habla de cazar el jabalí con venablo.

–Hay que cortarles el cuello para que les salga la sangre –dijo Jack–. Si no, no se puede comer la carne.

–¿Por qué no le has...?

Sabían muy bien por qué no lo había hecho: hubiese sido

tremendo ver descender la navaja y cortar carne viva; hubiese sido insoportable la visión de la sangre.

–Lo iba a hacer –dijo Jack.

Se había adelantado y no pudieron ver su cara.

–Estaba buscando un buen sitio. ¡La próxima vez...!

De un tirón sacó la navaja de su funda y la clavó en el tronco de un árbol. La próxima vez no habría piedad. Se volvió y les miró con fiereza, retándoles a que le desmintiesen. A poco salieron a la luz del sol y se entretuvieron algún tiempo en busca de frutos comestibles, devorándolos mientras avanzaban por el desgarrón hacia la plataforma y la reunión.

2. Fuego en la montaña

Cuando Ralph cesó de sonar la caracola, la plataforma estaba atestada, pero aquella reunión era bastante diferente de la que había tenido lugar por la mañana. El sol vespertino entraba oblicuo por el otro lado de la plataforma y la mayoría de los muchachos, aunque demasiado tarde, al sentir el escozor del sol, se habían vestido; el coro, menos compacto como grupo, había abandonado sus capas.

Ralph se sentó en un tronco caído, dando su costado izquierdo al sol. A su derecha se encontraba casi todo el coro; a su izquierda, los chicos mayores, que antes de la evacuación no se conocían; frente a él, los más pequeños se habían acurrucado en la hierba.

Ahora, silencio. Ralph dejó la caracola marfileña y rosada sobre sus rodillas; una repentina brisa esparció luz sobre la plataforma. No sabía qué hacer, si ponerse en pie o permanecer sentado. Miró de reojo a la poza, que quedaba a su izquierda. Piggy estaba sentado cerca, pero no ofrecía ayuda alguna.

Ralph carraspeó.

–Bien.

De pronto descubrió que le era difícil hablar con soltura y explicar lo que tenía que decir. Se pasó una mano por el rubio pelo y dijo:

–Estamos en una isla. Subimos hasta la cima de la montaña y hemos visto que hay agua por todos lados. No vimos ninguna casa, ni fuego, ni huellas de pasos, ni barcos, ni gente. Estamos en una isla desierta, sin nadie más.

Jack le interrumpió.

–Pero sigue haciendo falta un ejército... para cazar. Para cazar cerdos...

–Sí. Hay cerdos en esta isla.

Los tres intentaron transmitir a los demás la sensación de aquella cosa rosada y viva que luchaba entre las lianas.

–Vimos...

–Chillando...

–Se escapó...

–Y no me dio tiempo a matarle... pero... ¡la próxima vez!

Jack clavó la navaja en un tronco y miró a su alrededor con cara de desafío.

La reunión recobró la tranquilidad.

–Como veis –dijo Ralph–, necesitamos cazadores para que nos consigan carne. Y otra cosa.

Levantó la caracola de sus rodillas y observó en torno suyo aquellas caras quemadas por el sol.

–No hay gente mayor. Tendremos que cuidarnos nosotros mismos.

Hubo un murmullo y el grupo volvió a guardar silencio.

–Y otra cosa. No puede hablar todo el mundo a la vez. Habrá que levantar la mano como en el colegio.

Sostuvo la caracola frente a su rostro y se asomó por uno de sus bordes.

–Y entonces le daré la caracola.

–¿La caracola?

–Se llama así esta concha. Daré la caracola a quien le toque hablar. Podrá sostenerla mientras habla.

–Pero...

–Mira...

–Y nadie podrá interrumpirle. Sólo yo.

Jack se había puesto de pie.

–¡Tendremos reglas! –gritó animado–. ¡Muchísimas! Y cuando alguien no las cumpla...

–¡Uayy!

–¡Zas!

–¡Bong!

–¡Bam!

Ralph sintió a alguien levantar la caracola de sus rodillas. Cuando se dio cuenta, ya estaba Piggy de pie, meciendo en sus brazos el gran caracol blanquecino, y el griterío fue apagándose poco a poco. Jack, todavía de pie, miró perplejo a Ralph, que sonrió y le señaló el tronco con una palmada. Jack se sentó. Piggy se quitó las gafas y, mientras las limpiaba con la camisa, miró parpadeante a la asamblea.

–Estáis distrayendo a Ralph. No le dejáis llegar a lo más importante.

Se detuvo.

–¿Sabe alguien que estamos aquí? ¿Eh?

–Lo saben en el aeropuerto.

–El hombre de la trompeta...

–Mi papá.

Piggy se puso las gafas.

–Nadie sabe que estamos aquí –dijo. Estaba más pálido que antes y falto de aliento–. A lo mejor sabían a dónde íbamos; y a lo mejor, no. Pero no saben dónde estamos porque no llegamos a donde íbamos a ir.

Les miró fijamente durante unos instantes, luego giró y se sentó. Ralph cogió la caracola de sus manos.

–Eso es lo que yo iba a decir –siguió–, cuando todos vosotros, cuando todos... –observó sus caras atentas–. El avión cayó en llamas por los disparos. Nadie sabe dónde estamos y a lo mejor tenemos que estar aquí mucho tiempo.

Hubo un silencio tan completo que podía oírse el angustioso subir y bajar de la respiración de Piggy. El sol entraba oblicuamente y doraba media plataforma. Las brisas, que se habían entretenido en la laguna persiguiéndose la cola, como los gatos, se abrían ahora camino a través de la plataforma en dirección a la selva. Ralph se echó hacia atrás la maraña de pelo rubio que le cubría la frente.

–Así que a lo mejor tenemos que estar aquí mucho tiempo.

Todos permanecieron callados. De repente, Ralph sonrió.

–Pero ésta es una isla estupenda. Nosotros... Jack, Simon y yo..., nosotros escalamos la montaña. Es fantástico. Hay comida, y bebida, y...

–Rocas...

–Flores azules...

Piggy, a medio recuperarse, señaló a la caracola que Ralph tenía en sus manos, y Jack y Simon se callaron. Ralph continuó.

–Podemos pasarlo bien aquí, mientras esperamos.

Hizo un amplio gesto con las manos.

–Es como lo que cuentan en los libros.

Surgió un clamor.

–La Isla del Tesoro...

–Golondrinas y Amazonas...

–La Isla de Coral...

Ralph agitó la caracola.

–Es nuestra isla. Es una isla estupenda. Podemos divertirnos muchísimo hasta que los mayores vengan por nosotros.

Jack alargó el brazo hacia la caracola.

–Hay cerdos –dijo–. Hay comida y agua para bañarnos ahí en ese arroyo pequeño... y de todo. ¿Alguno de vosotros ha encontrado algo más?

Devolvió la caracola a Ralph y se sentó. Al parecer, nadie había encontrado nada.

Los chicos mayores se fijaron por primera vez en el niño, al tratar éste de resistirse. Un grupo de chiquillos le empuja-

ban hacia delante, pero no quería avanzar. Era un pequeñue-
lo, de unos seis años, con una mancha de nacimiento morada que cubría un lado de su cara. Estaba de pie ante ellos,
combado su cuerpo ahora por la rabiosa luz de la publici-
dad, y frotaba la hierba con la punta de un pie. Balbuceaba
algo y parecía a punto de llorar.

Los otros pequeños, hablando en voz baja, pero muy serios, le empujaron hacia Ralph.

–Bueno –dijo Ralph– venga de una vez.

El niño miró a todos con pánico.

–¡Habla!

El pequeño alargó el brazo hacia la caracola y el grupo
rompió en carcajadas; rápidamente retiró las manos y rompió a llorar.

–¡Dale la caracola! –gritó Piggy–. ¡Dásela!

Por fin, Ralph logró que la cogiese, mas para entonces el
golpe de risas había dejado sin voz al niño. Piggy se arrodilló
junto a él, con una mano sobre la gran caracola, para escu-
charle y hacer de intérprete ante la asamblea.

–Quiere saber qué vais a hacer con esa serpiente.

Ralph se echó a reír y los otros mayores rieron con él.
Cada vez se encorvaba más el pequeño.

–Cuéntanos cómo era esa serpiente.

–Ahora dice que era una fiera.

–¿Una fiera?

–Se parecía a una serpiente. Pero grandísima. La vio él.

–¿Dónde?

–En el bosque.

Las brisas errantes, o tal vez el ocaso del sol, dejaron posarse cierto frescor bajo los árboles. Los muchachos lo advirtieron y se agitaron inquietos.

–No puede haber ni fieras salvajes ni tampoco serpientes
en una isla de este tamaño –explicó Ralph amablemente–.
Sólo se encuentran en países grandes como África o la India.

Murmullos, y el serio asentir de las cabezas.

–Dice que la bestia vino por la noche.

–¡Entonces no pudo verla!

Risas y aplausos.

–¿Habéis oído? Dice que vio esa cosa de noche...

–Sigue diciendo que la vio. Vino, y luego se fue, y volvió, y quería comerle...

–Estaba soñando.

Ralph, entre risas, recorrió con su mirada el anillo de rostros en busca de asentimiento. Los mayores estaban de acuerdo; pero aquí y allá, entre los pequeños, quedaba el resto de duda que necesita algo más que una garantía racional.

–Tuvo una pesadilla. Por haber andado entre todas esas trepadoras.

De nuevo, un serio asentir; sabían muy bien lo que eran las pesadillas.

–Dice que vio esa fiera, como una serpiente, y quiere saber si esta noche va a volver.

–¡Pero si no hay ninguna fiera!

–Dice que por la mañana se transformó en una de esas cosas de los árboles que son como cuerdas y que se cuelga de las ramas. Pregunta si volverá esta noche.

–¡Pero si no hay ninguna fiera!

Ya no había rastro alguno de risas, sino una atención más preocupada.

Ralph, divertido y exasperado a la vez, se pasó ambas manos por el pelo y miró al niño.

Jack asió la caracola.

–Ralph tiene razón, eso desde luego. No hay ninguna serpiente. Pero si hay una serpiente la cazaremos y la mataremos. Vamos a cazar cerdos para traer carne a todos. Y también buscaremos la serpiente esa...

–¡Pero si no hay ninguna serpiente!

–Lo sabremos seguro cuando vayamos a cazar.

Ralph se sintió molesto y, por un momento, vencido. Sintió que se había enfrentado con algo inasequible. Los ojos que le miraban con tanta atención habían perdido su alegría.

–¡Pero si no hay ninguna fiera!

Una reserva de energía que no sospechaba escondida en él se avivó y le forzó a insistir de nuevo y con más fuerza.

–¡Pero si os digo que no hay ninguna fiera!

La asamblea permaneció en silencio.

Ralph alzó la caracola una vez más y recobró el buen humor al pensar en lo que aún tenía que decir.

–Ahora llegamos a lo más importante. He estado pensando. Pensaba mientras escalábamos la montaña –lanzó a los otros dos una mirada de connivencia– y ahora aquí, en la playa. Esto es lo que he pensado. Queremos divertirnos. Y queremos que nos rescaten.

El apasionado rumor de conformidad que brotó de la asamblea le golpeó con la fuerza de una ola y él se perdió. Pensó de nuevo.

–Queremos que nos rescaten; y, desde luego, nos van a rescatar.

Creció el murmullo. Aquella declaración tan sencilla, sin otro respaldo que la fuerza de la nueva autoridad de Ralph, les trajo claridad y dicha. Tuvo que agitar la caracola en el aire para hacerse oír.

–Mi padre está en la Marina. Dice que ya no quedan islas desconocidas. Dice que la Reina tiene un cuarto enorme lleno de mapas y que todas las islas del mundo están dibujadas allí. Así que la Reina tiene dibujada esta isla.

De nuevo se oyó el rumor de la alegría y el optimismo.

–Y antes o después pasará por aquí algún barco. Hasta podría ser el barco de papá. Así que ya lo sabéis. Antes o después vendrán a rescatarnos.

Tras aclarar su argumento, se detuvo. La asamblea se vio alzada a un lugar seguro por sus palabras. Sentían simpatía y ahora respeto hacia él. Le aplaudieron espontáneamente y pronto la plataforma entera resonó con los aplausos. Ralph se sonrojó al observar de costado la abierta admiración de Piggy y al otro lado a Jack, que sonreía con afectación y demostraba que también él sabía aplaudir.

Ralph agitó la caracola en el aire.

–¡Basta! ¡Esperad! ¡Escuchadme!

Prosiguió cuando hubo silencio, alentado por el triunfo.

–Hay algo más. Podemos ayudarles para que nos encuentren. Si se acerca un barco a la isla, puede que no nos vea. Así que tenemos que lanzar humo desde la cumbre de la montaña. Tenemos que hacer una hoguera.

–¡Una hoguera! ¡Vamos a hacer una hoguera!

Al instante, la mitad de los muchachos estaban ya en pie. Jack vociferaba entre ellos, olvidada por todos la caracola.

–¡Venga! ¡Seguidme!

El espacio bajo las palmeras se llenó de ruido y movimiento. Ralph estaba también de pie, gritando que se callasen, pero nadie le oía. En un instante el grupo entero corría hacia el interior de la isla y todos, tras Jack, desaparecieron. Hasta los más pequeños se pusieron en marcha, luchando contra la hojarasca y las ramas partidas como mejor pudieron. Ralph, sosteniendo la caracola en las manos, se había quedado solo con Piggy.

Piggy respiraba ya casi con normalidad.

–¡Igual que unos críos! –dijo con desdén–. ¡Se portan como una panda de críos!

Ralph le miró inseguro y colocó la caracola sobre un tronco.

–Te apuesto a que ya han pasado las cinco –dijo Piggy–. ¿Qué crees que van a hacer en la montaña?

Acarició la caracola con respeto, luego se quedó quieto y alzó los ojos.

–¡Ralph! ¡Oye! ¿A dónde vas?

Ralph trepaba ya por las primeras huellas de vegetación aplastada que marcaban la desgarradura del terreno. Las risas y el ruido de pisadas sobre el ramaje se oían a lo lejos.

Piggy le miró disgustado.

–Igual que una panda de críos...

Suspiró, se agachó y se ató los cordones de los zapatos. El ruido de la errática asamblea se alejaba hacia la montaña. Piggy, con la expresión sufrida de un padre que se ve obligado a seguir la loca agitación de sus hijos, asió la caracola y se dirigió hacia la selva, abriéndose paso a lo largo de la franja destrozada.

En la ladera opuesta de la montaña había una plataforma cubierta por el boscaje. Ralph, una vez más, se vio esbozando el mismo gesto circular con las manos.

–Podemos coger toda la leña que queramos allá abajo.

Jack asintió con la cabeza y dio un tirón a su labio. La arboleda que se ofrecía a unos treinta metros bajo ellos, en el lado más pendiente de la montaña, parecía ideada para proveer de combustible. Los árboles crecían fácilmente bajo el húmedo calor, pero disponían de insuficiente tierra para crecer plenamente y pronto se desplomaban para desintegrarse; las trepadoras los envolvían y nuevos retoños buscaban camino hacia lo alto.

Jack se volvió a los muchachos del coro, que aguardaban preparados a obedecer. Llevaban las gorras negras inclinadas sobre una oreja, como boinas.

–Venga. Vamos a formar una pila.

Buscaron el camino más cómodo de descenso y, una vez allí, comenzaron a recoger leña. Los chicos más pequeños lograron alcanzar la cima y se deslizaron también hacia aquel lugar; pronto todos excepto Piggy estaban ocupados en algo. La mayor parte de la madera estaba tan podrida que cuando tiraban de ella se deshacía en una lluvia de astillas, gusanos y residuos; pero lograron sacar algunos troncos en una sola pieza. Los mellizos, Sam y Eric, fueron los primeros en conseguir un buen leño, pero no pudieron hacer nada con él hasta que Ralph, Jack, Simon, Roger y Maurice se abrieron sitio para echar una mano. Subieron aquella cosa grotesca y muerta monte arriba y la dejaron caer en la cima. Cada grupo de chicos añadía su parte, grande o pequeña, y la pila crecía. Al regresar, Ralph se encontró con Jack, queriendo hacerse con un tronco; ambos se sonrieron y compartieron aquella carga. De nuevo la brisa, los gritos y la oblicua luz del sol sobre la alta montaña infundieron aquel encanto, aquella extraña e invisible luz de amistad, aventura y dicha.

–Casi imposible moverla.

Jack le devolvió la sonrisa.

–Si lo hacemos entre los dos, no.

Juntos, unidos en un mismo esfuerzo por aquella carga, subieron tambaleándose hasta escalar el último saliente. Cantaron juntos ¡Uno! ¡Dos! ¡Tres! y arrojaron el leño sobre la gran pila. Al apartarse, estaban tan alegres por aquel triunfo que Ralph no tuvo más remedio que dar una voltereta inmediatamente. Más abajo los chicos seguían trabajando, aunque algunos de los más pequeños habían perdido interés y buscaban fruta en aquel nuevo bosque. Llegaron ahora a la cima los mellizos, que, con inteligencia no sospechada, traían brazadas de hojas secas que vertieron sobre el montón. Uno a uno, los muchachos fueron abandonando la tarea al comprender que ya tenían bastante para la hoguera; allí esperaron, en la cima quebrada y rosa de la montaña. La respiración se había vuelto tranquila y el sudor se secaba.

Ralph y Jack se miraron mientras el grupo aguardaba en torno suyo. La vergonzosa verdad iba creciendo en ellos y no sabían cómo comenzar la confesión.

Ralph fue el primero en hablar; su cara estaba roja como el carmín.

–¿Quieres...?

Tosió y siguió.

–¿Quieres encender el fuego?

Ahora que la absurda situación estaba al descubierto, Jack se sonrojó también.

Murmuró vagamente:

–Frotas dos palos. Se frotan..

Lanzó una ojeada a Ralph, que acabó por hacer confesión final de su impotencia.

–¿Alguien tiene cerillas?

–Se hace un arco y se da vueltas a la flecha –dijo Roger. Frotó las manos en imitación–. Psss. Psss.

Corría un airecillo sobre la montaña. Y con él llegó Piggy, en camisa y calzoncillos, en un lento esfuerzo para acabar de salir al claro; la luz del atardecer se reflejaba en sus gafas.

Llevaba la caracola bajo el brazo.

Ralph le gritó:

–¡Piggy! ¿Tienes cerillas?

Los demás muchachos repitieron el grito hasta que resonó el eco en la montaña. Piggy contestó que no con un gesto y se acercó hasta la pila.

–¡Vaya! Menudo montón habéis hecho.

Jack señaló, rápido, con la mano.

–Sus gafas... vamos a usarlas como una lente.

Piggy se encontró rodeado antes de poder escapar.

–¡Oye... déjame en paz! –Su voz se convirtió en un grito de terror cuando Jack le arrebató las gafas–. ¡Ten cuidado! ¡Devuélvemelas! ¡No veo casi! ¡Vais a romper la caracola!

Ralph le empujó a un lado de un codazo y se arrodilló junto a la pila.

–Quitaos de la luz.

Se empujaban, se daban tirones unos a otros y gritaban oficiosos. Ralph acercaba y retiraba las gafas y las movía de un lado a otro, hasta que una brillante imagen blanca del sol

declinante apareció sobre un trozo de madera podrida. Casi
inmediatamente se alzó un fino hilo de humo que le hizo toser. También Jack se arrodilló y sopló suavemente, impul-
sando el humo, cada vez más espeso, hacia lo lejos, hasta que
apareció por fin una llama diminuta. La llama, casi invisible
al principio a la brillante luz del sol, rodeó una ramita, creció, se enriqueció en color y alcanzó a otra rama que estalló
con un agudo chasquido. La llama aleteó hacia lo alto y los
chicos rompieron en vítores.

–¡Mis gafas! –chilló Piggy–. ¡Dame mis gafas!

Ralph se apartó de la pila y puso las gafas en las manos de
Piggy, que buscaba a tientas. Su voz bajó hasta no ser más
que un murmullo.

–Sólo cosas borrosas, nada más. Casi no veo ni mis manos...

Los muchachos bailaban. La madera estaba tan podrida y
ahora tan seca que las ramas enteras, como yesca, se entre-
gaban a las impetuosas llamas amarillas; una gran barba
roja, de más de cinco metros, surgió en el aire. El calor que
despedía la hoguera sacudía a varios metros como un golpe,
y la brisa era un río de chispas. Los troncos se deshacían en
polvo blanco.

Ralph gritó:

–¡Más leña! ¡Todos por más leña!

Era una carrera del tiempo contra el fuego, y los muchachos se esparcieron por la selva alta. El objetivo inmediato
era mantener en la montaña una bandera de pura llama on-
deante y nadie había pensado en otra cosa. Incluso los más
pequeños, a no ser que se sintiesen reclamados por los frutales, traían trocitos de leña que arrojaban al fuego. El aire se
movía más ligero y pasó a convertirse en un viento suave, y
así sotavento y barlovento se hallaban bien diferenciados. El
aire era fresco en un lado, pero en el otro el fuego alargaba
un colérico brazo de calor que rizaba inmediatamente el
pelo. Los muchachos, al sentir el viento de la tarde en sus

rostros empapados, se pararon a disfrutar del fresco y advirtieron entonces que estaban agotados. Se tumbaron en las sombras escondidas entre las despedazadas rocas. La barba flamígera disminuyó rápidamente; la pila se desplomó con un ruido suave de cenizas, y lanzó al aire un gran árbol de chispas que se dobló hacia un costado y se alejó en el viento. Los chicos permanecieron tumbados, jadeando como perros.

Ralph levantó la cabeza, que había descansado en los brazos.

–No ha servido para nada.

Roger escupió con tino a la arena caliente.

–¿Qué quieres decir?

–Que no había humo, sólo llamas.

Piggy se había instalado en el ángulo de dos piedras, y estaba allí sentado con la caracola sobre las rodillas.

–Hemos hecho una hoguera para nada –dijo–. No se puede sostener ardiendo un fuego así, por mucho que hagamos.

–Pues sí que tú has hecho mucho –dijo Jack con desprecio–. Te quedaste ahí sentado.

–Hemos usado sus gafas –dijo Simon manchándose de negro una mejilla con el antebrazo–. Nos ayudó así.

–¡La caracola la tengo yo –dijo Piggy indignado–, déjame hablar a mí!

–La caracola no vale en la cumbre de la montaña –dijo Jack–, así que cierra la boca.

–Tengo la caracola en la mano.

–Hay que echar ramas verdes –dijo Maurice–. Ésa es la mejor manera de hacer humo.

–Tengo la caracola...

–¡Tú te callas!

Piggy se acobardó. Ralph le quitó la caracola y se dirigió al círculo de muchachos.

–Tiene que formarse un grupo especial que cuide del fuego. Cualquier día puede llegar un barco –dirigió la mano hacia la tensa cuerda del horizonte–, y si tenemos puesta una señal vendrán y nos sacarán de aquí. Y otra cosa. Necesitamos más reglas. Donde esté la caracola, hay una reunión. Igual aquí que abajo.

Dieron todos su asentimiento. Piggy abrió la boca para hablar, se fijó en los ojos de Jack y volvió a cerrarla. Jack tendió los brazos hacia la caracola y se puso en pie, sosteniendo con cuidado el delicado objeto en sus manos llenas de hollín.

–Estoy de acuerdo con Ralph. Necesitamos más reglas y hay que obedecerlas. Después de todo, no somos salvajes. Somos ingleses, y los ingleses somos siempre los mejores en todo. Así que tenemos que hacer lo que es debido.

Se volvió a Ralph.

–Ralph, voy a dividir el coro... mis cazadores, quiero decir, en grupos, y nos ocuparemos de mantener vivo el fuego...

Tal generosidad produjo una rociada de aplausos entre los muchachos que obligó a Jack a sonreírles y luego a agitar la caracola para demandar silencio.

–Ahora podemos dejar que se apague el fuego. Además, ¿quién iba a ver el humo de noche? Y cuando queramos podemos encenderlo otra vez. Contraltos, esta semana os encargáis vosotros de mantener el fuego, y los sopranos la semana que viene...

La asamblea, gravemente, asintió.

–Y también nos ocuparemos de montar una guardia. Si vemos un barco allá afuera –siguieron con la vista la dirección de su huesudo brazo–, echaremos ramas verdes. Así habrá más humo.

Observaron fijamente el denso azul del horizonte, como si una pequeña silueta fuese a aparecer en cualquier momento.

Al oeste, el sol era una gota de oro ardiente que se deslizaba con rapidez hacia el alféizar del mundo. En ese mismo

momento comprendieron que el ocaso significaba el fin de
la luz y el calor.

Roger cogió la caracola y lanzó a su alrededor una mirada
entristecida.

–He estado mirando al mar y no he visto ni una señal de
un barco. Quizá no vengan nunca por nosotros.

Un murmullo se alzó y se apagó alejándose. Ralph cogió
de nuevo la caracola.

–Ya os he dicho que algún día vendrán por nosotros. Hay
que esperar, eso es todo.

Atrevido, a causa de su indignación, Piggy cogió la caracola.

–¡Eso es lo que yo dije! Estaba hablando de las reuniones y
cosas así y me decís que cierre la boca...

Su voz se elevó en un tono de justificado reproche. Los demás se agitaron y empezaron a gritarle que se callase.

–Habéis dicho que queríais un fuego pequeño y vais y hacéis un montón como un almiar. Si digo algo –gritó Piggy
con amargo realismo–, me decís que me calle, pero si es Jack
o Maurice o Simon...

Se detuvo en medio del alboroto, de pie y mirando por encima de ellos hacia el lado hostil de la montaña, hacia el amplio espacio oscuro donde habían encontrado la leña. Se
echó entonces a reír de una manera tan extraña que los demás se quedaron silenciosos, observando con atención el
destello de sus gafas. Siguieron la dirección de sus ojos hasta
descubrir el significado del amargo chiste.

–Ahí tenéis vuestra fogata.

Se veía salir humo aquí y allá entre las trepadoras que fes-
toneaban los árboles muertos o moribundos. Mientras observaban, un destello de fuego apareció en la base de unos
tallos y el humo fue haciéndose cada vez más espeso. Llamas
pequeñas se agitaron junto al tronco de un árbol y se arrastraron entre las hojas y el ramaje seco, dividiéndose y cre-

ciendo. Un brote rozó el tronco de un árbol y trepó por él
como una ardilla brillante. El humo creció, osciló y rodó hacia fuera. La ardilla saltó sobre las alas del viento y se asió a
otro de los árboles en pie, devorándolo desde la copa. Bajo el
oscuro dosel de hojas y humo, el fuego se apoderó de la selva
y empezó a roer cuanto encontraba. Hectáreas de amarillo y
negro humo rodaron implacables hacia el mar. Al ver las llamas y el curso incontenible del fuego, los muchachos rompieron en chillidos y vítores excitados. Las llamas, como un
animal salvaje, se arrastraron, lo mismo que se arrastra un
jaguar sobre su vientre, hacia una fila de retoños con aspecto
de abedules que adornaban un crestón de la rosada roca.
Aletearon sobre el primero de los árboles, y de las ramas
brotó un nuevo follaje de fuego. El globo de llamas saltó ágilmente sobre el vacío entre los árboles y después recorrió la
fila entera columpiándose y despidiendo llamaradas. Allá
abajo, más de cincuenta hectáreas de bosque se convertían
furiosamente en humo y llamas. Los diversos ruidos del fuego se fundieron en una especie de redoble de tambores que
sacudió la montaña.

–Ahí tenéis vuestra fogata.

Alarmado, Ralph advirtió que los muchachos se quedaban paralizados y silenciosos, sintiéndose invadir por el temor ante el poder desencadenado a sus pies. El conocimiento de ello y el temor le hicieron brutal.

–¡Cállate ya!

–Tengo la caracola –dijo Piggy con lastimada voz–. Tengo
derecho a hablar.

Le miraron con ojos indiferentes a lo que veían y oídos
atentos al crepitar del fuego. Piggy volvió una nerviosa mirada hacia aquel infierno y apretó contra sí la caracola.

–Ahora hay que dejar que todo eso se queme. Y era nuestra leña.

Se pasó la lengua por los labios.

–No podemos hacer nada. Hay que tener más cuidado. Estoy asustado...

Jack hizo un esfuerzo para separar la vista del fuego.

–Tú siempre tienes miedo. ¡Eh! ¡Gordo!

–La caracola la tengo yo –dijo Piggy desalentado. Se volvió a Ralph–. La caracola la tengo yo, ¿verdad, Ralph?

Ralph se apartó con dificultad del espléndido y temible espectáculo.

–¿Qué dices?

–La caracola. Tengo derecho a hablar.

Los mellizos se rieron a la vez.

–Queríais humo...

–Y ahora mira...

Un telón de varios kilómetros de anchura se alzaba sobre la isla. Todos los muchachos, excepto Piggy, empezaron a reír; segundos después no podían dominar las carcajadas.

Piggy perdió la paciencia.

–¡Tengo la caracola! ¡A ver si me escucháis! Lo primero que teníamos que haber hecho era construir refugios allá abajo, junto a la playa. Hacía buen frío allá abajo de noche. Pero en cuanto Ralph dice «una hoguera» salís corriendo y chillando hasta la montaña. ¡Como una panda de críos!

Todos escuchaban ahora su diatriba.

–¿Cómo queréis que nos rescaten si no hacéis las cosas por su orden y no os portáis como es debido?

Se quitó las gafas y pareció que iba a soltar la caracola, pero cambió de parecer al ver que casi todos los mayores se abalanzaban sobre ella. Cobijó la caracola bajo el brazo y se acurrucó junto a la roca.

–Luego, cuando llegáis aquí hacéis una hoguera que no sirve para nada. Ahora mirad lo que habéis hecho, prender fuego a toda la isla. Tendrá mucha gracia que se queme toda la isla. Fruta cocida, eso es lo que vamos a tener de comida, y cerdo asado. ¡Y eso no es para reírse! Dijisteis que Ralph es el jefe y no le dais ni tiempo para pensar. Luego, en cuanto dice algo, salís pitando como, como...

Se detuvo para tomar aliento y oyeron al fuego rugirles.

–Y eso no es todo. Esos niños. Los peques. ¿Quién se ha ocupado de ellos? ¿Quién sabe cuántos tenemos?

Ralph dio un rápido paso adelante.

–Te dije a ti que lo hicieses. ¡Te dije que hicieses una lista con sus nombres!

–¿Cómo iba a hacerlo –gritó Piggy indignado– yo solo? Esperaron dos minutos y se lanzaron al mar; se metieron en el bosque, se fueron por todas partes. ¿Cómo iba a saber cuál era cuál?

Ralph se mojó sus pálidos labios.

–¿Entonces no sabes cuántos deberíamos estar aquí?

–¿Cómo iba a saberlo con todos esos pequeños corriendo de un lado a otro como insectos? Y cuando volvisteis vosotros tres, en cuanto dijiste «hacer una hoguera», todos se largaron y no pude...

–¡Ya basta! –dijo Ralph con dureza, y le arrebató la caracola.

–Si no lo has hecho, pues no lo has hecho.

–... luego subís aquí y me birláis las gafas.

Jack se volvió hacia él.

–¡A callar!

–... y esos pequeños andaban por ahí, donde está el fuego. ¿Cómo sabéis que no están por ahí todavía?

Piggy se levantó y señaló al humo y las llamas. Se alzó entre los muchachos un murmullo que fue apagándose poco a poco. Algo raro le ocurría a Piggy porque apenas podía respirar.

–Aquel peque –jadeó Piggy–, el de la mancha en la cara; no le veo. ¿Dónde está?

El grupo estaba tan callado como la muerte.

–El que hablaba de las serpientes. Estaba allí abajo...

Un árbol estalló en el fuego como una bomba. Las trepadoras, como largas mechas, se alzaron por un momento ante la vista, agonizaron y volvieron a caer. Los muchachos más pequeños gritaron:

–¡Serpientes! ¡Serpientes! ¡Mira las serpientes!

Al oeste, olvidado, el sol yacía a unos centímetros tan sólo sobre el mar. Los rostros estaban iluminados de rojo desde abajo.

Piggy tropezó en una roca y a ella se agarró con ambas manos.

–El chico con la mancha en la... cara... ¿dónde está... ahora? Yo no le veo.

Los muchachos se miraron unos a otros atemorizados, incrédulos.

–... ¿dónde está ahora?

Ralph murmuró la respuesta como avergonzado:

–A lo mejor volvió hacia el... el...

Abajo, en el lado hostil de la montaña, seguía el redoble de tambores.

3. Cabañas en la playa

Jack se había doblado materialmente. Estaba en la posición de un corredor preparado para la salida, con la nariz a muy pocos centímetros de la húmeda tierra. Encima, los troncos de los árboles y las trepadoras que los envolvían se fundían en un verde crepúsculo diez metros más arriba; la maleza lo dominaba todo. Se veía tan sólo el ligero indicio de una senda: en ella, una rama partida y lo que podría ser la huella de media pezuña. Inclinó la barbilla y observó aquellas señales como si pudiese hacerlas hablar. Después, rastreando como un perro, a duras penas, aunque sin ceder a la incomodidad, avanzó a cuatro patas un par de metros, y se detuvo. En el lazo de una trepadora, un zarcillo pendía de un nudo. El zarcillo brillaba por el lado interior; evidentemente, cuando los cerdos atravesaban el lazo de la trepadora rozaban con su hirsuta piel el zarcillo.

Jack se encogió aún más, con aquel indicio junto a la cara, y trató de penetrar con la mirada en la semioscuridad de la maleza que tenía enfrente. Su cabellera rubia, bastante más larga que cuando cayeron sobre la isla, tenía ahora un tono más claro, y su espalda, desnuda, era un manchón de pecas oscuras y quemaduras del sol despellejadas. Con su mano

derecha asía un palo de más de metro y medio de largo, de
punta aguzada, y no llevaba más ropa que un par de pantalones andrajosos sostenidos por la correa de su cuchillo. Cerró los ojos, alzó la cabeza y aspiró suavemente por la nariz,
buscando información en la corriente de aire cálido. Estaban inmóviles, él y el bosque.

Por fin expulsó con fuerza el aire de sus pulmones y abrió
los ojos. Eran de un azul brillante, y ahora parecían a punto
de saltarle, enfurecidos por el fracaso. Se pasó la lengua por
los labios secos y nuevamente su mirada trató de penetrar en
el mudo bosque. Después volvió a deslizarse hacia adelante,
serpenteando para abrirse paso.

El silencio del bosque era aún más abrumador que el calor, y a aquella hora del día ni siquiera se oía el zumbido de
los insectos. El silencio no se rompió hasta que el propio Jack
espantó de su tosco nido de palos a un llamativo pájaro; su
grito agudo desencadenó una sucesión de ecos que parecían
venir del abismo de los tiempos. Jack no pudo evitar un es-
tremecimiento ante aquel grito, y su respiración, sorprendida, sonó como un gemido; por un momento dejó de ser cazador para convertirse en un ser furtivo, como un simio
entre la maraña de árboles. El sendero y el fracaso volvieron
a reclamarle y rastreó ansiosamente el terreno. Junto a un
gran árbol, de cuyo tronco gris surgían flores de un color pálido, se detuvo una vez más, cerró los ojos e inhaló de nuevo
el aire cálido; pero esta vez, entrecortada la respiración y casi
lívido, hubo de esperar unos instantes hasta recuperar la
animación de la sangre. Pasó como una sombra bajo la oscuridad del árbol y se inclinó, observando el trillado terreno a
sus pies. Las deyecciones aún estaban cálidas amontonadas
sobre la tierra revuelta. Eran blandas, de un color verde acei-
tunado y desprendían vapor. Jack alzó la cabeza y se quedó
observando la masa impenetrable de trepadoras que se atravesaban en la senda. Levantó la lanza y se arrastró hacia ade-

lante. Pasadas las trepadoras, la senda venía a unirse a un paso que por su anchura y lo trillado era ya un verdadero camino. Las frecuentes pisadas habían endurecido el suelo y Jack, al ponerse de pie, oyó que algo se movía. Giró el brazo derecho hacia atrás y lanzó el arma con todas sus fuerzas. Del camino llegó un fuerte y rápido patear de pezuñas, un sonido de castañuelas; seductor, enloquecedor: era la promesa de carne. Saltó fuera de la maleza y se precipitó hacia su lanza. El ritmo de las pisadas de los cerdos fue apagándose en la lejanía.

Jack se quedó allí parado, empapado en sudor, manchado de barro oscuro y sucio por las vicisitudes de todo un día de caza. Maldiciendo, se apartó del sendero y se abrió paso hasta llegar al lugar donde el bosque empezaba a aclarar y desde donde se veían coronas de palmeras plumosas y árboles de un gris claro, que sucedían a los desnudos troncos y el oscuro techo del interior. Tras los troncos grises se hallaba el resplandor del mar y se oían voces.

Ralph estaba junto a un precario armazón de tallos y hojas de palmeras, un tosco refugio, de cara a la laguna, que parecía a punto de derrumbarse. No advirtió que Jack le hablaba.

–¿Tienes un poco de agua?

Ralph apartó la mirada, fruncido el ceño, del amasijo de palmas. Ni aun entonces se dio cuenta de la presencia de Jack frente a él.

–Digo que si tienes un poco de agua. Tengo sed.

Ralph apartó su atención del refugio y, sobresaltado, se fijó en Jack.

–Ah, hola. ¿Agua? Ahí, junto al árbol. Debe quedar un poco.

Jack escogió de un grupo de cocos partidos, colocados a la sombra, uno que rebosaba agua fresca y bebió. El agua le salpicó la barbilla, el cuello y el pecho. Terminó con un ruidoso resuello.

–Me hacía falta.

Simon habló desde el interior del refugio:

–Levanta un poco.

Ralph se volvió hacia el refugio y alzó una rama, toda ella alicatada de hojas.

Las hojas se desprendieron y agitaron hasta parar en el suelo. Por el agujero asomó la cara compungida de Simon.

–Lo siento.

Ralph observó con disgusto el desastre.

–No lo vamos a terminar nunca.

Se tumbó junto a los pies de Jack. Simon permaneció en la misma postura, mirándoles desde el hoyo del refugio.

Tumbado, Ralph explicó:

–Llevamos trabajando un montón de días. ¡Y mira!

Dos refugios se hallaban en pie, pero no muy firmes. Este otro era una ruina.

–Y no hacen más que largarse por ahí. ¿Te acuerdas de la reunión? ¿Que todos íbamos a trabajar duro hasta terminar los refugios?

–Menos yo y mis cazadores...

–Menos los cazadores. Bueno, pues con los peques es...

Hizo un gesto con la mano, en busca de la palabra.

–Es inútil. Los mayores son también por el estilo. ¿Ves? Llevo trabajando todo el día con Simon. Nadie más. Están todos por ahí, bañándose o comiendo o jugando.

Simon asomó lentamente la cabeza.

–Tú eres el jefe. Regáñales.

Ralph se tendió del todo en el suelo y alzó la mirada hacia las palmeras y el cielo.

–Reuniones. Nos encantan las reuniones, ¿verdad? Todos los días. Y hasta dos veces al día para hablar –se apoyó en un codo–. Te apuesto que si soplo la caracola ahora mismo vienen corriendo. Y entonces... ya sabes, nos pondríamos muy serios y alguno diría que tenemos que construir un reactor o un submarino o un televisor. Al terminar la reunión se pondrían a trabajar durante cinco minutos y luego se irían a pasear por ahí o a cazar.

A Jack se le encendió la cara.

–Todos queremos carne.

–Pues hasta ahora no la hemos tenido. Y también queremos refugios. Además, el resto de tus cazadores volvieron hace horas. Se han estado bañando.

–Yo seguí –dijo Jack–. Dejé que se marcharan. Tenía que seguir. Yo...

Trató de comunicarle la obsesión, que le consumía, de rastrear una presa y matarla.

–Yo seguí. Pensé, si voy yo solo...

Aquella locura le volvió a los ojos.

–Pensé que podría matar.

–Pero no lo hiciste.

–Pensé que podría.

Una cólera escondida vibró en la voz de Ralph.

–Pero todavía no lo has hecho.

Su invitación podría haberse tomado como una observación sin malicia, a no ser por algo escondido en su tono.

–Supongo que no querrás ayudarnos con los refugios, ¿verdad?

–Queremos carne...

–Y no la tenemos.

La rivalidad se hizo ahora patente.

–¡Pero la conseguiré! ¡La próxima vez! ¡Necesito un hierro para esta lanza! Herimos a un cerdo y la lanza se soltó. Si pudiésemos ponerle una punta de hierro...

–Necesitamos refugios.

De repente, Jack gritó enfurecido:

–¿Me estás acusando?...

–Lo único que digo es que hemos trabajado muchísimo. Eso es todo.

Los dos estaban sofocados y les era difícil mirarse de frente. Ralph se volteó sobre su estómago y se puso a jugar con la hierba.

–Si vuelve a llover como cuando caímos aquí vamos a necesitar refugios, eso desde luego. Y, además, hay otra cosa. Necesitamos refugios porque...

Calló durante un momento y ambos dominaron su enfado. Entonces pasó a un nuevo tema, menos peligroso.

–Te has dado cuenta, ¿no?

Jack soltó la lanza y se sentó en cuclillas.

–¿Que si me he dado cuenta de qué?

–De que tienen miedo.

Giró el cuerpo y observó el rostro violento y sucio de Jack.

–Quiero decir de lo que pasa. Tienen pesadillas. Se les puede oír. ¿No te han despertado nunca por la noche?

Jack sacudió la cabeza.

–Hablan y gritan. Los más pequeños. Y también algunos de los otros. Como si...

–Como si ésta no fuese una isla estupenda.

Sorprendidos por la interrupción, alzaron los ojos y vieron la seria faz de Simon.

–Como si –dijo Simon– la bestia, la bestia o la serpiente, fuese de verdad. ¿Os acordáis?

Los dos chicos mayores se estremecieron al escuchar aquella palabra vergonzosa. Ya no se mentaban las serpientes, eran algo que ya no se podía nombrar.

–Como si ésta no fuese una isla estupenda –dijo Ralph lentamente–. Sí, es verdad.

Jack se sentó y estiró las piernas.

–Están chiflados.

–Como chivas. ¿Te acuerdas cuando fuimos a explorar?

Sonrieron al recordar el hechizo del primer día. Ralph continuó:

–Así que necesitamos refugios que sean como un...

–Hogar.

–Eso es.

Jack encogió las piernas, rodeó las rodillas con las manos y frunció el ceño, en un esfuerzo por lograr claridad.

–De todas formas... en la selva. Quiero decir cuando sales a cazar... cuando vas por fruta no, desde luego..., pero cuando sales por tu cuenta...

Hizo una pausa, sin estar seguro de que Ralph le tomara en serio.

–Sigue.

–Si sales a cazar, a veces te sientes sin querer...

Se le encendió de repente el rostro.

–No significaba nada, desde luego. Es sólo la impresión. Pero llegas a pensar que no estás persiguiendo la caza, sino que... te están cazando a ti; como si en la jungla siempre hubiese algo detrás de ti.

Se quedaron de nuevo callados: Simon, atento, Ralph, incrédulo y ligeramente disgustado. Se incorporó, frotándose un hombro con una mano sucia.

–Pues no sé que decirte.

Jack se puso en pie de un salto y empezó a hablar muy deprisa.

–Así es como te puedes sentir en el bosque. Desde luego, no significa nada. Sólo que..., que...

Dio unos cuantos pasos ligeros hacia la playa; después, volvió.

–Sólo que sé lo que sienten. ¿Sabes? Eso es todo.

–Lo mejor que podíamos hacer es conseguir que nos rescaten.

Jack tuvo que pararse a pensar unos instantes para recordar lo que significaba «rescate».

–¿Rescate? ¡Sí, desde luego! De todos modos, primero me gustaría atrapar un cerdo...

Asió la lanza y la clavó en el suelo. Le volvió a los ojos

aquella mirada opaca y dura. Ralph le miró con disgusto a través de la melena rubia.

–Con tal que tus cazadores se acuerden de la hoguera. . .

–¡Tú y tu hoguera!

Los dos muchachos bajaron saltando a la playa y, volviéndose cuando llegaron al borde del agua, dirigieron la vista hacia la montaña rosa. El hilo de humo dibujaba una blanca línea de tiza en el limpio azul del cielo, temblaba en lo alto y desaparecía. Ralph frunció el ceño.

–Me gustaría saber hasta qué distancia se puede ver eso.

–A muchos kilómetros.

–No hacemos bastante humo.

La base del hilo, como si hubiese advertido sus miradas, se espesó hasta ser una mancha clara que trepaba por la débil columna.

–Han echado ramas verdes –murmuró Ralph–. ¿Será que...? –entornó los ojos y giró para examinar todo el horizonte.

–¡Ya está!

Jack había gritado tan fuerte que Ralph dio un salto.

–¿Qué? ¿Dónde? ¿Es un barco?

Pero Jack señalaba hacia los altos desfiladeros que descendían desde la montaña a la parte más llana de la isla.

–¡Claro! Ahí se deben esconder... tiene que ser eso; cuando el sol calienta demasiado...

Ralph observó asombrado aquel excitado rostro.

–... suben muy alto. Hacia arriba y a la sombra, descansando cuando hace calor, como las vacas en casa...

–¡Creí que habías visto un barco!

–Podríamos acercarnos a uno sin que lo notase..., con las caras pintadas para que no nos viesen..., quizá rodearles y luego...

La indignación acabó con la paciencia de Ralph.

–¡Te estaba hablando del humo! ¿Es que no quieres que nos rescaten? ¡No sabes más que hablar de cerdos, cerdos y cerdos!

–¡Es que queremos carne!

–Y me paso todo el día trabajando sin nadie más que Simon y vuelves y ni te fijas en las cabañas.

–Yo también he estado trabajando...

–¡Pero eso te gusta! –gritó Ralph–. ¡Quieres cazar! Mientras que yo...

Se enfrentaron en la brillante playa, asombrados ante aquel choque de sentimientos. Ralph fue el primero en desviar la mirada, fingiendo interés por un grupo de pequeños en la arena. Del otro lado de la plataforma llegó el griterío de los cazadores nadando en la poza. En un extremo de la plataforma estaba Piggy, tendido boca abajo, observando el agua resplandeciente.

–La gente nunca ayuda mucho.

Quería manifestar que la gente nunca resultaba ser del todo como uno se imagina que es.

–Simon sí ayuda –señaló hacia los refugios–. Todos los demás salieron corriendo. Él ha hecho tanto como yo..., sólo que...

–Siempre se puede contar con Simon.

Ralph se volvió hacia los refugios, con Jack a su lado.

–Te ayudaré un poco –dijo Jack entre dientes– antes de bañarme.

–No te molestes.

Pero cuando llegaron a los refugios no encontraron a Simon por ninguna parte. Ralph se asomó al agujero, retrocedió y se volvió a Jack.

–Se ha largado.

–Se hartaría –dijo Jack– y se fue a bañar.

Ralph frunció el ceño.

–Es un tipo raro.

Jack asintió, por el simple deseo de asentir más que por otra cosa; y por acuerdo tácito dejaron el refugio y se dirigieron a la poza.

–Y luego –dijo Jack–, cuando me bañe y coma algo, treparé al otro lado de la montaña a ver si veo algunas huellas. ¿Vienes?

–¡Pero si el sol está a punto de ponerse!

–Quizás me dé tiempo...

Caminaron juntos, como dos universos distintos de experiencia y sentimientos, incapaces de comunicarse entre sí.

–¡Si lograse atrapar un jabalí!

–Volveré para seguir con el refugio.

Se miraron perplejos, con amor y odio. El agua salada y tibia de la poza, y los gritos, los chapuzones y las risas fueron por fin suficientes para acercarles de nuevo.

Simon, a quien esperaban encontrar allí, no estaba en la poza.

Cuando los otros dos bajaban brincando a la playa para observar la montaña, él les había seguido unos cuantos metros, pero luego se detuvo. Había observado con disgusto un montón de arena en la playa, donde alguien había intentado construir una casilla o una cabaña. Luego volvió la espalda a aquello y penetró en el bosque con aire decidido. Era un muchacho pequeño y flaco, de mentón saliente y ojos tan brillantes que habían confundido a Ralph haciéndole creer que Simon sería muy alegre y un gran bromista. Su melena negra le caía sobre la cara y casi tapaba una frente ancha y baja. Vestía los restos de unos pantalones y, como Jack, llevaba los pies descalzos. Simon, de por sí moreno, tenía fuertemente tostada por el sol la piel, que le brillaba con el sudor.

Se abrió camino remontando el desgarrón del bosque; pasó la gran roca que Ralph había escalado aquella primera mañana; después dobló a la derecha, entre los árboles. Caminaba con paso familiar a través de la zona de frutales, donde el menos activo podía encontrar un alimento accesible, si bien poco atractivo. Flores y frutas crecían juntas en el mismo árbol y por todas partes se percibía el olor a madurez y el zumbido de un millón de abejas silbando. Allí le alcanzaron los chiquillos que habían corrido tras él. Hablaban, chillaban ininteligiblemente y le fueron empujando hacia los árboles. Entre el zumbido de las abejas al sol de la tarde, Simon les consiguió la fruta que no podían alcanzar; eligió lo mejor de cada rama y lo fue entregando a las interminables manos tendidas hacia él. Cuando les hubo saciado, descansó y miró en torno suyo. Los pequeños le observaban, sin expresión definible, por encima de las manos llenas de fruta madura.

Simon les dejó y se dirigió hacia el lugar a donde el apenas perceptible sendero le llevaba. Pronto se vio encerrado en la espesa jungla. De unos altos troncos salían inesperadas flores pálidas en hileras, que subían hasta el oscuro dosel donde la vida se anunciaba con gran clamor. Aquí, el aire mismo era oscuro, y las trepadoras soltaban sus cuerdas como cordajes de barcos a punto de zozobrar. Sus pies iban dejando huellas en el suave terreno y las trepadoras temblaban enteras cuando tropezaba con ellas.

Por fin llegó a un lugar donde penetraba mejor el sol. Las trepadoras, como no tenían que ir muy lejos en busca de la luz, habían tejido una espesísima estera suspendida a un lado de un espacio abierto en la jungla; aquí, la roca casi afloraba y no permitía crecer sobre ella más que plantas pequeñas y helechos. Aquel espacio estaba cercado por oscuros arbustos aromáticos, y todo él era un cuenco de luz y calor. Un gran árbol, caído en una de las esquinas, descansaba contra los árboles que aún permanecían en pie y una veloz trepadora lucía sus rojos y amarillos brotes hasta la cima.

Simon se detuvo. Miró por encima de su hombro, como había hecho Jack, hacia los tupidos accesos que quedaban a su espalda y giró rápidamente la vista en torno suyo para confirmar que estaba completamente solo. Por un momento, sus movimientos se hicieron casi furtivos. Después se agachó y se introdujo, como un gran gusano, por el centro de la estera. Las trepadoras y los arbustos estaban tan próximos que iba dejando el sudor sobre ellos, y en cuanto él pasaba volvían a cerrarse. Una vez alcanzado el centro, se encontró seguro en una especie de choza, cerrada por una pantalla de hojas. Se sentó en cuclillas, separó las hojas y se asomó al espacio abierto frente a él. Nada se movía excepto una pareja de brillantes mariposas que bailaban persiguiéndose en el aire cálido. Sosteniendo la respiración, aguzó el oído a los sonidos de la isla. Sobre la isla iba avanzando la tarde; las notas de las fantásticas aves de colores, el zumbido de las abejas, incluso los chillidos de las gaviotas que volvían a sus nidos entre las cuadradas rocas, eran ahora más tenues. El mar, rompiendo a muchos kilómetros sobre al arrecife, difundía un leve rumor aún menos imperceptible que el susurro de la sangre.

Simon dejó caer la pantalla de hojas a su posición natural. Había disminuido la inclinación de las franjas color de miel que la luz del sol creaba; se deslizaron por los arbustos, pasaron sobre los verdes capullos de cera, se acercaron al dosel y la oscuridad creció bajo los árboles. Al decaer la luz se apagaron los atrevidos colores y fueron debilitándose el calor y la animación. Los capullos de cera se agitaron. Sus verdes sépalos se abrieron ligeramente y las blancas puntas de las flores asomaron suavemente para recibir el aire exterior.

Ahora la luz del sol había abandonado el claro de la jungla y se retiraba del cielo. Cayó la oscuridad sumergiendo los espacios entre los árboles, hasta que éstos se volvieron tan opacos y extraños como las profundidades del mar. Las velas de cera abrieron sus amplias flores blancas, que brillaron bajo las punzadas de luz de las primeras estrellas. Su aroma se esparció por el aire y se apoderó de la isla.

4. Rostros pintados y melenas largas

El primer ritmo al que se acostumbraron fue el lento tránsito desde el amanecer hasta el brusco ocaso. Aceptaron los placeres de la mañana –el sol brillante, el mar dominador y la dulzura del aire– como las horas agradables para los juegos, durante los cuales la vida estaba tan repleta que no hacían falta esperanzas, y por ello se olvidaban. Al acercarse el mediodía, cuando la inundación de luz caía casi verticalmente, los intensos colores matinales se suavizaban en tonos perlas y opalescentes; y el calor –como si la inminente altura del sol le diese impulso– se convertía en un azote, que trataban de esquivar corriendo a tenderse a la sombra, y hasta durmiendo.

Extrañas cosas ocurrían al mediodía. El brillante mar se alzaba, se escindía en planos de absoluta imposibilidad; el arrecife de coral y las escasas y raquíticas palmeras que se sostenían en sus relieves más altos, flotaban hacia el cielo, temblaban, se desgarraban, resbalaban como gotas de lluvia sobre un alambre o se multiplicaban como en una fantástica sucesión de espejos. A veces surgía tierra allí donde no la había y estallaba como una burbuja ante la mirada de los muchachos.

Piggy calificaba todo aquello sabiamente como «espejismos»; y como ninguno de los muchachos podría haberse
acercado ni tan siquiera al arrecife, ya que habrían de atravesar el estrecho de agua donde les aguardaban las dentella-
das de los tiburones, se acostumbraron a aquellos misterios
y los ignoraban, como tampoco hacían caso de las milagro-
sas, de las vibrantes estrellas.

Al mediodía los espejismos se fundían con el cielo y desde
allí, el sol, como un ojo iracundo, lanzaba sus miradas. Después, al acercarse la tarde, las fantasías se debilitaban y con
el descenso del sol el horizonte se volvía llano, azul y recortado. Eran nuevas horas de relativo frescor, aunque siempre
amenazadas por la llegada de la noche. Cuando el sol se hundía, la oscuridad caía sobre la isla como un exterminador y
los refugios se llenaban enseguida de inquietud, bajo las le-
janas estrellas.

Sin embargo, la tradición de la Europa del Norte: trabajo,
recreo y comida a lo largo del día, les impedía adaptarse por
completo a este nuevo ritmo. El pequeño Percival, al poco
tiempo de la llegada, se había arrastrado hasta uno de los refugios, donde permaneció dos días, hablando, cantando y
llorando, con lo que todos creyeron que se había trastorna-
do, cosa que les pareció en cierto modo divertida. Desde entonces se le veía enfermizo, ojeroso y triste: un pequeño que
jugaba poco y lloraba a menudo.

A los más jóvenes se les conocía ahora por el nombre ge-
nérico de «los peques». La disminución en tamaño, desde
Ralph hacia abajo, era gradual; y aunque había una región
dudosa habitada por Simon, Robert y Maurice, nadie, sin
embargo, encontraba la menor dificultad para distinguir a
los grandes en un extremo y a los peques en el otro. Los indudablemente «peques» –los que tenían alrededor de los
seis años– vivían su propia vida muy diferente, pero también muy activa. Se pasaban la mayor parte del día comien-

do, cogiendo la fruta de los lugares que estaban a su alcance, sin demasiados escrúpulos en cuanto a madurez y calidad. Se habían acostumbrado ya a los dolores de estómago y a una especie de diarrea crónica. Sufrían terrores indecibles en la oscuridad y se acurrucaban los unos contra los otros en busca de alivio. Además de comer y dormir, encontraban tiempo para sus juegos, absurdos y triviales, sobre la blanca arena junto al agua brillante. Lloraban por sus madres mucho menos de lo que podía haberse esperado; estaban muy morenos y asquerosamente sucios. Obedecían a las llamadas de la caracola, en parte porque era Ralph quien llamaba y tenía los años suficientes para enlazar con el mundo adulto de la autoridad, y en parte porque les divertía el espectáculo de las asambleas. Pero aparte de esto, rara vez se ocupaban de los mayores, y su apasionada vida emocional y gregaria era algo que sólo a ellos pertenecía.

Habían construido castillos en la arena, junto a la barra del riachuelo. Estos castillos tenían como un pie de altura y estaban adornados con conchas, flores marchitas y piedras curiosas. Alrededor de los castillos crearon un complejo sistema de señales, caminos, tapias y líneas ferroviarias que sólo tenían sentido si se las observaba con la vista a ras del suelo. Allí jugaban los peques, si no completamente felices, al menos con absorta atención; y a menudo grupos de hasta tres se unían en un mismo juego.

En este momento tres de ellos jugaban en aquel lugar. Henry era el mayor. Y era también pariente lejano de aquel otro chico de la mancha en el rostro a quien nadie había vuelto a ver desde la tarde del gran incendio; pero no tenía los años suficientes para comprender bien lo sucedido, y si alguien le hubiese dicho que el otro niño se había vuelto a su casa en avión lo habría aceptado sin queja o duda.

En cierto modo Henry hacía de jefe esa tarde, pues los otros dos, Percival y Johnny, eran los más pequeños de la isla. Percival, de pelo parduzco, nunca había sido muy guapo, ni siquiera para su propia madre. Johnny, un niño rubio, bien formado, era de una belicosidad innata. Ahora se comportaba dócilmente porque estaba interesado en el juego; y los tres niños, arrodillados en la arena, se encontraban en completa paz.

Roger y Maurice salieron del bosque. Su turno ante la hoguera había terminado y bajaban ahora a nadar. Roger, que iba delante, pasó a través de los castillos; los derrumbó a patadas, enterró las flores y esparció las piedras escogidas con tanto cuidado. Le siguió Maurice, riendo y aumentando la devastación. Los tres peques abandonaron su juego y alzaron los ojos. Pero ocurrió que las señales que les tenían ocupados en ese momento no habían sufrido daño, de modo que no protestaron. Percival fue el único que empezó a sollozar, por la arena que se le había metido en los ojos, y Maurice optó por alejarse rápidamente. En su otra vida, Maurice habría sido castigado por llenar de arena unos ojos más jóvenes que los suyos. Ahora, aunque no se encontraba presente ningún padre que dejase caer sobre él una mano airada, sintió de todos modos la desazón del delito. Empezaron a conformarse en los repliegues de su mente los esbozos inseguros de una excusa. Murmuró algo acerca de un baño y se alejó a rápidos saltos.

Roger se quedó atrás observando a los pequeños. No parecía más bronceado por el sol que el día en que cayeron en la isla, pero las greñas de pelo negro, que le cubrían la nuca y le ocultaban la frente, parecían complementar su cara triste y transformaban en algo temible lo que antes había parecido una insociable altanería. Percival dejó de sollozar y volvió a sus juegos, pues las lágrimas le habían librado de la arena. Johnny le miró con ojos de un azul porcelana; luego comenzó a arrojar al aire una lluvia de arena y pronto empezó de nuevo el lloriqueo de Percival.

Cuando Henry se cansó de jugar y comenzó a vagar por la playa, Roger le siguió, caminando tranquilamente bajo las palmeras en la misma dirección. Henry marchaba a cierta distancia de las palmeras y la sombra porque aún era demasiado joven para protegerse del sol. Bajó hasta la playa y se entretuvo jugando al borde del agua.

La gran marea del Pacífico se disponía ya a subir y a cada pocos segundos las aguas de la laguna, relativamente tranquilas, se alzaban y avanzaban un par de centímetros. Ciertas criaturas habitaban en aquella última proyección del mar, seres diminutos y transparentes que subían con el agua a husmear en la pálida y seca arena. Con impalpables órganos sensorios examinaban este nuevo territorio. Quizás hallasen ahora alimentos que no habían encontrado en su última incursión; excrementos de pájaros, incluso insectos o cualquier detrito de la vida terrestre. Extendidos como una miríada de diminutos dientes de sierra llegaban los seres transparentes a la playa en busca de desperdicios. Aquello fascinaba a Henry. Urgó con un palito, también vagabundo y desgastado y blanqueado por las olas, tratando de dominar con él los movimientos de aquellos carroñeros. Hizo unos surcos, que la marea cubrió, e intentó llenarlos con esos seres. Encontró tanto placer en verse capaz de ejercer dominio sobre unos seres vivos, que su curiosidad se convirtió en algo más fuerte que la mera alegría. Les hablaba, dándoles ánimos y órdenes. Impulsados hacia atrás por la marea, caían atrapados en las huellas que los pies de Henry dejaban sobre la arena. Todo eso le proporcionaba la ilusión de poder. Se sentó en cuclillas al borde del agua, con el pelo caído sobre la frente y formándole pantalla ante los ojos, mientras el sol de la tarde vaciaba sobre la playa sus flechas invisibles.

También Roger esperaba. Al principio se había escondido detrás de un grueso tronco de palmera; pero era tan evidente que Henry estaba absorto con aquellos pequeños seres

que decidió por fin hacerse completamente visible. Recorrió
con la mirada toda la extensión de la playa. Percival se había
alejado llorando y Johnny quedaba como dueño triunfante
de los castillos. Allí sentado, canturreaba para sí y arrojaba
arena a un Percival imaginario. Más allá, Roger veía la plataforma y los destellos del agua salpicada cuando Ralph, Simon, Piggy y Maurice se arrojaban a la poza. Escuchó atentamente pero apenas podía oírles.

Una brisa repentina sacudió la orla de palmeras y meció y
agitó sus frondas. Desde casi veinte metros de altura sobre
Roger, un racimo de cocos –bultos fibrosos tan grandes
como balones de rugby– se desprendió de su tallo. Cayeron
todos cerca de él, con una serie de golpes duros y secos, pero
no llegaron a tocarle. No se le ocurrió pensar en el peligro
corrido, se quedó mirando, alternativamente, a los cocos y a
Henry, a Henry y a los cocos.

El subsuelo bajo las palmeras era una playa elevada, y varias
generaciones de palmeras habían ido desalojando de su sitio
las piedras que en otro tiempo yacieron en arenas de otras ori-
llas. Roger se inclinó, cogió una piedra, apuntó y la tiró a
Henry, con decidida intención de errar. La piedra, recuerdo de
un tiempo inverosímil, botó a unos cuatro metros a la derecha
de Henry y cayó en el agua. Roger reunió un puñado de piedras y empezó a arrojarlas. Pero respetó un espacio, alrededor
de Henry, de unos cinco metros de diámetro. Dentro de aquel
círculo, de manera invisible pero con firme fuerza, regía el
tabú de su antigua existencia. Alrededor del niño en cuclillas
aleteaba la protección de los padres y el colegio, de la policía y
la ley. El brazo de Roger estaba condicionado por una civiliza-
ción que no sabía nada de él y estaba en ruinas.

Sorprendió a Henry el sonido de las piedras al estrellarse
en el agua. Abandonó los silenciosos seres transparentes y,
como un perdiguero que muestra la caza, dirigió toda su
atención hacia el centro de los círculos, que se iban exten-

diendo. Caían las piedras por un lado y otro y Henry se volvía dócilmente, pero siempre demasiado tarde para divisarlas en el aire, Por fin logró ver una y se echó a reír, buscando con la mirada al amigo que le gastaba bromas. Pero Roger se había ocultado tras el tronco de palmera, y contra él se reclinaba, con la respiración entrecortada y los ojos pestañeantes. Henry perdió el interés por las piedras y se alejó.

–Roger.

Jack se encontraba bajo un árbol a unos diez metros de allí. Cuando Roger abrió los ojos y le vio, una sombra más oscura se extendió bajo su ya morena piel; pero Jack no notó nada. Le llamaba por señas, tan inquieto e impaciente que Roger tuvo que acudir a su lado.

Había una poza al extremo del río, un pequeño lago retenido por la arena y lleno de blancos nenúfares y juncos afilados. Allí aguardaban Sam y Erik y también Bill. Oculto del sol, Jack se arrodilló junto a la poza y desplegó las dos grandes hojas que llevaba en las manos. Una de ellas contenía arcilla blanca y la otra arcilla roja. Junto a ellas había un trozo de carbón vegetal extraído de la hoguera.

Mientras actuaba, Jack explicó a Roger:

–No es que me huelan; creo que lo que pasa es que me ven. Ven un bulto rosa bajo los árboles.

Se embadurnó de arcilla.

–¡Si tuviese un poco de verde!

Volvió hacia Roger el rostro medio pintado y quiso responder a la confusión que notó en su mirada:

–Es para cazar. Igual que se hace en la guerra. Ya sabes... camuflaje. Es como tratar de parecerte a otra cosa...

Contorsionó el cuerpo en su necesidad de expresarse:

–... como las polillas en el tronco de un árbol.

Roger comprendió y asintió con seriedad. Los mellizos se acercaron a Jack y empezaron a protestar tímidamente por alguna razón. Jack les apartó con la mano.

–A callar.

Se frotó con la barra de carbón entre las manchas rojas y blancas de su cara.

–No. Vosotros dos vais a venir conmigo.

Contempló el reflejo de su rostro y no pareció quedar muy contento. Se agachó, tomó con ambas manos agua tibia y se restregó la cara. Reaparecieron sus pecas y las cejas rubias.

Roger sonrió sin querer.

–Vaya una pinta que tienes.

Jack estudió detalladamente un nuevo rostro. Coloreó de blanco una mejilla y la cuenca de un ojo; después frotó de rojo la otra mitad de la cara y con el carbón trazó una raya desde la oreja derecha hasta la mandíbula izquierda. Buscó su imagen en la laguna, pero enturbiaba el espejo con la respiración.

–Samyeric. Traedme un coco, uno vacío.

Se arrodilló sosteniendo el cuenco de agua. Un círculo de sol cayó sobre su rostro y en el fondo del agua apareció un resplandor. Miró con asombro, no a su propia cara, sino a la de un temible extraño. Derramó el agua y de un salto se puso en pie riendo con excitación. Junto a la laguna, su espigado cuerpo sostenía una máscara que atrajo hacia sí las miradas de los otros y les atemorizó. Empezó a danzar y su risa se convirtió en gruñidos sedientos de sangre. Brincó hacia Bill, y la máscara apareció como algo con vida propia tras la cual se escondía Jack, liberado de vergüenza y responsabilidad. Aquel rostro rojo, blanco y negro saltó en el aire y bailó hacia Bill, el cual se enderezó de un salto, riendo, pero de repente enmudeció y se alejó tropezando entre los matorrales. Jack se precipitó hacia los mellizos.

–Los otros se están poniendo ya en fila. ¡Vamos!

–Pero...

–... nosotros...

–¡Vámonos! Yo me acercaré a gatas y le apuñalaré...

La máscara les forzaba a obedecer.

Ralph salió de la poza y, brincando, cruzó la playa y fue a sentarse bajo la sombra de las palmeras. Tenía el pelo pegado sobre las cejas y se lo echó hacia atrás. Simon flotaba en el agua, que agitaba con sus pies, y Maurice se ensayaba en bucear. Piggy vagaba de un lado a otro, recogiendo cosas sin ningún propósito para deshacerse luego de ellas. Los breves estanques que se formaban entre las rocas le fascinaban, pero habían sido ya cubiertos por la marea y no tenía nada en que interesarse hasta que la marea bajase de nuevo. Al cabo de un rato, viendo a Ralph bajo las palmeras, fue a sentarse junto a él.

Piggy vestía los restos de unos pantalones cortos; su cuerpo regordete estaba tostado por el sol y sus gafas seguían lanzando destellos cada vez que miraba algo. Era el único muchacho en la isla cuyo pelo no parecía crecer jamás. Todos los demás tenían la cabeza poblada de greñas, pero el pelo de Piggy se repartía en finos mechones sobre su cabeza como si la calvicie fuese su estado natural y aquella cubierta rala estuviese a punto de desaparecer igual que el vello de las astas de un cervatillo.

–He estado pensado –dijo– en un reloj. Podíamos hacer un reloj de sol. Se podía hacer con un palo en la arena, y luego...

El esfuerzo para expresar el proceso matemático correspondiente resultó demasiado duro. Se limitó a dar unos pasos.

–Y un avión y un televisor –dijo Ralph con amargura– y una máquina de vapor.

Piggy negó con la cabeza.

–Para eso se necesita mucho metal –dijo–, y no tenemos nada de metal. Pero sí que tenemos un palo.

Ralph se volvió y tuvo que sonreír. Piggy era un pelma; su gordura, su asma y sus ideas prácticas resultaban aburridísimas. Pero siempre producía cierto placer tomarle el pelo, aunque se hiciese sin querer.

Piggy advirtió la sonrisa y, equivocadamente, la tomó como señal de simpatía. Se había extendido entre los mayores de manera tácita la idea de que Piggy no era uno de los suyos, no sólo por su forma de hablar, que en realidad no importaba, sino por su gordura, el asma y las gafas y una cierta aversión hacia el trabajo manual. Ahora, al ver que Ralph sonreía por algo que él había dicho, se alegró y trató de sacar ventaja.

–Tenemos muchos palos. Podríamos tener cada uno nuestro reloj de sol. Así sabríamos la hora que es.

–Pues sí que nos ayudaría eso mucho.

–Tú mismo dijiste que debíamos hacer cosas. Para que vengan a rescatarnos.

–Anda, cierra la boca.

De un salto, Ralph se puso en pie y corrió hacia la poza, en el preciso momento en que Maurice se tiraba torpemente al agua. Se alegró al encontrar la ocasión de cambiar de tema. Cuando Maurice salió a la superficie, gritó:

–¡Has caído de barriga! ¡Has caído de barriga!

Maurice sonrió con la mirada a Ralph, que se deslizó en el agua con destreza. De todos los muchachos era él quien se sentía más a sus anchas allá dentro; pero aquel día, molesto por la mención del rescate, la inútil y estúpida mención del rescate, ni siquiera las verdes profundidades del agua ni el dorado sol, roto en ella en pedazos, podían ofrecerle bálsamo alguno. En vez de quedarse allí a jugar, nadó con seguras brazadas por debajo de Simon y salió a gatas por el otro lado de la poza para tumbarse allí, brillante y húmedo como una foca. Piggy, siempre inoportuno, se levantó y fue a su lado, por lo que Ralph dio media vuelta y fingió, boca abajo, no verle. Los espejismos habían desaparecido y con tristeza su mirada recorrió la línea azul y tensa del horizonte.

Se levantó de un salto repentino y gritó:

–¡Humo! ¡Humo!

Simon, aún dentro de la poza, intentó incorporarse y se tragó una bocanada de agua. Maurice, que estaba a punto de lanzarse al agua, retrocedió y salió corriendo hacia la plataforma, pero finalmente dio la vuelta y se dirigió hacia la hierba bajo las palmeras. Allí trató de ponerse los andrajosos pantalones, a fin de estar listo para cualquier eventualidad.

Ralph, en pie, se sujetaba el pelo con una mano mientras mantenía la otra firmemente cerrada. Simon se disponía a salir del agua. Piggy se limpiaba las gafas con los pantalones y entornaba los ojos dirigiendo la mirada al mar. Maurice había metido ambas piernas en una misma pernera. Ralph era el único de los muchachos que no se movía.

–No veo ningún humo –dijo Piggy con incredulidad–. No veo ningún humo, Ralph, ¿dónde está?

Ralph no dijo nada. Mantenía ahora sus dos puños sobre la frente para apartar de los ojos el pelo. Se inclinaba hacia delante; ya la sal comenzaba a blanquear su cuerpo.

–Ralph... ¿dónde está el barco?

Simon permanecía cerca, mirando alternativamente a Ralph y al horizonte. Los pantalones de Maurice se abrieron con un quejido y cayeron hechos pedazos; los abandonó allí, corrió hacia el bosque, pero retrocedió.

El humo era un diminuto nudo en el horizonte, que iba deshaciéndose poco a poco. Debajo del humo se veía un punto que podría ser una chimenea. Ralph palideció mientras se decía a sí mismo:

–Van a ver nuestro humo.

Piggy por fin acertó con la dirección exacta.

–No parece gran cosa.

Dio la vuelta y alzó los ojos hacia la montaña. Ralph siguió contemplando el barco como si quisiera devorarlo con la mirada. El color volvía a su rostro. Simon, silencioso, seguía a su lado.

–Ya sé que no veo muy bien –dijo Piggy–, pero ¿nos queda algo de humo?

Ralph se movió impaciente, sus ojos clavados aún en el barco.

–El humo de la montaña.

Maurice llegó corriendo y miró al mar. Simon y Piggy miraban, ambos, hacia la montaña. Piggy fruncía el rostro para concentrar la mirada, pero Simon lanzó un grito como si algo le hubiese herido.

–¡Ralph! ¡Ralph!

El tono de la llamada hizo girar a Ralph en la arena.

–Dímelo tú –dijo Piggy lleno de ansiedad–: ¿Tenemos alguna señal?

Ralph volvió a mirar el humo que iba dispersándose en el horizonte y luego hacia la montaña.

–¡Ralph..., por favor! ¿Tenemos alguna señal?

Simon alargó el brazo tímidamente para alcanzar a Ralph; pero Ralph echó a correr, salpicando el agua del extremo menos hondo de la poza, a través de la blanca y cálida arena y bajo las palmeras. Pronto se encontró forcejeando con la maleza que comenzaba ya a cubrir la desgarradura del terreno. Simon corrió tras él; después Maurice. Piggy gritaba:

–¡Ralph! ¡Por favor..., Ralph!

Empezó a correr también, tropezando con los pantalones abandonados de Maurice antes de lograr cruzar la terraza. Detrás de los cuatro muchachos el humo se movía suavemente a lo largo del horizonte; en la playa, Henry y Johnny arrojaban arena a Percival, que volvía a lloriquear, ignorantes los tres por completo de la excitación desencadenada.

Cuando Ralph alcanzó el extremo más alejado del desgarrón ya había gastado en insultos buena parte del necesario aliento. Desesperado, violentaba de tal manera contra las ásperas trepadoras su cuerpo desnudo, que la sangre empezó a resbalar por él. Se detuvo al llegar a la empinada cuesta de la montaña. Maurice se hallaba tan sólo a unos cuantos metros detrás.

–¡Las gafas de Piggy! –gritó Ralph–. Si el fuego se ha apagado las vamos a necesitar...

Dejó de gritar y se movió indeciso. Piggy subía trabajosamente por la playa y apenas podía vérsele. Ralph contempló el horizonte, luego la montaña. ¿Sería mejor ir por las gafas de Piggy o se habría ya ido el barco para entonces? Y si seguía escalando, ¿qué pasaría si no había ningún fuego encendido y tenía que quedarse viendo cómo se arrastraba Piggy hacia arriba mientras se hundía el barco en el horizonte? Inseguro en la cumbre de la urgencia, en la agonía de la indecisión, Ralph gritó:

–¡Oh Dios, oh Dios!

Simon, que luchaba con los matorrales, se detuvo para recobrar el aliento. Tenía el rostro alterado. Ralph siguió como pudo, desgarrándose la piel mientras el rizo de humo seguía su camino.

El fuego estaba apagado. Lo vieron en seguida; vieron lo que en realidad habían sabido allá en la playa cuando el humo del hogar familiar les había llamado desde el mar. El fuego estaba completamente apagado, sin humo, muerto. Los vigilantes se habían ido. Un montón de leña se hallaba listo para su empleo.

Ralph se volvió hacia el mar. De un lado a otro se extendía el horizonte, indiferente de nuevo, sin otra cosa que una ligerísima huella de humo. Ralph corrió a tropezones por las rocas hasta llegar al borde mismo del acantilado rosa y gritó al barco:

–¡Vuelve! ¡Vuelve!

Corrió de un lado a otro, vuelto siempre el rostro hacia el mar, y alzó la voz enloquecida:

–¡Vuelve! ¡Vuelve!

Llegaron Simon y Maurice. Ralph les miró sin pestañear. Simon se volvió para secarse las lágrimas. Ralph buscó dentro de sí la palabra más fea que conocía.

–Han dejado apagar ese maldito fuego.

Miró hacia abajo, por el lado hostil de la montaña. Piggy llegaba jadeando y lloriqueando como uno de los pequeños. Ralph cerró los puños y enrojeció. No necesitaba señalar, ya lo hacían por él la intensidad de su mirada y la amargura de su voz.

–Ahí están.

A lo lejos, abajo, entre las piedras y los guijarros rosados junto a la orilla, aparecía una procesión. Algunos de los muchachos llevaban gorras negras, pero iban casi desnudos. Cuando llegaban a un punto menos escabroso todos alzaban los palos a la vez. Cantaban algo referente al bulto que los inseguros mellizos llevaban con tanto cuidado.

Ralph distinguió fácilmente a Jack, incluso a aquella distancia: alto, pelirrojo y, como siempre, a la cabeza de la procesión.

La mirada de Simon iba ahora de Ralph a Jack, como antes pasara de Ralph al horizonte, y lo que vio pareció atemorizarle. Ralph no volvió a decir nada; aguardaba mientras la procesión se iba acercando. Oían la cantinela, pero desde aquella distancia no llegaban las palabras. Los mellizos caminaban detrás de Jack, cargando sobre sus hombros una gran estaca. El cuerpo destripado de un cerdo se balanceaba pesadamente en la estaca mientras los mellizos caminaban con gran esfuerzo por el escabroso terreno. La cabeza del cerdo colgaba del hendido cuello y parecía buscar algo en la tierra. Las palabras del canto flotaron por fin hasta ellos, a través de la cárcava cubierta de maderas ennegrecidas y cenizas.

–*Mata al jabalí. Córtale el cuello. Derrama su sangre.*

Pero cuando las palabras se hicieron perceptibles, la procesión había llegado ya a la parte más empinada de la montaña y muy poco después se desvaneció la cantinela. Piggy lloriqueaba y Simon se apresuró a mandarle callar, como si hubiese alzado la voz en una iglesia.

Jack, con el rostro embadurnado de diversos colores, fue el primero en alcanzar la cima y saludó, excitado, a Ralph con la lanza alzada al aire.

–¡Mira! Hemos matado un jabalí... le sorprendimos... formamos un círculo...

Los cazadores interrumpieron a voces:

–Formamos un círculo...

–Nos arrastramos...

–El jabalí empezó a chillar...

Los mellizos permanecieron quietos, sosteniendo al cerdo que se balanceaba entre ambos y goteaba negros grumos sobre la roca. Parecían compartir una misma sonrisa amplia y extasiada. Jack tenía demasiadas cosas que contarle a Ralph, y todas a la vez. Pero, en lugar de hacerlo, dio un par de saltos de alegría, hasta acordarse de su dignidad; se paró con una alegre sonrisa. Al fijarse en la sangre que cubría sus manos hizo un gesto de desagrado y buscó algo para limpiarlas. Las frotó en sus pantalones y rió.

–Habéis dejado que se apague el fuego –dijo Ralph.

Jack se quedó cortado, irritado ligeramente por aquella tontería, pero demasiado contento para preocuparse mucho.

–Ya lo encenderemos luego. Oye, Ralph, debías haber venido con nosotros. Pasamos un rato estupendo. Tumbó a los mellizos...

–Le dimos al jabalí...

–... Yo caí encima...

–Yo le corté el cuello –dijo Jack, con orgullo, pero todavía estremeciéndose al decirlo.

–Ralph, ¿me prestas el tuyo para hacer una muesca en el puño?

Los muchachos charlaban y danzaban. Los mellizos seguían sonriendo.

–Había sangre por todas partes –dijo Jack riendo estremecido–. Deberías haberlo visto.

–Iremos de caza todos los días...

Volvió a hablar Ralph, con voz enronquecida. No se había movido.

–Habéis dejado que se apague el fuego.

La insistencia incomodó a Jack. Miró a los mellizos y luego de nuevo a Ralph.

–Les necesitábamos para la caza –dijo–, no hubiéramos sido bastantes para formar el círculo.

Se turbó al reconocer su falta.

–El fuego sólo ha estado apagado una hora o dos. Podemos encenderlo otra vez...

Advirtió la erosionada desnudez de Ralph y el sombrío silencio de los cuatro. Su alegría le hacía sentir un generoso deseo de hacerles compartir lo que había sucedido. Su mente estaba llena de recuerdos: los recuerdos de la revelación al acorralar a aquel jabalí combativo; la revelación de haber vencido a un ser vivo, de haberle impuesto su voluntad, de haberle arrancado la vida, con la satisfacción de quien sacia una larga sed.

Abrió los brazos:

–¡Tenías que haber visto la sangre!

Los cazadores estaban ahora más silenciosos, pero al oír aquello hubo un nuevo susurro. Ralph se echó el pelo hacia atrás. Señaló el vacío horizonte con un brazo. Habló con voz alta y violenta, y su impacto obligó al silencio.

–Ha pasado un barco.

Jack, enfrentado de repente con tantas terribles implicaciones, trató de esquivarlas. Puso una mano sobre el cerdo y sacó su cuchillo. Ralph bajó el brazo, cerrado el puño, y le tembló la voz:

—Vimos un barco allá afuera. ¡Dijiste que te ocuparías de tener la hoguera encendida y has dejado que se apague!

Dio un paso hacia Jack, que se volvió y se enfrentó con él.

—Podrían habernos visto. Nos podríamos haber ido a casa...

Aquello era demasiado amargo para Piggy, que ante el dolor de lo perdido, olvidó su timidez. Empezó a gritar con voz aguda:

—¡Tú y tu sangre, Jack Merridew! ¡Tú y tu caza! Nos podríamos haber ido a casa...

Ralph apartó a Piggy de un empujón.

—Yo era el jefe, y vosotros ibais a hacer lo que yo dijese. Tú, mucho hablar; pero ni siquiera sois capaces de construir unas cabañas... luego os vais por ahí a cazar y dejáis que se apague el fuego...

Se dio la vuelta, silencioso unos instantes. Después volvió a oírse su voz emocionada:

—Vimos un barco...

Uno de los cazadores más jóvenes comenzó a sollozar. La triste realidad comenzaba a invadirles a todos. Jack se puso rojo mientras hundía en el jabalí el cuchillo.

—Era demasiado trabajo. Necesitábamos a todos.

Ralph se adelantó.

—Te podías haber llevado a todos cuando acabásemos los refugios. Pero tú tenías que cazar...

—Necesitábamos carne.

Jack se irguió al decir aquello, con su cuchillo ensangrentado en la mano. Los dos muchachos se miraron cara a cara. Allí estaba el mundo deslumbrante de la caza, la táctica, la destreza y la alegría salvaje; y allí estaba también el mundo de las añoranzas y el sentido común desconcertado. Jack se pasó el cuchillo a la mano izquierda y se manchó de sangre la frente al apartarse el pelo pegajoso.

Piggy empezó de nuevo:

–¿Por qué has *dejao* que se apague el fuego? Dijiste que te ibas a ocupar del humo...

Esas palabras de Piggy y los sollozos solidarios de algunos de los cazadores arrastraron a Jack a la violencia. Aquella mirada suya que parecía dispararse volvió a sus ojos azules. Dio un paso, y al verse por fin capaz de golpear a alguien, lanzó un puñetazo al estómago de Piggy. Cayó éste sentado, con un quejido. Jack permanecía erguido ante él y, con voz llena de rencor por la humillación, dijo:

–¿Conque sí, eh, gordo?

Ralph dio un paso hacia delante y Jack golpeó a Piggy en la cabeza.

Las gafas de Piggy volaron por el aire y tintinearon en las rocas. Piggy gritó aterrorizado:

–¡Mis gafas!

Buscó a gatas y a tientas por las rocas; Simon, que se había adelantado, las encontró. Las pasiones giraban con espantosas alas en torno a Simon, sobre la cima de la montaña.

–Se ha roto uno de los lados.

Piggy le arrebató las gafas y se las puso. Miró a Jack con aversión.

–No puedo estar sin las gafas estas. Ahora sólo tengo un ojo. Tú vas a ver...

Jack iba a lanzarse contra Piggy, pero éste se escabulló hasta esconderse detrás de una gran roca. Sacó la cabeza por encima y miró enfurecido a Jack a través de su único cristal, centelleante.

–Ahora sólo tengo un ojo. Tú vas a ver...

Jack imitó sus quejidos y su huida a gatas.

–¡Tú vas a ver...!, ¡Ahhh...!

Piggy y aquella parodia resultaban tan cómicos que los cazadores se echaron a reír. Jack se sintió alentado. Siguió a gatas hacia él, dando tumbos, y la risa creció hasta convertirse en un vendaval de histeria. Ralph sintió que se le contraían los labios a pesar suyo. Se irritó contra sí mismo por ceder de aquel modo y murmuró:

–Fue una jugada sucia.

Jack abandonó sus escarceos y puesto en pie se enfrentó con Ralph. Sus palabras salieron con un grito:

–¡Bueno, bueno!

Miró a Piggy, a los cazadores, a Ralph.

–Lo siento. Lo de la hoguera, quiero decir. Ya está. Quiero...

Se irguió:

–...Quiero disculparme.

El susurro que salió de las bocas de los cazadores estaba lleno de admiración por aquel noble gesto. Evidentemente, ellos pensaban que Jack había hecho lo que era debido, había logrado enmendar su falta con una disculpa generosa y, a la vez, confusamente, pensaban que había puesto a Ralph ahora en evidencia. Esperaban oír una respuesta noble, tal como correspondía.

Pero los labios de Ralph se negaban a pronunciarla. Le indignaba que Jack añadiese aquel truco verbal a su mal comportamiento. La hoguera estaba apagada; el barco se había ido. ¿Es que no se daban cuenta? Fue cólera y no nobleza lo que salió de su garganta.

–Ésa fue una jugada sucia.

Permanecieron todos callados en la cima de la montaña; por los ojos de Jack pasó de nuevo aquella violenta ráfaga.

La palabra final de Ralph fue un murmullo sin elegancia:

–Bueno, encended la hoguera.

Disminuyó la tirantez al hallarse frente a una actividad positiva. Ralph no dijo más; no se movió, observaba la ceniza a sus pies. Jack se mostraba activo y excitado. Daba órdenes, cantaba, silbaba, lanzaba comentarios al silencioso Ralph; comentarios que no requerían contestación alguna y no podían, por tanto, provocar un desaire; pero Ralph seguía en silencio. Nadie, ni siquiera Jack, se atrevió a pedirle que se apartase a un lado y acabaron por hacer la hoguera a dos metros del antiguo emplazamiento, en un lugar menos apropiado. Confirmaba así Ralph su caudillaje, y no podría haber elegido modo más eficaz si se lo hubiese propuesto. Jack se encontraba impotente ante aquel arma tan indefinible, pero tan eficaz, y sin saber por qué se encolerizó. Cuando la pila quedó formada, ambos se hallaban ya separados por una alta barrera.

Preparada la leña surgió una nueva crisis. Jack no tenía con qué encenderla, y entonces, para su sorpresa, Ralph se acercó a Piggy y le quitó las gafas. Ni el mismo Ralph supo cómo se había roto el lazo que le había unido a Jack y cómo había ido a prenderse en otro lugar.

–Ahora te las traigo.

–Voy contigo.

Piggy, aislado en un mar de colores sin sentido, se colocó detrás de Ralph, mientras éste se arrodillaba para enfocar el brillante punto. En cuanto se encendió la hoguera, Piggy alargó sus manos y asió las gafas.

Ante aquellas flores violetas, rojas y amarillas, tan maravillosamente atractivas, se derritió todo resto de aspereza. Se transformaron en un círculo de muchachos alrededor de la fogata en un campamento, y hasta Piggy y Ralph sintieron su atractivo. Pronto salieron algunos muchachos cuesta abajo en busca de más leña, mientras Jack se encargaba de descuartizar el cerdo. Intentaron sostener la res entera sobre el fuego, colgada de una estaca, pero ésta ardió antes de que el cerdo se asara. Acabaron por cortar trozos de carne y mantenerlos sobre las llamas atravesados con palos, y aun así los muchachos se asaban casi tanto como la carne.

A Ralph se le hacía la boca agua. Tenía toda la intención de rehusar la carne, pero su pobre régimen de fruta y nueces, con algún que otro cangrejo o pescado, le instaba a no oponer ninguna resistencia.

Aceptó un trozo medio crudo de carne y lo devoró como un lobo.

Piggy, no menos deseoso que Ralph, exclamó:

–¿Es que a mí no me vais a dar?

Jack había pensado dejarle en la duda, como una muestra de su autoridad, pero Piggy, al anunciarle la omisión, hacía necesaria una crueldad mayor.

–Tú no cazaste.

–Ni tampoco Ralph –dijo Piggy quejoso–, ni Simon.

Luego, añadió:

–No hay ni media pizca de carne en un cangrejo.

Ralph se movió disgustado. Simon, sentado entre los mellizos y Piggy, se limpió la boca y deslizó su trozo de carne sobre las rocas, junto a Piggy, que se abalanzó sobre él. Los mellizos se rieron y Simon agachó la cabeza sonrojado.

Jack se puso entonces en pie de un salto, cortó otro gran trozo de carne y lo arrojó a los pies de Simon.

–¡Come! ¡Maldito seas!

Miró furibundo a Simon.

–¡Cógelo!

Giró sobre sus talones; era el centro de un círculo de asombrados muchachos.

–¡He traído carne para todos!

Un sinfín de inexpresables frustraciones se unieron para dar a su furia una fuerza elemental y avasalladora.

–Me pinté la cara..., me acerqué hasta ellos. Ahora coméis... todos... y yo...

Lentamente, el silencio en la montaña se fue haciendo tan profundo que los chasquidos de la leña y el suave chisporroteo de la carne al fuego se oían con claridad. Jack miró en

torno suyo en busca de comprensión, pero tan sólo encontró
respeto. Ralph, con las manos repletas de carne, permanecía
de pie sobre las cenizas de la antigua hoguera, silencioso.

Por fin, Maurice rompió el silencio. Pasó al único tema capaz de reunir de nuevo a la mayoría de los muchachos.

–¿Dónde encontrasteis el jabalí?

Roger señaló hacia el lado hostil.

–Estaban allí…, junto al mar.

Jack, que había recobrado la tranquilidad, no podía soportar que alguien relatase su propia hazaña. Le interrumpió rápido:

–Nos fuimos cada uno por un lado. Yo me acerqué a gatas.
Ninguna de las lanzas se le quedaba clavada porque no llevaban puntas. Se escapó con un ruido espantoso…

–Luego se volvió y se metió en el círculo; estaba sangrando…

Todos hablaban a la vez, con alivio y animación.

–Le acorralamos…

El primer golpe le había paralizado sus cuartos traseros y
por eso les resultó fácil a los muchachos cerrar el círculo,
acercarse y golpearle una y otra vez…

–Yo le atravesé la garganta…

Los mellizos, que aún compartían su idéntica sonrisa, saltaron y comenzaron a correr en redondo uno tras el otro.
Los demás se unieron a ellos, imitando los quejidos del cerdo moribundo y gritando:

–¡Dale uno en el cogote!

–¡Un buen estacazo!

Después Maurice, imitando al cerdo, corrió gruñendo
hasta el centro; los cazadores, aún en círculo, fingieron golpearle. Cantaban a la vez que bailaban.

–¡*Mata al jabalí! ¡Córtale el cuello! ¡Pártele el cráneo!*

Ralph les contemplaba con envidia y resentimiento. No
dijo nada hasta que decayó la animación y se apagó el canto.

–Voy a convocar una asamblea.

Uno a uno fueron calmándose todos y se quedaron mirándole.

–Con la caracola. Voy a convocar una reunión, aunque tenga que durar hasta la noche. Abajo, en la plataforma. En cuanto la haga sonar. Ahora mismo.

Dio la vuelta y se alejó montaña abajo.

5. El monstruo del mar

La marea subía y sólo quedaba una estrecha faja de playa firme entre el agua y el área blanca y pedregosa que bordeaba la terraza de palmeras. Ralph escogió la playa firme como camino porque necesitaba pensar, y aquél era el único lugar donde sus pies podían moverse libremente sin tener él que vigilarlos. De súbito, al pasar junto al agua, se sintió sobrecogido. Advirtió que al fin se explicaba por qué era tan desalentadora aquella vida, en la que cada camino resultaba una improvisación y había que gastar la mayor parte del tiempo en vigilar cada paso que uno daba. Se detuvo frente a la faja de playa, y, al recordar el entusiasmo de la primera exploración, que ahora parecía pertenecer a una niñez más risueña, sonrió con ironía. Dio media vuelta y caminó hacia la plataforma con el sol en el rostro. Había llegado la hora de la asamblea y mientras se adentraba en las cegadoras maravillas de la luz del sol, repasó detalladamente cada punto de su discurso. No había lugar para equívocos de ninguna clase ni para escapadas tras imaginarias...

Se perdió en un laberinto de pensamientos que resultaban oscuros por no acertar a expresarlos con palabras. Molesto, lo intentó de nuevo.

Esa reunión debía ser cosa seria, nada de juegos.

Decidido, caminó más deprisa, captando a la vez lo urgente del asunto, el ocaso del sol y la ligera brisa que su precipitado paso levantaba en torno suyo. Aquel vientecillo le apretaba la camisa gris contra el pecho y le hizo advertir –gracias a aquella nueva lucidez de su mente– la desagradable rigidez de los pliegues, tiesos como el cartón. También se fijó en los bordes raídos de los pantalones, cuyo roce estaba formando una zona rosa y molesta en sus muslos. Con una convulsión de la mente, Ralph halló suciedad y podredumbre por doquier; comprendió lo mucho que le desagradaba tener que apartarse continuamente de los ojos los cabellos enmarañados y descansar, cuando por fin el sol desaparecía, envuelto en hojas secas y ruidosas. Pensando en todo aquello, echó a correr.

La playa, junto a la poza, aparecía salpicada de grupos de muchachos que aguardaban el comienzo de la reunión. Le abrieron paso en silencio, conscientes todos ellos de su malhumor y de la torpeza cometida con la hoguera.

El lugar de la asamblea donde él estaba ahora tenía más o menos la forma de un triángulo, pero irregular y tosco como todo lo que hacían en la isla. Estaba en primer lugar el tronco sobre el cual él se sentaba: un árbol muerto que debía de haber tenido un tamaño extraordinario para aquella plataforma. Quizá llegase hasta allí arrastrado por una de esas legendarias tormentas del Pacífico. Aquel tronco de palmera yacía paralelo a la playa, de manera que al sentarse Ralph se encontraba de cara a la isla, pero los muchachos le veían como una oscura figura contra el resplandor de la laguna. Los dos lados del triángulo, cuya base era aquel tronco, se recortaban de modo menos preciso. A la derecha había un tronco, pulido en su cara superior por haber servido ya mucho de inquieto asiento, más pequeño que el del jefe y menos cómodo. A la izquierda se hallaban cuatro troncos pequeños, el más alejado de los cuales parecía tener un molesto resorte. Innumerables asambleas se habían visto interrumpidas por las risas cuando, al inclinarse alguien demasiado hacia atrás, el tronco había sacudido a media docena de muchachos lanzándolos a la hierba. Sin embargo, según podía reflexionar ahora, no se le había ocurrido aún a nadie –ni a él mismo, ni a Jack, ni a Piggy– traer una piedra y calzarlo. Seguirían así, aguantando el caprichoso balanceo de aquel columpio, porque, porque... De nuevo se vio perdido en aguas profundas.

La hierba estaba agostada junto a cada tronco, pero crecía alta y virgen en el centro del triángulo. En el vértice, la hierba recobraba su espesor, pues nadie se sentaba allí. Alrededor del área de la asamblea se alzaban los troncos grises, derechos o inclinados, sosteniendo el bajo techo de hojas. A ambos lados se hallaba la playa; detrás, la laguna; enfrente, la oscuridad de la isla.

Ralph se dirigió al asiento del jefe. Nunca habían tenido una asamblea a hora tan tardía. Por eso tenía el lugar un aspecto tan distinto. El verde techo solía estar alumbrado desde abajo por una red de dorados reflejos y sus rostros se encendían al revés, como cuando se sostiene una linterna eléctrica en las manos, pensó Ralph. Pero ahora el sol caía de costado y las sombras estaban donde debían estar.

Se entregó una vez más a aquel nuevo estado especulativo, tan ajeno a él. Si los rostros cambiaban de aspecto, según les diese la luz desde arriba o desde abajo, ¿qué era en realidad un rostro? ¿Qué eran las cosas?

Ralph se movió impaciente. Lo malo de ser jefe era que había que pensar, había que ser prudente. Y las ocasiones se esfumaban tan rápidamente que era necesario aferrarse en seguida a una decisión. Eso le hacía a uno pensar; porque pensar era algo valioso que lograba resultados...

Sólo que no sé pensar, decidió Ralph al encontrarse junto al asiento del jefe. No como lo hace Piggy.

Por segunda vez en aquella noche tuvo Ralph que reajustar sus valores. Piggy sabía pensar. Podía proceder paso a paso dentro de aquella cabezota suya, pero no servía para jefe. Sin embargo, tenía un buen cerebro a pesar de aquel ridículo cuerpo. Ralph se había convertido ya en un especialista del pensamiento y era capaz de reconocer inteligencia en otro.

Al sentir el sol en los ojos, recordó que el tiempo pasaba. Cogió del árbol la caracola y examinó su superficie. La acción del aire había borrado sus amarillos y rosas hasta volverles casi blancos y transparentes. Ralph sentía una especie de afectuoso respeto hacia la caracola, aunque fuese él mismo quien la pescó en la laguna. Se colocó frente a la asamblea y llevó la caracola a sus labios.

Los demás aguardaban aquella señal y en seguida se acercaron. Los que sabían que un barco había pasado junto a la isla cuando la hoguera se encontraba apagada, permanecían en sumiso silencio ante el enfado de Ralph, mientras que los que nada sabían, como era el caso de los pequeños, se sentían impresionados por el ambiente general de solemnidad. Pronto se llenó el lugar de la asamblea. Jack, Simon, Maurice y la mayoría de los cazadores se colocaron a la derecha de Ralph; los demás a su izquierda, bajo el sol. Llegó Piggy y se quedó fuera del triángulo. Con eso quería indicar que estaba dispuesto a escuchar, pero no a hablar, dando a conocer, con tal gesto, su desaprobación.

–La cosa es que necesitábamos una asamblea.

Nadie habló, pero todos los rostros, vueltos hacia Ralph, miraban atentamente. Ondeó la caracola en el aire. Para entonces sabía ya por experiencia que había que repetir, al menos una vez, declaraciones fundamentales como aquélla, para que todos acabaran por comprender. Debía uno sentarse, atrayendo todas las miradas hacia la caracola, y dejar caer las palabras como si fuesen pesadas piedras redondas en medio de los pequeños grupos agachados o en cuclillas.

Buscaba palabras sencillas para que incluso los pequeños comprendiesen de qué trataba la asamblea. Quizá después, polemistas entrenados, como Jack, Maurice o Piggy,
usasen sus artes para dar un giro distinto a la reunión; pero
ahora, al principio, el tema del debate debía quedar bien
claro.

–Necesitábamos una asamblea. Y no para divertirnos.
Tampoco para echarse a reír y que alguien se caiga del tronco –el grupo de pequeños sentados en el trampolín lanzó
unas risitas y se miraron unos a otros–, ni para hacer chistes,
ni para que alguien –alzó la caracola en un esfuerzo por encontrar la palabra precisa– presuma de listo. Para nada de
eso, sino para poner las cosas en orden.

Calló durante un momento.

–He estado andando por ahí. Me quedé solo para pensar
en nuestros problemas. Y ahora sé lo que necesitamos: una
asamblea para poner las cosas en orden. Y lo primero de
todo: el que va a hablar ahora soy yo.

Volvió a guardar silencio por un momento y se echó el
pelo hacia atrás instintivamente. Piggy, una vez formulada
su ineficaz protesta, se acercó de puntillas hasta el triángulo
y se unió a los demás.

Ralph continuó:

–Hemos tenido muchísimas asambleas. A todos nos di-
vierte hablar y estar aquí juntos. Decidimos cosas, pero nunca se hacen. Íbamos a traer agua del arroyo y a guardarla en
los cocos cubiertos con hojas frescas. Se hizo unos cuantos
días. Ahora ya no hay agua. Los cocos están vacíos. Todo el
mundo va a beber al río.

Hubo un murmullo de asentimiento.

–No es que haya nada malo en beber del río. Quiero decir
que yo también prefiero beber agua en ese sitio, ya sabéis, en
la poza bajo la catarata de agua, en vez de hacerlo en una cás-
cara de coco vieja. Sólo que habíamos quedado en traer el

agua aquí. Y ahora ya no se hace. Esta tarde sólo quedaban dos cocos llenos.

Se pasó la lengua por los labios.

–Y luego, las cabañas. Los refugios.

El murmullo volvió a extenderse y apagarse.

–Casi todos dormimos siempre en los refugios. Esta noche todos vais a dormir allí menos Sam y Eric, que tienen que quedarse junto a la hoguera. ¿Y quién construyó los refugios?

Inmediatamente surgió un gran bullicio. Todos habían construido los refugios. Ralph tuvo que agitar la caracola de nuevo.

–¡Un momento! Quiero decir, ¿quién construyó los tres? Todos ayudamos al primero; sólo cuatro hicimos el segundo, y yo y Simon hemos hecho ese último de ahí. Por eso se tambalea tanto. No, no os riáis. Ese refugio se va a caer si vuelve a llover. Entonces sí que vamos a necesitar los refugios.

Hizo una pausa y se aclaró la garganta.

–Y otra cosa. Escogimos esas piedras al otro lado de la poza para retrete. Eso también fue una cosa sensata. Con la marea se limpian solas. Vosotros los peques sabéis muy bien lo que quiero decir.

Se oyeron risitas aquí y allá; se vieron furtivas miradas.

–Ahora cada uno usa el primer sitio que encuentra. Incluso al lado de los refugios y la plataforma. Vosotros los peques, cuando estáis cogiendo fruta, si de repente os entran ganas...

La asamblea entera estalló en carcajadas.

–Decía que si de repente os entran ganas, por lo menos tenéis que apartaros de la fruta. Eso es una porquería.

Volvió a estallar la risa.

–¡He dicho que eso es una porquería!

Se pellizcó la tiesa camisa.

–Es una verdadera porquería. Si os entran de pronto las ganas os vais por la playa hasta las rocas, ¿entendido?

Piggy alargó la mano hacia la caracola, pero Ralph negó con la cabeza. Había preparado su discurso punto por punto.

–Tenemos que volver a usar las rocas. Todos. Este sitio se está poniendo perdido.

Hizo una pausa. La asamblea, presintiendo una crisis, aguardaba atentamente.

–Y luego, lo de la hoguera.

Ralph, al respirar, emitió un suspiro que toda la asamblea recogió como si fuese su eco. Jack se dedicó a pelar una astilla con su cuchillo y murmuró algo a Robert, que miró hacia otro lado.

–La hoguera es la cosa más importante en esta isla. ¿Cómo nos van a rescatar, a no ser por pura suerte, si no tenemos un fuego encendido? ¿Tan difícil es mantener una hoguera?

Alzó un brazo al aire.

–¡Vamos a ver! ¿Cuántos somos? Bueno, pues ni siquiera somos capaces de conservar vivo un fuego para que haya humo. ¿Es que no os dais cuenta? ¿No veis que debíamos... debíamos morir antes de permitir que se apague el fuego?

Se oyeron risitas en el grupo de cazadores. Ralph se dirigió a ellos acalorado:

–¡Vosotros! ¡Reíd todo lo queráis! Pero os digo que ese humo es mucho más importante que el jabalí, por muchos que matéis. ¿Lo entendéis?

Hizo un gesto con el brazo que abarcaba a la asamblea entera y pasó su mirada por todo el triángulo.

–Tenemos que conseguir ese humo allá arriba... o morir.

Aguardó un momento, esbozando el próximo punto a tratar.

–Y otra cosa.

–Son demasiadas cosas –gritó alguien.

Hubo un murmullo de asentimiento. Ralph impuso el silencio.

–Y otra cosa. Por poco prendemos fuego a toda la isla. Y perdemos demasiado tiempo rodando piedras y haciendo flegueguecitos para guisar. Ahora os voy a decir una cosa, y va a ser una regla, porque para eso soy jefe. No habrá más hogueras que la de la montaña. Jamás.

Al instante se produjo un tumulto. Algunos muchachos se pusieron de pie a gritar mientras Ralph les contestaba con otros gritos.

–Porque si queréis una hoguera para cocer pescado o cangrejos no os va a pasar nada por subir hasta la montaña. Así podremos estar seguros.

A la luz del sol poniente, una multitud de manos reclamaban la caracola. Ralph la apretó contra su cuerpo y de un brinco se subió al tronco.

–Eso era todo lo que os quería decir. Y ya está dicho. Me votasteis para jefe, así que tenéis que hacer lo que yo diga.

Se fueron calmando poco a poco hasta volver por fin a sus asientos. Ralph saltó al suelo y les habló con su voz normal.

–Así que no lo olvidéis. Las rocas son los retretes. Hay que mantener vivo el fuego para que el humo sirva de señal. No se puede bajar lumbre de la montaña; subid allí la comida.

Jack, con semblante ceñudo bajo la penumbra, se levantó y tendió los brazos.

–Todavía no he terminado.

–¡Pero si no has hecho más que hablar y hablar!

–Tengo la caracola.

Jack se sentó refunfuñando.

–Y ya lo último. Esto lo podemos discutir si queréis.

Aguardó hasta que en la plataforma reinó un silencio total.

–Las cosas no marchan bien. No sé por qué. Al principio estábamos bien; estábamos contentos. Luego...

Movió la caracola suavemente, mirando hacia lo lejos, sin fijarse en nada, acordándose de la fiera, de la serpiente, de la hoguera, de las alusiones al miedo.

–Luego la gente empezó a asustarse.

Un murmullo, casi un gemido, surgió y desapareció. Jack había dejado de afilar el palo. Ralph continuó bruscamente:

–Pero esas cosas son chiquilladas. Eso ya lo arreglaremos. Así que, lo último, la parte que podemos discutir, es ver si decidimos algo sobre el miedo.

El pelo le volvía a caer sobre los ojos.

–Tenemos que hablar de ese miedo y convencernos de que no hay motivo. Yo también me asusto a veces, ¡pero ésas son tonterías! Como los fantasmas. Luego, cuando nos hayamos convencido, podremos empezar de nuevo y tener cuidado de cosas como la hoguera.

La imagen de tres muchachos paseando por la alegre playa cruzó su mente.

–Y ser felices.

Con gran ceremonia colocó Ralph la caracola sobre el tronco como señal de que el discurso había acabado. La escasa luz solar les llegaba horizontalmente.

Jack se levantó y cogió la caracola.

–De modo que ésta es una reunión para arreglar las cosas. Pues yo os diré lo que hay que arreglar. Los peques sois los que habéis empezado todo esto, con tanto hablar del miedo. ¡Fieras! ¿De dónde iban a venir? Pues claro que nos entra miedo a veces, pero nos aguantamos. Ralph dice que chilláis durante la noche. Eso no son más que pesadillas. Además, ni cazáis, ni construís refugios, ni ayudáis..., sois un montón de lloricas y miedicas. Eso es lo que sois. Y en cuanto al miedo... os aguantáis igual que hacemos todos.

Ralph miraba boquiabierto a Jack, pero Jack no le prestó atención.

–Tenéis que daros cuenta que el miedo no os puede hacer más daño que un sueño. No hay bestias feroces en esta isla.

Recorrió con la mirada la fila de peques que cuchicheaban entre sí.

–Merecéis que viniese de verdad una fiera a asustaros; sois una pandilla de lloricas inútiles. ¡Pero da la casualidad que no hay ningún animal...!

Ralph interrumpió malhumorado:

–¿De qué estás hablando? ¿Quién ha dicho nada de animales?

–Tú, el otro día. Dijiste que soñaban y que empezaban a gritar. Ahora todo el mundo habla... y no sólo los peques, a veces también mis cazadores... hablan de algo, de una cosa oscura, de una fiera o algo que se parece a un animal. Les he oído. ¿No lo sabías, a que no? Ahora escuchadme. No hay animales grandes en las islas pequeñas. Sólo cerdos salvajes. Los leones y tigres sólo se ven en los países grandes, como África y la India...

–Y en el zoológico...

–La caracola la tengo yo. Ahora no estoy hablando del miedo; hablo de la fiera. Podéis tener miedo si queréis. Pero en cuanto a esa fiera...

Jack calló, meciendo la caracola, y se volvió a los cazadores, que seguían portando las sucias gorras negras.

–¿Soy cazador o no?

Asintieron, sin más. Pues claro que era un cazador. Nadie lo dudaba.

–Pues bien... he recorrido toda la isla. Yo solo. Si hubiese una fiera ya la habría visto. Seguiréis con el miedo porque sois así... pero no hay ninguna fiera en el bosque.

Jack devolvió la caracola y se sentó. Toda la asamblea prorrumpió en aplausos de alivio.

Entonces alzó Piggy el brazo.

–No estoy de acuerdo con todo lo que ha dicho Jack; sólo

con una parte. Claro que no hay una fiera en el bosque. ¿Cómo iba a haberla? ¿Qué comería una fiera?

–Cerdo.

–El cerdo lo comemos nosotros.

–¡Cerdito! ¡Piggy!

–¡Tengo la caracola! –dijo Piggy indignado–. Ralph, tienen que callarse, ¿a que sí? ¡Vosotros, los peques, a callar! Lo que quiero decir es que no estoy de acuerdo con eso del miedo. Claro que no hay nada para asustarse en el bosque. ¡Yo también he estado en el bosque! Luego empezaréis a hablar de fantasmas y cosas así. Sabemos todo lo que pasa en la isla y, si pasa algo malo, ya lo arreglará alguien.

Se quitó las gafas y guiñó los ojos. El sol había desaparecido como si alguien lo hubiese apagado.

Se dispuso a explicarles:

–Si os entra dolor de vientre, aunque sea pequeño o grande...

–El tuyo sí que es bien grande.

–Cuando acabéis de reír, a lo mejor podemos seguir con la reunión. Y si esos peques se vuelven a subir al columpio se van a caer en un periquete. Así que ya pueden sentarse en el suelo y escuchar. No. Hay médicos para todos, hasta para dentro de la mente. No me vais a decir que tenemos que pasarnos la vida asustados por nada. La vida –dijo Piggy animadamente– es una cosa científica, eso es lo que es. Dentro de un año o dos, cuando acabe la guerra, ya se estará viajando a Marte y volviendo. Sé que no hay una fiera... con garras y todo eso, quiero decir, y también sé que no hay que tener miedo.

Hubo una pausa.

–A no ser que...

Ralph se movió inquieto.

–A no ser que, ¿qué?

–Que nos dé miedo la gente.

Se oyó un rumor, mitad risa y mitad mofa, entre los muchachos.

Piggy agachó la cabeza y continuó rápidamente:

–Así que vamos a preguntar a ese peque que habló de una fiera y a lo mejor le podemos convencer de que son tonterías suyas.

Los peques se pusieron a charlar entre sí, hasta que uno de ellos se adelantó unos pasos.

–¿Cómo te llamas?

–Phil.

Tenía bastante aplomo para ser uno de los peques; tendió los brazos y meció la caracola al estilo de Ralph, mirando en torno suyo antes de hablar, para atraerse la atención de todos.

–Anoche tuve un sueño..., un sueño terrible..., luchaba con algo. Estaba yo solo, fuera del refugio, y luchaba con algo, con esas cosas retorcidas de los árboles.

Se detuvo y los otros peques rieron con aterrado compañerismo.

–Entonces me asusté y me desperté. Y estaba solo fuera del refugio en la oscuridad y las cosas retorcidas se habían ido.

El intenso horror de lo que contaba, algo tan posible y tan claramente aterrador, les mantenía a todos en silencio. La voz del niño siguió trinando desde el otro lado de la blanca caracola.

–Y me asusté, y empecé a llamar a Ralph, y entonces vi que se movía algo entre los árboles, una cosa grande y horrible.

Calló, medio asustado por aquel recuerdo, pero orgulloso de la sensación que iba causando en los demás.

–Eso fue una pesadilla –dijo Ralph–; caminaba dormido.

La asamblea murmuró en tímido acuerdo.

El pequeño movió la cabeza obstinadamente.

–Estaba dormido cuando esas cosas retorcidas luchaban, y cuando se fueron estaba despierto y vi una cosa grande y horrible que se movía entre los árboles.

Ralph recogió la caracola y el peque se sentó.

–Estabas dormido. No había nadie allí. ¿Cómo iba a haber alguien rondando por la selva en la noche? ¿Fue alguno de vosotros? ¿Salió alguien?

Hubo una larga pausa mientras la asamblea sonreía ante la idea de alguien paseándose en la oscuridad. Entonces se levantó Simon, y Ralph le miró estupefacto.

–¡Tú! ¿Qué tenías que husmear en la oscuridad?

Simon, deseoso de acabar de una vez, arrebató la caracola.

–Quería... ir a un sitio..., a un sitio que conozco.

–¿Qué sitio?

–A un sitio que conozco. Un sitio en la jungla.

Dudó.

Jack resolvió para ellos la duda con aquel desprecio en su voz capaz de expresar tanta burla y resolución a la vez:

–Sería un apretón.

Sintiendo la humillación de Simon, Ralph cogió de nuevo la caracola, y al hacerlo le miró a la cara con severidad.

–No vuelvas a hacerlo. ¿Me oyes? No vuelvas a hacer eso de noche. Ya tenemos bastantes tonterías con lo de las fieras para que los peques te vean deslizándote por ahí como un...

La risa burlona que se produjo indicaba miedo y censura. Simon abrió la boca para decir algo, pero Ralph tenía la caracola, de modo que se retiró a su asiento.

Cuando la asamblea se apaciguó, Ralph se volvió hacia Piggy.

–¿Qué más, Piggy?

–Había otro. Ése.

Los peques empujaron a Percival hacia adelante y le dejaron solo. Estaba en el centro, con la hierba hasta las rodillas, y miraba a sus ocultos pies, tratando de hacerse la ilusión de hallarse dentro de una tienda de campaña. Ralph se acordó de otro niño que había adoptado aquella misma postura y apartó rápidamente aquel recuerdo. Había alejado de sí aquel pensamiento, había conseguido retirarlo de su vista, pero ante un recuerdo tan rotundo como éste volvía a la superficie. No habían vuelto a hacer recuento de los niños, en parte porque no había manera de asegurarse que en él quedaran todos incluidos, y en parte porque Ralph conocía la respuesta a una, por lo menos, de las preguntas que Piggy formulase en la cima de la montaña. Había niños pequeños, rubios, morenos, con pecas, y todos ellos sucios, pero observaba siempre con espanto que ninguno de esos rostros tenía un defecto especial. Nadie había vuelto a ver la mancha de nacimiento morada. Pero Piggy había estado tan insistente aquel día, había estado tan dominante al interrogar... Admitiendo tácitamente que recordaba aquello que no podía mencionarse, Ralph hizo un gesto a Piggy.

–Venga. Pregúntale.

Piggy se arrodilló con la caracola en las manos.

–Vamos a ver, ¿cómo te llamas?

El niño se fue acurrucando en su tienda de campaña. Piggy, derrotado, se volvió hacia Ralph, que dijo con severidad:

–¿Cómo te llamas?

Aburrida por el silencio y la negativa, la asamblea prorrumpió en un sonsonete:

–¿Cómo te llamas? ¿Cómo te llamas?

–¡A callar!

Ralph contempló al muchacho en el crepúsculo.

–Ahora dinos, ¿cómo te llamas?

–Percival Wemys Madison, La Vicaría, Harcourt St. Anthony, Hants, teléfono, teléfono, telé...

El pequeño, como si aquella información estuviese profundamente enraizada en las fuentes del dolor, se echó a llorar. Empezó con pucheros, después las lágrimas le saltaron a los ojos y sus labios se abrieron mostrando un negro agujero cuadrado. Pareció al principio una imagen muda del dolor, pero después dejó salir un lamento fuerte y prolongado como el de la caracola.

–¿Te quieres callar? ¡Cállate!

Pero Percival Wemys Madison no quería callar. Habían perforado un manantial que no cedía ni a la autoridad ni a la presión física. Gemido tras gemido continuó su llanto, que parecía haber clavado al niño, derecho como una estaca, al suelo.

–¡Cállate! ¡Cállate!

Los peques habían roto el silencio. Recordaban también sus propias penas y quizá sintiesen que compartían un dolor universal. Se unieron en simpatía a Percival en su llanto; dos de ellos, sollozando casi tan fuerte.

Maurice fue la salvación. Gritó:

–¡Miradme!

Fingió caerse. Se frotó el trasero y se sentó en el tronco columpio hasta conseguir caerse sobre la hierba. No era un gran payaso, pero logró que Percival y los otros se fijaran en él, suspirasen y empezaran a reírse. Al cabo de un rato reían tan cómicamente que hasta los mayores se unieron a ellos.

Jack fue el primero en hacerse oír. No tenía la caracola y, por tanto, rompía las reglas, pero a nadie le importó.

–¿Y qué hay de esa fiera?

Algo raro le ocurría a Percival. Bostezó y se tambaleó de tal modo que Jack le agarró por los brazos y le sacudió.

–¿Dónde vive la fiera?

El cuerpo de Percival se escurría inerme.

–Tiene que ser una fiera muy lista –dijo Piggy en guasa– si puede esconderse en esta isla.

–Jack ha estado por todas partes...

–¿Dónde podría vivir una fiera?

–¿Qué fiera ni que ocho cuartos?

Percival masculló algo y la asamblea volvió a reír. Ralph se inclinó.

–¿Qué dice?

Jack escuchó la respuesta de Percival y después le soltó. El niño, al verse libre y rodeado de la confortable presencia de otros seres humanos, se dejó caer sobre la tupida hierba y se durmió.

Jack se aclaró la garganta y les comunicó tranquilamente:

–Dice que la fiera sale del mar.

Se desvaneció la última risa. Ralph, a quien veían como una forma negra y encorvada frente a la laguna, se volvió sin querer. Toda la asamblea siguió la dirección de su mirada; contemplaron la vasta superficie de agua y la alta mar detrás, la misteriosa extensión añil de infinitas posibilidades; escucharon en silencio los murmullos y el susurro del arrecife.

Habló Maurice, en un tono tan alto que se sobresaltaron.

–Papá me ha dicho que todavía no se conocen todos los animales que viven en el mar.

Comenzó de nuevo la polémica. Ralph ofreció la centellante caracola a Maurice, quien la recibió obedientemente. La reunión se apaciguó.

–Quiero decir que lo que nos ha dicho Jack, que uno tiene miedo porque la gente siempre tiene miedo, es verdad. Pero eso de que sólo hay cerdos en esta isla supongo que será cierto, pero nadie puede saberlo, no lo puede saber del todo. Quiero decir que no se puede estar seguro –Maurice tomó aliento–. Papá dice que hay cosas, esas cosas que echan tinta, los calamares, que miden cientos de metros y se comen ballenas enteras.

De nuevo guardó silencio y rió alegremente.

–Yo no creo que exista esa fiera, claro que no. Como dice Piggy, la vida es una cosa científica, pero no se puede estar seguro de nada, ¿verdad? Quiero decir, no del todo.

Alguien gritó:

–¡Un calamar no puede salir del agua!

–¡Sí que puede!

–¡No puede!

Pronto se llenó la plataforma de sombras que discutían y se agitaban. Ralph, que aún permanecía sentado, temió que todo aquello fuese el comienzo de la locura. Miedo y fieras... pero no se reconocía que lo esencial era la hoguera, y cuando uno trataba de aclarar las cosas la discusión se desgarraba hacia un asunto nuevo y desagradable.

Logró ver algo blanco en la oscuridad, cerca de él. Le arrebató la caracola a Maurice y sopló con todas sus fuerzas. La asamblea, sobresaltada, quedó en silencio. Simon estaba a su lado, extendiendo las manos hacia la caracola. Sentía una arriesgada necesidad de hablar, pero hablar ante una asamblea le resultaba algo aterrador.

–Quizá –dijo con vacilación–, quizá haya una fiera.

La asamblea lanzó un grito terrible y Ralph se levantó asombrado.

–¿Tú, Simon? ¿Tú crees en eso?

–No lo sé –dijo Simon. Los latidos del corazón le ahogaban–. Pero...

Estalló la tormenta.

–¡Siéntate!

–¡Cállate la boca!

–¡Coge la caracola!

–¡Que te den por...!

–¡Cállate!

Ralph gritó:

–¡Escuchadle! ¡Tiene la caracola!

–Lo que quiero decir es que... a lo mejor somos nosotros.

–¡Narices!

Era Piggy, a quien el asombro le había hecho olvidarse de todo decoro. Simon prosiguió:

–Puede que seamos algo...

A pesar de su esfuerzo por expresar la debilidad fundamental de la humanidad, Simon no encontraba palabras. De pronto, se sintió inspirado.

–¿Cuál es la cosa más sucia que hay?

Como respuesta, Jack dejó caer en el turbado silencio que siguió una palabra tan vulgar como expresiva. La sensación de alivio que todos sintieron fue como un paroxismo. Los pequeños, que se habían vuelto a sentar en el columpio, se cayeron de nuevo, sin importarles. Los cazadores gritaban divertidos.

El vano esfuerzo de Simon se desplomó sobre él en ruinas; las risas le herían como golpes crueles y, acobardado e indefenso, regresó a su asiento.

Por fin reinó de nuevo el silencio.

Alguien habló fuera de turno.

–A lo mejor quiere decir que es algún fantasma.

Ralph alzó la caracola y escudriñó en la penumbra. El lugar más alumbrado era la pálida playa. ¿Estarían los peques con ellos? Sí, no había duda, se habían acurrucado en el centro, sobre la hierba, formando un apretado nudo de cuerpos. Una ráfaga de aire sacudió las palmeras, cuyo murmullo se agigantó ahora en la oscuridad y el silencio. Dos troncos grises rozaron uno contra otro, con un agorero crujido que nadie había percibido durante el día.

Piggy le quitó la caracola. Su voz parecía indignada.

–¡Nunca he creído en fantasmas..., nunca!

También Jack se había levantado, absolutamente furioso.

–¿Qué nos importa lo que tú creas? ¡Gordo!

–¡Tengo la caracola!

Se oyó el ruido de una breve escaramuza y la caracola cruzó de un lado a otro.

–¡Devuélveme la caracola!

Ralph se interpuso y recibió un golpe en el pecho. Logró recuperar la caracola, sin saber cómo, y se sentó sin aliento.

–Ya hemos hablado bastante de fantasmas. Debíamos haber dejado todo esto para la mañana.

Una voz apagada y anónima le interrumpió.

–A lo mejor la fiera es eso..., un fantasma.

La asamblea se sintió como sacudida por un fuerte viento.

–Estáis hablando todos fuera de turno –dijo Ralph–, y no se puede tener una asamblea como es debido si no se guardan las reglas.

Calló una vez más. Su cuidadoso programa para aquella asamblea se había venido a tierra.

–¿Qué puedo deciros? Hice mal en convocar una asamblea a estas horas. Pero podemos votar sobre eso; sobre los fantasmas, quiero decir. Y después nos vamos todos a los refugios, porque estamos cansados. No... ¿eres tú, Jack?... espera un momento. Os voy a decir aquí y ahora que no creo en fantasmas. Por lo menos eso me parece. Pero no me gusta pensar en ellos. Digo ahora, en la oscuridad. Bueno, pero íbamos a arreglar las cosas.

Alzó la caracola.

–Y supongo que una de esas cosas que hay que arreglar es saber si existen fantasmas o no...

Se paró un momento a pensar y después formuló la pregunta:

–¿Quién cree que pueden existir fantasmas?

Hubo un largo silencio y aparente inmovilidad. Después, Ralph contó en la penumbra las manos que se habían alzado. Dijo con sequedad:

–Ya.

El mundo, aquel mundo comprensible y racional, se escapaba sin sentir. Antes se podía distinguir una cosa de otra, pero ahora... y, además, el barco se había ido.

Alguien le arrebató la caracola de las manos y la voz de Piggy chilló.

–¡Yo no voté por ningún fantasma!

Se volvió hacia la asamblea.

–¡Ya podéis acordaros de eso!

Le oyeron patalear.

–¿Qué es lo que somos? ¿Personas? ¿O animales? ¿O salvajes? ¿Que van a pensar de nosotros los mayores? Corriendo por ahí..., cazando cerdos..., dejando que se apague la hoguera..., ¡y ahora!

Una sombra tempestuosa se le enfrentó.

–¡Cállate ya, gordo asqueroso!

Hubo un momento de lucha y la caracola brilló en movimiento.

Ralph saltó de su asiento.

–¡Jack! ¡Jack! ¡Tú no tienes la caracola! Déjale hablar.

El rostro de Jack flotaba junto al suyo.

–¡Y tú también te callas! ¿Quién te has creído que eres? Ahí sentado... diciéndole a la gente lo que tiene que hacer. No sabes cazar, ni cantar.

–Soy el jefe. Me eligieron.

–¿Y que más da que te elijan o no? No haces más que dar órdenes estúpidas...

–Piggy tiene la caracola.

–¡Eso es, dale la razón a Piggy, como siempre!

–¡Jack!

La voz de Jack sonó con amarga mímica:

–¡Jack! ¡Jack!

–¡Las reglas! –gritó Ralph–. ¡Estás rompiendo las reglas!

–¿Y qué importa?

Ralph apeló a su propio buen juicio.

–¡Las reglas son lo único que tenemos!

Jack le rebatía a gritos.

–¡Al cuerno las reglas! ¡Somos fuertes..., cazamos! ¡Si hay una fiera, iremos por ella! ¡La cercaremos, y con un golpe, y otro, y otro...!

Con un alarido frenético saltó hacia la pálida arena. Al instante se llenó la plataforma de ruido y animación, de brincos, gritos y risas. La asamblea se dispersó; todos salieron corriendo en alocada desbandada desde las palmeras en dirección a la playa y después a lo largo de ella hasta perderse en la oscuridad de la noche. Ralph, sintiendo la caracola junto a su mejilla, se la quitó a Piggy.

–¿Qué van a decir las personas mayores? –exclamó Piggy de nuevo–. ¡Mira ésos!

De la playa llegaba el ruido de una fingida cacería, de risas histéricas y de auténtico terror.

–Que suene la caracola, Ralph.

Piggy se encontraba tan cerca que Ralph pudo ver el destello de su único cristal.

–Tenemos que cuidar del fuego, ¿es que no se dan cuenta? Ahora tienes que ponerte duro. Oblígales a hacer lo que les mandas.

Ralph respondió con el indeciso tono de quien está aprendiéndose un teorema.

–Si toco la caracola y no vuelven, entonces sí que se acabó todo. Ya no habrá hoguera. Seremos igual que los animales. No nos rescatarán jamás.

–Si no llamas vamos a ser como animales de todos modos, y muy pronto. No puedo ver lo que hacen, pero les oigo.

Las dispersas figuras se habían reunido de nuevo en la arena y formaban una masa compacta y negra en continuo movimiento. Canturreaban algo, pero los pequeños, cansados ya, se iban alejando con pasos torpes y llorando a viva voz. Ralph se llevó la caracola a los labios pero en seguida bajó el brazo.

–Lo malo es que... ¿Existen los fantasmas, Piggy? ¿O los monstruos?

–Pues claro que no.

–¿Por qué estás tan seguro?

–Porque si no las cosas no tendrían sentido. Las casas, y las calles, y... la tele..., nada de eso funcionaría.

Los muchachos se habían alejado bailando y cantando, y las palabras de su cántico se perdían con ellos en la lejanía.

–¡Pero suponte que no tengan sentido! ¡Que no tengan sentido aquí en la isla! ¡Suponte que hay cosas que nos están viendo y que esperan!

Ralph, sacudido por un temblor, se arrimó a Piggy y ambos se sobresaltaron al sentir el roce de sus cuerpos.

–¡Deja de hablar así! Ya tenemos bastantes problemas, Ralph, y ya no aguanto más. Si hay fantasmas...

–Debería renunciar a ser jefe. Tú escúchales.

–¡No, Ralph! ¡Por favor!

Piggy apretó el brazo de Ralph.

–Si Jack fuese jefe no haríamos otra cosa que cazar, y no habría hoguera. Tendríamos que quedarnos aquí hasta la muerte.

Su voz se elevó en un chillido.

–¿Quién está ahí sentado?

–Yo, Simon.

–Pues vaya un grupo que hacemos –dijo Ralph–. Tres ratones ciegos*. Voy a renunciar.

–Si renuncias –dijo Piggy en un aterrado murmullo–, ¿qué me va a pasar a mí?

–Nada.

–Me odia. No sé por qué; pero si se le deja hacer lo que quiere... A ti no te pasaría nada, te tiene respeto. Además, tú podrías defenderte.

–Tú tampoco te quedaste corto hace un momento en esa pelea.

–Yo tenía la caracola –dijo Piggy sencillamente–. Tenía derecho a hablar.

Simon se agitó en la oscuridad.

–Sigue de jefe.

–¡Cállate, Simon! ¿Por qué no fuiste capaz de decirles que no había ningún monstruo?

* *Three blind mice,* canción infantil muy popular. *(N. de la T.)*

–Le tengo miedo –dijo Piggy– y por eso le conozco. Si tienes miedo de alguien le odias, pero no puedes dejar de pensar en él. Te engañas diciéndote que de verdad no es tan malo, pero luego, cuando vuelves a verle... es como el asma, no te deja respirar. Te voy a decir una cosa. A ti también te odia, Ralph.

–¿A mí? ¿Por qué a mí?

–No lo sé. Le regañaste por lo de la hoguera; además, tú eres jefe y él no.

–¡Pero él es... él es Jack Merridew!

–Me he pasado tanto tiempo en la cama que he podido pensar algo. Conozco a la gente. Y me conozco. Y a él también. A ti no te puede hacer daño, pero si te echas a un lado, le hará daño al que tienes más cerca. Y ése soy yo.

–Piggy tiene razón, Ralph. Estáis tú y Jack. Tienes que seguir siendo jefe.

–Cada uno se va por su lado y las cosas van fatal. En casa siempre había alguna persona mayor. Por favor, señor; por favor, señorita, y te daban una respuesta. ¡Cómo me gustaría...!

–Me gustaría que estuviese aquí mi tía.

–Me gustaría que mi padre... ¡Bueno, esto es perder el tiempo!

–Hay que mantener vivo el fuego.

La danza había terminado y los cazadores regresaban ahora a los refugios.

–Los mayores saben cómo son las cosas –dijo Piggy–. No tienen miedo de la oscuridad. Aquí se habrían reunido a tomar el té y hablar. Así lo habrían arreglado todo.

–No prenderían fuego a la isla. Ni perderían...

–Habrían construido un barco...

Los tres muchachos, en la oscuridad, se esforzaban en vano por expresar la majestad de la edad adulta.

–No regañarían...

–Ni me romperían las gafas...

–Ni hablarían de fieras.

–Si pudieran mandarnos un mensaje –gritó Ralph desesperadamente–. Si pudieran mandarnos algo suyo.... una señal o algo.

Un gemido tenue salido de la oscuridad les heló la sangre
y les arrojó a los unos en brazos de los otros. Entonces el gemido aumentó, remoto y espectral, hasta convertirse en un
balbuceo incomprensible. Percival Wemys Madison, de La
Vicaría, en Hartcourt St. Anthony, tumbado en la espesa
hierba, vivía unos momentos que ni el conjuro de su nombre
y dirección podía aliviar.

6. El monstruo del aire

No quedaba otra luz que la estelar. Cuando comprendieron de dónde provenía aquel fantasmal ruido y Percival se hubo tranquilizado de nuevo, Ralph y Simon le levantaron como pudieron y le llevaron a uno de los refugios. Piggy, a pesar de sus valientes palabras, siguió pegado a los otros y, juntos los tres muchachos, se dirigieron al refugio inmediato. Se tumbaron, inquietos, sobre las ruidosas hojas secas, observando el grupo de estrellas enmarcadas por la entrada que daba sobre la laguna. De cuando en cuando, uno de los pequeños gritaba en otros refugios, y en una ocasión uno de los mayores habló en la oscuridad. Por fin, también ellos se durmieron.

Sobre el horizonte se alzaba una cinta curva de luna, tan estrecha que creaba un reguero finísimo de luz, apenas visible aun al posarse sobre el agua. Pero había otras luces en el cielo, que se movían velozmente, que chispeaban o se apagaban; y, sin embargo, no les llegó a los muchachos ni el más leve eco de la batalla que se libraba a quince kilómetros de altura. Y del mundo adulto les vino a caer una señal sin que en aquel momento hubiese ni un solo muchacho despierto para descifrarla. Surgió una repentina y brillante explosión

y una huella luminosa serpenteó en el aire; después, la oscuridad de nuevo, y las estrellas. Una pequeña mancha descendía sobre la isla; una figura que caía rápidamente bajo un paracaídas, un cuerpo del que colgaban brazos y piernas
inertes. Los vientos, cambiantes con la altura, lo arrastraban
a su capricho. Pero cuando se encontraba a cinco kilómetros
del suelo, el viento, más constante, lo arrastró en una curva
descendente que cruzó el cielo, sobre el arrecife y la laguna,
hacia la montaña. El cuerpo cayó encogido entre las flores
azules de la ladera; pero ahora soplaba a aquella altura una
brisa suave, y el paracaídas aleteó en sacudidas que lo en-
treabrían y lo replegaban. La figura fue remontando así, con
los pies arrastrándose tras el cuerpo, la montaña. Metro a
metro, soplo a soplo, la brisa le remolcó sobre las azules flores, sobre las peñas y las piedras rojas hasta dejarle acurrucado entre las quebradas rocas que coronaban la montaña.
Allí la caprichosa brisa permitió que las cuerdas del paracaídas se enrollasen alrededor de él como guirnaldas; y el cuerpo quedó sentado en la cima, con la cabeza cubierta por el
casco y escondida entre las rodillas, aprisionado por una
maraña de hilos. Al soplar la brisa se tensaban los hilos y por
efecto del tirón se alzaban la cabeza y el tronco, con lo que la
figura parecía querer asomarse al borde de la montaña. Después, cuando amainaba el viento, los hilos se aflojaban y de
nuevo el cuerpo se inclinaba, hundiendo la cabeza entre las
rodillas. Así, mientras las estrellas cruzaban el cielo, aquella
figura, sentada en la cima de la montaña, hacía una inclinación y se enderezaba y volvía a inclinarse y enderezarse una y
otra vez.

Al aproximarse la mañana surgieron voces en la oscuridad, junto a una roca emplazada algo más abajo, en la ladera. Dos muchachos, dos sombras opacas que se hablaban
aún medio dormidos, se levantaron de un montón de leña y
hojas secas. Eran los mellizos, que hacían su turno ante la

hoguera. En teoría, uno debía vigilar mientras el otro dormía. Pero nunca lograban hacer nada medio bien si habían de actuar con independencia uno del otro, y, como era imposible permanecer despiertos toda la noche, los dos se habían dormido. Ahora, entre bostezos y frotándose los ojos, por terreno que ya les era familiar, se acercaban al oscuro rescoldo que quedaba de la hoguera de aviso. Dejaron de bostezar al llegar y uno de ellos retrocedió corriendo en busca de leña y hojas.

El otro se arrodilló.

–Me parece que se ha apagado.

Removió con las ramas que recibió.

–No.

Se tendió en el suelo y arrimó los labios al rescoldo, soplando suavemente. Su rostro se encendió. Dejó de soplar un momento.

–Sam... trae...

–... astillas.

Eric se agachó y sopló de nuevo con suavidad hasta que la mancha se encendió. Sam colocó las astillas sobre el punto caliente, y luego una rama. El resplandor creció hasta prender en la rama. Sam añadió más combustible.

–No las quemes todas –dijo Eric–, pones demasiadas.

–Vamos a calentarnos.

–Tenemos que recoger más leña.

–Tengo frío.

–Y yo.

–Además, está todo...

–... oscuro. Bueno, venga.

Eric se sentó en cuclillas y observó cómo arreglaba Sam la hoguera. Montó una pequeña cubierta de leña y la persistencia del fuego quedó asegurada.

–Nos salvamos por un pelo.

–Se hubiese puesto...

–Furioso.

–Seguro.

Los mellizos se quedaron unos instantes contemplando el fuego en silencio. Eric rió tontamente.

–¿Viste lo furioso que estaba?

–Por lo de...

–... la hoguera y el cerdo.

–Menos mal que la tomó con Jack y no con nosotros.

–Sí. ¿Te acuerdas del viejo «Cascarrabias» en el colegio?

–«¡M u c h a c h o... me-estás-volviendo-loco-poco-a-poco!».

Los mellizos compartieron su idéntica risa; se acordaron después de la oscuridad y otras cosas, y miraron con inquietud en torno suyo. Las llamas, activas en torno a la pila de leña, atrajeron de nuevo la mirada de los muchachos. Eric observaba los gusanos de la madera, que se agitaban desesperadamente, pero nunca lograban escapar de las llamas, y recordó aquella primera hoguera, allá abajo, en el lado de mayor pendiente de la montaña, donde ahora reinaba completa oscuridad. Pero aquel recuerdo le molestaba y volvió la vista hacia la cima.

Ahora emanaba de la hoguera un calor que les acariciaba agradablemente. Sam se entretuvo arreglando las ramas de la hoguera tan cerca del fuego como le era posible. Eric extendió los brazos para averiguar a qué distancia se hacía insoportable el calor. Mirando distraídamente a lo lejos, iba restituyendo los contornos diurnos de las rocas aisladas que en aquel momento no eran más que sombras planas. Allí mismo estaba la roca grande y las tres piedras, y la roca partida, y más allá un hueco..., allí mismo...

–Sam.

–¿Eh?

–Nada.

Las llamas se iban apoderando de las ramas; la corteza se enroscaba y desprendía; la madera estallaba. Se desplomó la pila y arrojó un amplio círculo de luz sobre la cima de la montaña.

–Sam...

–¿Eh?

–¡Sam! ¡Sam!

Sam miró irritado a Eric. La intensidad de la mirada de Eric hizo temible el lugar hacia donde dirigía su vista, lugar que quedaba a espaldas de Sam. Se arrastró alrededor del fuego, se acurrucó junto a Eric y miró. Se quedaron inmóviles, abrazados uno al otro: cuatro ojos, bien despejados, fijos en algo, y dos bocas abiertas.

Bajo ellos, a lo lejos, los árboles del bosque suspiraron y luego rugieron. Los cabellos se agitaron sobre sus frentes y nuevas llamas brotaron de los costados de la hoguera. A menos de quince metros de ellos sonó el aleteo de un tejido al desplegarse y henchirse.

Ninguno de los dos muchachos gritó, pero se apretaron los brazos con más fuerza y sus labios se fruncieron. Permanecieron así agachados quizá diez segundos más, mientras el avivado fuego lanzaba humo y chispas y olas de variable luz sobre la cumbre de la montaña.

Después, como si entre los dos sólo tuviesen una única y aterrorizada mente, saltaron sobre las rocas y huyeron.

Ralph soñaba. Se había quedado dormido tras lo que le parecieron largas horas de agitarse y dar vueltas sobre las crujientes hojas secas. No le alcanzaba ya ni el sonido de las pesadillas en los otros refugios; estaba de regreso en casa, ofreciendo terrones de azúcar a los potros desde la valla del jardín.

Pero alguien le tiraba del brazo y le decía que era la hora del té.

–¡Ralph! ¡Despierta!

Las hojas rugían como el mar.

–¡Ralph! ¡Despierta!

–¿Qué pasa?

–¡Hemos visto...

–... la fiera...

–...bien claro!

–¿Quiénes sois? ¿Los mellizos?

–Hemos visto a la fiera...

–Callaos. ¡Piggy!

Las hojas seguían rugiendo. Piggy tropezó con él, y uno de los mellizos le sujetó cuando se disponía a correr hacia el oblongo espacio que encuadraba la luz decadente de las estrellas.

–¡No vayas... es horrible!

–Piggy, ¿dónde están las lanzas?

–Oigo el...

–Entonces cállate. No os mováis.

Allí tendidos escucharon con duda al principio y después con terror, la narración que los mellizos les susurraban entre pausas de extremo silencio. Pronto la oscuridad se llenó de garras, se llenó del terror de lo desconocido y lo amenazador. Un alba interminable borró las estrellas, y por fin la luz, triste y gris, se filtró en el refugio. Empezaron a agitarse, aunque fuera del refugio el mundo seguía siendo insoportablemente peligroso. Se podía ya percibir en el laberinto de oscuridad lo cercano y lo lejano, y en un punto elevado del cielo las nubecillas se calentaban en colores. Una solitaria ave marina aleteó hacia lo alto con un grito ronco cuyo eco pronto resonó, y el bosque respondió con graznidos. Flecos de nubes, cerca del horizonte, empezaron a resplandecer con tintes rosados, y las copas plumadas de las palmeras se hicieron verdes.

Ralph se arrodilló en la entrada del refugio y miró con cautela a su alrededor.

–Sam y Eric, llamad a todos para una asamblea. Con calma. Venga.

Los mellizos, agarrados temblorosamente uno al otro, se
arriesgaron a atravesar los pocos metros que les separaban
del refugio próximo y difundieron la terrible noticia. Ralph,
por razón de dignidad, se puso en pie y caminó hasta el lugar de la asamblea, aunque por la espalda le corrían escalo-
fríos. Le siguieron Piggy y Simon y detrás los otros chicos,
cautelosamente.

Ralph tomó la caracola, que yacía sobre el pulimentado
asiento, y la acercó a sus labios; pero dudó un momento y, en
lugar de hacerla sonar, la alzó mostrándola a los demás y todos comprendieron.

Los rayos del sol, que asomando sobre el horizonte se
desplegaban, en alto como un abanico, giraron hacia abajo,
al nivel de los ojos. Ralph observó durante unos instantes la
creciente lámina de oro que les alumbraba por la derecha y
parecía permitirles hablar. Delante de él, las lanzas de caza se
erizaban sobre el círculo de muchachos.

Cedió la caracola a Eric, el mellizo más próximo a él.

–Hemos visto la fiera con nuestros propios ojos. No..., no
estábamos dormidos...

Sam continuó el relato. Era ya costumbre que la caracola
sirviese a la vez para ambos mellizos, pues todos reconocían
su sustancial unidad.

–Era peluda. Algo se movía detrás de su cabeza... unas
alas. Y ella también se movía...

–Era horrible. Parecía que se iba a sentar...

–El fuego alumbraba todo...

–Acabábamos de encenderlo...

–... habíamos echado más leña...

–Tenía ojos...

–Dientes...

–Garras...

–Salimos corriendo con todas nuestras fuerzas...

–Tropezamos muchas veces...

–La fiera nos siguió...

–La vi escondiéndose detrás de los árboles...

–Casi me tocó...

Ralph señaló temeroso a la cara de Eric, cruzada por los arañazos de los matorrales en que había tropezado.

–¿Cómo te hiciste eso?

Eric se llevó una mano a la cara.

–Está llena de rasguños. ¿Estoy sangrando?

El círculo de muchachos se apartó con horror. Johnny, bostezando aún, rompió en ruidoso llanto, pero recibió unas bofetadas de Bill que lograron callarle. La luminosa mañana estaba llena de amenazas y el círculo comenzó a deformarse. Se orientaba hacia fuera más que hacia dentro y las lanzas de afilada madera formaban como una empalizada. Jack les ordenó volver hacia el centro.

–¡Ésta será una cacería de verdad! ¿Quién viene?

Ralph accionó con impaciencia.

–Esas lanzas son de madera. No seas tonto.

Jack se rió de él.

–¿Tienes miedo?

–Pues claro que tengo miedo, ¿quién no lo iba a tener?

Se volvió hacia los mellizos, anhelante, pero sin esperanzas.

–Supongo que no nos estaréis tomando el pelo.

La respuesta fue demasiado firme para que alguien la dudase.

Piggy cogió la caracola.

–¿No podríamos... quedarnos aquí... y nada más? A lo mejor la fiera no se acerca a nosotros.

Sólo la sensación de tener algo observándoles evitó que Ralph le gritase.

–¿Quedarnos aquí? ¿Y estar enjaulados en este trozo de

isla, siempre vigilando? ¿Cómo íbamos a conseguir comida? ¿Y la hoguera, qué?

–Vamos –dijo Jack, inquieto–, que estamos perdiendo el tiempo.

–No es verdad. Y además, ¿qué vamos a hacer con los peques?

–¡Que les den el biberón!

–Alguien se tiene que ocupar de ellos.

–Nadie lo ha hecho hasta ahora.

–¡Porque no hacía falta! Pero ahora sí. Piggy se ocupará de ellos.

–Eso es. Que Piggy no corra peligro.

–Piensa un poco. ¿Qué puede hacer con un solo ojo?

Los demás muchachos miraban de Jack a Ralph con curiosidad.

–Y otra cosa. No puede ser una cacería como las demás, porque la fiera no deja huellas. Si lo hiciese ya la habríais visto. No sabemos si saltará por los árboles igual que hace el animal ese...

Asintieron todos.

–Así que hay que pensar.

Piggy se quitó sus rotas gafas y limpió el único cristal.

–¿Y qué hacemos nosotros, Ralph?

–No tienes la caracola. Tómala.

–Quiero decir... ¿qué hacemos nosotros si viene la fiera cuando todos os habéis ido? No veo bien y si me entra el miedo...

Jack le interrumpió desdeñosamente.

–A ti siempre te entra el miedo.

–La caracola la tengo yo...

–¡Caracola! ¡Caracola! –gritó Jack–. Ya no necesitamos la caracola. Sabemos quiénes son los que deben hablar. ¿Para qué ha servido que hable Simon, o Bill, o Walter? Ya es hora de que se enteren algunos que tienen que callarse y dejar que el resto de nosotros decida las cosas...

Ralph no podía seguir ignorando aquel discurso. Sintió la sangre calentar sus mejillas.

–Tú no tienes la caracola –dijo–. Siéntate.

Jack empalideció de tal modo que sus pecas parecieron verdaderos lunares. Se pasó la lengua por los labios y permaneció de pie.

–Ésta es una tarea para cazadores.

Los demás muchachos observaban atentamente. Piggy, ante la embarazosa situación, dejó la caracola sobre las piernas de Ralph y se sentó. El silencio se hizo opresivo y Piggy contuvo la respiración.

–Esto es más que una tarea para cazadores –dijo por fin Ralph–, porque no podéis seguir las huellas de la fiera. Y, además, ¿es que no queréis que nos rescaten?

Se volvió a la asamblea.

–¿No queréis todos que nos rescaten?

Miró a Jack.

–Ya dije antes que lo más importante es la hoguera. Y ahora ya debe estar apagada.

Le salvó su antigua exasperación, que le dio energías para atacar.

–¿Es que no hay nadie aquí con un poco de sentido común? Tenemos que volver a encender esa hoguera. ¿Nunca piensas en eso, verdad, Jack? ¿O es que no queréis que nos rescaten?

Sí, todos querían ser rescatados, no había que dudarlo, y con un violento giro en favor de Ralph pasó la crisis. Piggy expulsó el aliento con un ahogo; luego quiso aspirar aire y no pudo. Se apoyó contra un tronco, abierta la boca, mientras unas sombras azules circundaban sus labios. Nadie le hizo caso.

–Piensa ahora, Jack. ¿Queda algún lugar en la isla que no hayas visto?

Jack contestó de mala gana:

–Sólo... ¡pues claro! ¿No te acuerdas? El rabo donde acaba la isla, donde se amontonan las rocas. He estado cerca.
Las piedras forman un puente. Sólo se puede llegar por un
camino.

–Quizá viva ahí la fiera.

Toda la asamblea hablaba a la vez.

–¡Bueno! De acuerdo. Allí es donde buscaremos. Si la fiera no está allí subiremos a buscarla a la montaña, y a encender la hoguera.

–Vámonos...

–Primero tenemos que comer. Luego iremos –Ralph calló
un momento–. Será mejor que llevemos las lanzas.

Después de comer, Ralph y los mayores se pusieron en camino a lo largo de la playa. Dejaron a Piggy sentado en la
plataforma. El día prometía ser, como todos los demás, un
baño de sol bajo una cúpula azul. Frente a ellos, la playa se
alargaba en una suave curva que la perspectiva acababa
uniendo a la línea del bosque; porque era aún demasiado
pronto para que el día se viera enturbiado por los cambiantes velos del espejismo. Bajo la dirección de Ralph siguieron
prudentemente por la terraza de palmeras para evitar la
arena ardiente junto al agua. Dejó que Jack guiase, y Jack
caminaba con teatral cautela, aunque habrían divisado a
cualquier enemigo a veinte metros de distancia. Ralph iba
detrás, contento de eludir la responsabilidad por un rato.

Simon, que caminaba delante de Ralph, sintió un brote de
incredulidad: una fiera que arañaba con sus garras que estaba allá sentada en la cima de la montaña, que nunca dejaba
huellas y, sin embargo, no era lo bastante rápida como para
atrapar a Sam y Eric. De cualquier modo que Simon imagi-
nase a la fiera, siempre se alzaba ante su mirada interior
como la imagen de un hombre, heroico y doliente a la vez.

Suspiró. Para otros resultaba fácil levantarse y hablar ante
una asamblea, al parecer, sin sentir esa terrible presión de la

personalidad; podían decir lo que tenían que decir como si
hablasen ante una sola persona. Se echó a un lado y miró hacia atrás. Ralph venía con su lanza al hombro. Tímidamente, Simon retardó el paso hasta encontrarse junto a Ralph. Le
miró a través de su lacio pelo negro, que ahora le caía hasta
los ojos. Ralph miró de soslayo; sonrió ligeramente, como si
hubiese olvidado que Simon se había puesto en ridículo, y
volvió la mirada al vacío. Simon, por unos momentos, sintió
la alegría de ser aceptado y dejó de pensar en sí mismo.
Cuando tropezó contra un árbol, Ralph miró a otro lado con
impaciencia y Robert no disimuló su risa. Simon se sintió
vacilar y una mancha blanca que había aparecido en su frente enrojeció y empezó a sangrar. Ralph se olvidó de Simon
para volver a su propio infierno. Tarde o temprano llegarían
al castillo y el jefe tendría que ponerse a la cabeza. Vio a Jack
retroceder hacia él con paso ligero.

–Estamos ya a la vista.

–Bueno, nos acercaremos lo más que podamos.

Siguió a Jack hacia el castillo, donde el terreno se elevaba
ligeramente. Cerraba el lado izquierdo una maraña impenetrable de trepadoras y árboles.

–¿No podría haber algo ahí dentro?

–Ya lo ves. No hay nada que entre ni salga por ahí.

–Bueno, ¿y en el castillo?

–Mira.

Ralph abrió un hueco en la pantalla de hierba y miró a través. Quedaban sólo unos metros más de terreno pedregoso y
después los dos lados de la isla llegaban casi a juntarse, de
modo que la vista esperaba encontrar el pico de un promon-
torio. Pero en su lugar, un estrecho arrecife, de unos cuantos
metros de anchura y unos quince de longitud, prolongaba la
isla hacia el mar. Allí se encontraba otro de aquellos grandes
bloques rosados que constituían la estructura de la isla. Este
lado del castillo, de unos treinta metros de altura, era el ba-

luarte rosado que habían visto desde la cima de la montaña. El peñón del acantilado estaba partido y su cima casi cubierta de grandes piedras sueltas que parecían a punto de desplomarse.

A espaldas de Ralph la alta hierba estaba poblada de silenciosos cazadores.

–Tú eres el cazador.

–Ya lo sé. Está bien.

Algo muy profundo en Ralph le obligó a decir:

–Yo soy el jefe. Iré yo. No discutas.

Se volvió a los otros.

–Vosotros escondeos ahí y esperadme.

Advirtió que su voz tendía o a desaparecer o a salir con demasiada fuerza. Miró a Jack.

–¿Tú... crees?

Jack balbuceó.

–He estado por todas partes. Tiene que estar aquí.

–Bien.

Simon murmuró confuso:

–Yo no creo en esa fiera.

Ralph le contestó cortésmente, como si hablasen del tiempo:

–No, claro que no.

Tenía los labios pálidos y apretados. Despacio, se echó el pelo hacia atrás.

–Bueno, hasta luego.

Obligó a sus pies a impulsarle hasta llegar al angostoso paso. Se encontró con un abismo a ambos lados. No había dónde esconderse, aunque no se tuviese que seguir avanzando. Se detuvo sobre el estrecho paso rocoso y miró hacia abajo. Pronto, en unos cuantos siglos, el mar transformaría el castillo en isla. A la derecha estaba la laguna, turbada por el mar abierto, y a la izquierda...

Ralph tembló. La laguna les había protegido del Pacífico y por alguna razón sólo Jack había descendido hasta el agua por el otro lado. Tenía ante sí el oleaje del mar, tal como lo ve el hombre de tierra, como la respiración de un ser fabuloso. Lentamente, las aguas se hundían entre las rocas, dejando al descubierto rosadas masas de granito, extrañas floraciones de coral, pólipos y algas. Bajaban las aguas, bajaban murmurando como el viento entre las alturas del bosque. Había allí una roca lisa, que se alargaba como una mesa, y las aguas, al ser absorbidas entre la vegetación de sus cuatro costados, daban a éstos el aspecto de acantilados. Respiró entonces el adormecido leviatán: las aguas subieron, removieron las algas y el agua hirvió sobre el tablero con un bramido. No se sentía el paso de las olas; sólo aquel prolongado, minuto a minuto, bajar y subir.

Ralph se volvió hacia el rojo acantilado. Allí, entre la alta hierba, esperaban todos, esperaban a ver qué hacía él. Notó que el sudor de sus manos era frío ahora; con sorpresa advirtió que en realidad no esperaba encontrar ninguna fiera y que no sabría qué hacer si la encontraba.

Vio que le sería fácil escalar el acantilado, pero no era necesario. La estructura vertical del macizo había dejado una especie de zócalo a su alrededor, de manera que a la derecha del lado de la laguna se podía avanzar, palmo a palmo, por un saliente hasta volver la esquina y perderse de vista. Era un camino fácil y pronto se halló al otro lado del macizo. Era lo que esperaba y nada más: rosadas peñas dislocadas, cubiertas como una tarta por una capa de guano, y una cuesta empinada que subía hasta las rocas sueltas que coronaban el bastión. Un ruido a sus espaldas le hizo volverse. Jack se acercaba por el zócalo.

–No podía dejar que lo hicieses tú solo.

Ralph no dijo nada. Siguió adelante y avanzó entre las rocas; inspeccionó una especie de semicueva que no contenía nada más temible que un montón de huevos podridos y por fin se sentó, mirando a su alrededor y golpeando la roca con el extremo de su lanza.

Jack estaba excitado.

–¡Menudo lugar para un fuerte!

Una columna de rocío mojó sus cuerpos.

–No hay agua para beber.

–Entonces, ¿qué es aquello?

Había, en efecto, una alargada mancha verde a media altura del macizo. Treparon hasta allí y probaron el hilo de agua.

–Podríamos colocar un casco de coco ahí para que estuviese siempre lleno.

–Yo no. Este sitio es un asco.

Uno junto al otro, escalaron el último tramo hasta llegar al sitio donde las rocas apiladas terminaban en una gran piedra partida. Jack golpeó con el puño la que tenía más cerca, que rechinó ligeramente.

–Te acuerdas...

Pero el recuerdo de los malos tiempos que habían vivido entre aquellas dos ocasiones dominó a los dos. Jack se apresuró a hablar:

–Si metiéramos un tronco de palmera por debajo, cuando el enemigo se acercase... ¡mira!

Debajo de ellos, a unos treinta metros, se encontraba el estrecho paso, después el terreno pedregoso, después la hierba salpicada de cabezas y detrás de todo aquello el bosque.

–¡Un empujón –gritó Jack exultante– y... zas...!

Hizo un gesto amplio con la mano. Ralph miró hacia la montaña.

–¿Qué te pasa?

Ralph se volvió.

–¿Por qué lo dices?

–Mirabas de una manera... que no sé.

–No hay ninguna señal ahora. Nada que se pueda ver.

–Qué manía con la señal.

Les cercaba el tenso horizonte azul, roto sólo por la cumbre de la montaña.

–Es lo único que tenemos.

Descansó la lanza contra la piedra oscilante y se echó hacia atrás dos mechones de pelo.

–Vamos a tener que volver y subir a la montaña. Allí es donde vieron la fiera.

–No va a estar allí.

–¿Y qué más podemos hacer?

Los otros, que aguardaban en la hierba, vieron a Jack y Ralph ilesos y salieron de su escondite hacia la luz del sol. La emoción de explorar les hizo olvidarse de la fiera. Cruzaron como un enjambre el puente y pronto se hallaron trepando y gritando. Ralph descansaba ahora con una mano contra un enorme bloque rojo, un bloque tan grande como una rueda de molino, que se había partido y colgaba tambaleándose. Observaba la montaña con expresión sombría. Golpeó la roja muralla a su derecha con el puño cerrado, como un martillo. Tenía los labios muy apretados y sus ojos, bajo el fleco de pelo, parecían anhelar algo.

–Humo.

Se chupó el puño lastimado.

–¡Jack! Vamos.

Pero Jack no estaba allí. Un grupo de muchachos, produciendo un gran ruido que no había percibido hasta entonces, hacía oscilar y empujaba una roca. Al volverse él, la base se cuarteó y toda aquella masa cayó al mar, haciendo saltar una columna de agua ensordecedora que subió hasta media altura del acantilado.

–¡Quietos! ¡Quietos!

Su voz produjo el silencio de los demás.

–Humo.

Una cosa extraña le pasaba en la cabeza. Algo revoloteaba allí mismo, ante su mente, como el ala de un murciélago enturbiando su pensamiento.

–Humo.

De pronto, le volvieron las ideas y la ira.

–Necesitamos humo. Y vosotros os ponéis a perder el
tiempo rodando piedras.

Roger gritó:

–Tenemos tiempo de sobra.

Ralph movió la cabeza.

–Hay que ir a la montaña.

Estalló un griterío. Algunos de los muchachos querían regresar a la playa. Otros querían rodar más piedras. El sol brillaba y el peligro se había disipado con la oscuridad.

–Jack. A lo mejor la fiera está al otro lado. Guía otra vez.
Tú ya has estado allí.

–Podemos ir por la orilla. Allí hay fruta.

Bill se acercó a Ralph.

–¿Por qué no nos podemos quedar aquí un rato?

–Eso.

–Vamos a hacer una fortaleza…

–Aquí no hay comida –dijo Ralph– ni refugios. Y poca
agua dulce.

–Esto sería una fortaleza fantástica.

–Podemos rodar piedras…

–Hasta el puente…

–¡Digo que vamos a seguir! –gritó Ralph enfurecido–. Tenemos que estar seguros. Ahora vámonos.

–Era mejor quedarnos aquí.

–Vámonos al refugio…

–Estoy cansado…

–¡No!

Ralph se despellejó los nudillos. No parecieron dolerle.

–Yo soy el jefe. Tenemos que estar bien seguros. ¿Es que
no veis la montaña? No hay ninguna señal. Puede haber un
barco allá afuera. ¿Es que estáis todos chiflados?

Con aire levantisco, los muchachos guardaron silencio o
murmuraron entre sí.

Jack les siguió camino abajo hasta cruzar el puente.

7. Sombras y árboles altos

La trocha de los cerdos se extendía junto a las pilas de rocas que bordeaban el agua en el lado opuesto, y Ralph se contentó con caminar por ella siguiendo a Jack. Si uno lograba cerrar los oídos al lento ruido del mar cuando era absorbido en el descenso y a su hervor durante el regateo de las aguas; si uno lograba olvidar el aspecto sombrío y nunca hollado de la cubierta de helechos a ambos lados, cabía entonces la posibilidad de olvidarse de la fiera y soñar por un rato. El sol había pasado ya la vertical del cielo y el calor de la tarde se cerraba sobre la isla. Ralph pasó un mensaje a Jack y al llegar a los frutales el grupo entero se detuvo para comer.

Apenas se hubo sentado, sintió Ralph por primera vez el calor aquel día. Tiró de su camisa gris con repugnancia y pensó si podría aventurarse a lavarla. Sentado bajo el peso de un calor poco corriente, incluso para la isla, Ralph trazó el plan de su aseo personal. Quisiera tener unas tijeras para cortarse el pelo –se echó hacia atrás la maraña–, para cortarse aquel asqueroso pelo a un centímetro, como antes. Quisiera tomar un baño, un verdadero baño, bien enjabonado. Se pasó la lengua por la dentadura para comprobar su estado y decidió que también le vendría bien un cepillo de dientes. Y luego, las uñas...

Ralph volvió las manos para examinarlas. Se había mordido las uñas hasta lo vivo, aunque no recordaba en qué momento había vuelto a aquel hábito, ni cuándo lo hacía.

–Voy a acabar chupándome el dedo si sigo así...

Miró en torno suyo furtivamente. No parecía haberle oído nadie. Los cazadores estaban sentados, atracándose de aquel fácil manjar y tratando de convencerse a sí mismos de que los plátanos y aquella otra fruta gelatinosa color de aceituna les dejaba satisfechos. Utilizando como modelo el recuerdo de su propia persona cuando estaba limpia, Ralph les observó de arriba a abajo. Estaban sucios, pero no con esa suciedad espectacular de los chicos que se han caído en el barro o se han visto sorprendidos por un fuerte aguacero. Ninguno de ellos se veía en aparente necesidad de una ducha, y sin embargo... el pelo demasiado largo, enmarañado aquí y allá, enredado alrededor de una hoja muerta o una ramilla; las caras bastante limpias, por la acción continuada de comer y sudar, pero marcadas en los ángulos menos accesibles por ciertas sombras; la ropa desgastada, tiesa por el sudor, como la suya propia, que llevaba puesta no por decoro o comodidad, sino por costumbre; la piel del cuerpo, costrosa por el salitre...

Descubrió, con ligero desánimo, que ésas eran las características que ahora le parecían normales y que no le molestaban. Suspiró y arrojó lejos el tallo del que había desprendido los frutos. Ya iban desapareciendo los cazadores, para atender a sus actividades, en el bosque o abajo, en las rocas. Dio media vuelta para mirar del lado del mar. Allí, al otro lado de la isla, la vista era completamente distinta. Los encantamientos nebulosos del espejismo no podían soportar el agua fría del océano, y el horizonte recortado se destacaba limpio y azul. Ralph caminó distraído hasta las rocas. Desde allí abajo, casi al mismo nivel del mar, era posible seguir con la vista el incesante y combado paso de las olas marinas profundas, cuya anchura era de varios kilómetros y en nada se parecían a las rompientes ni a las crestas de aguas poco profundas. Pasaban a lo largo de la isla con aire de ignorarla, absortas en otros asuntos; no era tanto una sucesión como un portentoso subir y bajar del océano entero. Ahora, en su descenso, el mar succionaba el aire de la orilla formando cascadas y cataratas; se hundía tras las rocas y dejaba aplastadas las algas como si fuesen cabellos resplandecientes; después, tras una breve pausa, reunía todas sus fuerzas y se alzaba con un rugido para lanzarse irresistible sobre picos y crestas, escalaba el pequeño acantilado y, por último, enviaba a lo largo de una hendidura un brazo de rompiente que venía a morir, a no más de un metro de él, en dedos de espuma. Ola tras ola siguió Ralph aquel subir y bajar hasta que algo propio del carácter distante del mar le embotó la mente. Después, poco a poco, la dimensión casi infinita de aquellas aguas le forzó a fijarse en ellas. Aquí estaba la barrera, la divisoria. En el otro lado de la isla, envuelto al mediodía por los efectos del espejismo, protegido por el escudo de la tranquila laguna, se podía soñar con el rescate; pero aquí, enfrentado con la brutal obcecación del océano y tantos kilómetros de separación, uno se sentía atrapado, se sentía indefenso, se sentía condenado, se sentía...

Simon le estaba hablando casi al oído. Ralph se encontró asido con ambas manos, dolorosamente, a una roca; sintió su cuerpo arqueado, los músculos tensos, la boca entreabierta y rígida.

–Ya volverás a tu casa.

Simon asentía con la cabeza al hablar. Con una pierna arrodillada, le miraba desde una roca más alta, en la que se apoyaba con ambas manos; avanzaba la otra pierna hasta el nivel donde se encontraba Ralph.

Ralph, desconcertado, buscaba algún signo en el rostro de Simon.

–Es que es tan grande...

Simon asintió.

–De todos modos, volverás; seguro. Por lo menos, eso pienso.

El cuerpo de Ralph había perdido algo de su tensión. Miró hacia el mar y luego sonrió amargamente a Simon.

–¿Es que tienes un barco en el bolsillo?

Simon sonrió y sacudió la cabeza.

–Entonces, ¿cómo lo sabes?

En el silencio de Simon, Ralph dijo secamente:

–A ti te falta un tornillo.

Simon movió la cabeza con violencia, haciendo volar su áspera melena negra hacia un lado y otro de la cara.

–No, no me falta nada. Simplemente *creo que volverás.*

No hablaron más durante unos instantes. Y, de pronto, se sonrieron mutuamente.

Roger llamó desde el interior del bosque.

–¡Venid a ver!

La tierra junto a la trocha de los cerdos estaba removida y había en ella excrementos que aún despedían vapor. Jack se agachó hasta ellos como si le atrajesen.

–Ralph..., necesitamos carne, aunque estemos buscando lo otro.

–Si no nos salimos del camino, de acuerdo, cazaremos.

Se pusieron de nuevo en marcha: los cazadores, agrupados por su temor a la fiera, mientras que Jack se adelantaba afanoso en la búsqueda. Avanzaban menos de lo que Ralph se había propuesto, pero en cierto modo se alegraba de perder un poco el tiempo, y caminaba meciendo su lanza. Jack tropezó con alguna dificultad y pronto se detuvo la procesión entera. Ralph se apoyó contra un árbol, inmediatamente brotaron los ensueños a su alrededor. Jack tenía a su cargo la caza y ya habría tiempo para ir a la montaña...

Una vez, cuando a su padre le trasladaron de Chatam a Devonport, habían vivido en una casa de campo al borde de las marismas. De todas las casas que Ralph había conocido, aquélla se destacaba con especial claridad en su recuerdo porque de allí le enviaron al colegio. Mamá aún estaba con ellos y papá venía a casa todos los días. Los potros salvajes se acercaban a la tapia de piedra al fondo del jardín, y había nieve. Detrás de la casa se encontraba una especie de cobertizo y allí podía uno tenderse a contemplar los copos que se alejaban en remolinos. Veía las manchas húmedas donde los copos morían; luego observaba el primer copo que yacía sin derretirse y veía cómo todo el suelo se volvía blanco. Cuando sentía frío, entraba en la casa a mirar por la ventana, entre la lustrosa tetera de cobre y el plato con los hombrecillos azules...

A la hora de acostarse le esperaba siempre un tazón lleno de *corn flakes* con leche y azúcar. Y los libros... estaban en la estantería junto a la cama, descansando unos en otros, pero siempre había dos o tres que yacían encima, sobre un costado, porque no se había molestado en ponerlos de nuevo en su sitio. Tenían dobladas las esquinas de las hojas y estaban arañados. Había uno, claro y brillante, acerca de Topsy y Mopsy, que nunca leyó porque trataba de dos chicas; también, aquél sobre el Mago, que se leía con una especie de reprimido temor, saltando la página veintisiete, que tenía una ilustración espantosa de una araña; otro libro contaba la historia de unas personas que habían encontrado cosas enterradas, cosas egipcias, y luego estaban los libros para muchachos: *El libro de los trenes* y *El libro de los navíos*. Se presentaban ante él con entera realidad; los podría haber alcanzado y tocado, sentía el peso de *El libro de los mamuts* y su lento deslizarse al salir del estante... Todo marchaba bien entonces; todo era grato y amable.

A unos cuantos pasos de ellos los arbustos sonaron como una explosión. Los muchachos salían como locos de la trocha de los cerdos y se deslizaban entre las trepadoras, gritando. Ralph vio a Jack caer de un empujón. Y de pronto apareció un animal que venía por la trocha lanzado hacia él, con colmillos deslumbrantes y un rugido temible. Ralph se dio cuenta de que era capaz de medir la distancia con calma y apuntar. Cuando el jabalí se encontraba sólo a cuatro metros, le lanzó el ridículo palo de madera que llevaba; vio que le daba en el enorme hocico y que colgaba de él por un momento. El timbre del gruñido se transformó en un chillido y el jabalí giró bruscamente de costado, entrando en el sotobosque. La trocha se volvió a llenar de muchachos vociferantes; Jack regresó corriendo, y hurgó con su lanza en la maleza.

–Por aquí...

–¡Pero nos puede coger!

–He dicho que por aquí...

El jabalí se les escapaba. Encontraron otra trocha paralela a la primera y Jack se lanzó corriendo. Ralph estaba lleno de temor, de aprensión y de orgullo.

–¡Le di! La lanza se clavó...

Llegaron inesperadamente a un espacio abierto, junto al mar. Jack dio con el puño en la desnuda roca y manifestaba su disgusto.

–Se ha ido...

–Le alcancé –repitió Ralph–, y la lanza se clavó...

Sintió la necesidad de testigos.

–¿No me visteis?

Maurice asintió.

–Yo te vi. De lleno en el hocico. ¡Yiiii!

Ralph, excitado, siguió hablando.

–Que si le di. Le clavé la lanza. ¡Le herí!

Sintió el calor del nuevo respeto que sentían por él y pensó que cazar valía la pena, después de todo.

–Le di un buen golpe. ¡Yo creo que ésa era la fiera!

Jack regresó.

–No era la fiera. Era un jabalí.

–Le alcancé.

–¿Por qué no le atrapaste? Yo lo intenté...

La voz de Ralph se alzó:

–¿A un jabalí?

De repente Jack se acaloró:

–Dijiste que nos podía atropellar. ¿Por qué tuviste que lanzarla? ¿Por qué no esperaste?

Extendió el brazo.

–Mira.

Volvió el antebrazo izquierdo para que todos pudiesen verlo. Tenía un rasguño en la cara exterior; pequeño, pero ensangrentado.

–Me lo hizo con los colmillos. No pude bajar la lanza a tiempo.

Jack pasó a ser el foco de atención.

–Eso es una herida   dijo Simon–, y tienes que chupar la sangre. Como Berengaria.

Jack aplicó los labios a la herida.

–Yo le di –dijo Ralph indignado–. Le di con la lanza; le herí.

Trató de atraer la atención general.

–Venía por el sendero. Tiré así...

Robert lanzó un gruñido. Ralph aceptó el juego y todos rieron. Pronto se encontraron atacando a Robert, que fingía embestirles.

Jack gritó:

–¡Haced un círculo!

El círculo se fue estrechando y girando. Robert chillaba con fingido terror, después con dolor verdadero.

–¡Ay! ¡Quietos! ¡Me estáis haciendo daño!

Cayó el extremo de una lanza sobre su espalda mientras trataba de esquivar a los demás.

–¡Agarradle!

Le cogieron por los brazos y las piernas. Ralph, dejándose llevar por una fuerte excitación repentina, arrebató la lanza de Eric y con ella aguijoneó a Robert.

–¡Matadle! ¡Matadle!

A la vez, Robert gritaba y luchaba con la fuerza que produce la desesperación. Jack le tenía agarrado por el pelo y blandía su cuchillo. Detrás de él, luchando por acercarse, estaba Roger. El canto surgió como un ritual, como si fuese el instante final de una danza o una cacería.

–*¡Mata al jabalí! ¡Córtale el cuello! ¡Mata al jabalí! ¡Pártele el cráneo!*

También Ralph luchaba por acercarse, para conseguir un trozo de aquella carne bronceada, vulnerable. El deseo de agredir y hacer daño era irresistible.

El brazo de Jack descendió; el delirante grupo aplaudió y lanzó gruñidos que imitaban los de un jabalí moribundo. Se calmaron entonces, jadeantes y escuchando el asustado lloriqueo de Robert, que se limpió la cara con un brazo sucio y se esforzó por recobrar su dignidad.

–¡Ay, mi trasero!

Se frotó dolorido. Jack se volvió:

–Fue un juego divertido.

–Era sólo un juego –dijo Ralph, incómodo–. Menudo daño me hicieron una vez jugando al rugby.

–Deberíamos tener un tambor –dijo Maurice–, así podríamos hacerlo como es debido.

Ralph lo miró.

–¿Y cómo es eso?

–No sé... Se necesita un fuego, creo, y un tambor, y vas guardando el compás con el tambor.

–Lo que se necesita es un cerdo –dijo Roger–, como en las cacerías de verdad.

–O alguien que haga de cerdo –dijo Ralph–. Alguien se podría disfrazar de cerdo y luego representar..., ya sabes, fingir que me tiraba al suelo y todo lo demás...

–Lo que se necesita es un cerdo de verdad –dijo Robert, que se frotaba aún atrás–, porque tenéis que matarle.

–Podemos usar a uno de los peques –dijo Jack, y todos rieron.

Ralph se incorporó.

–Bueno, a este paso no vamos a encontrar lo que buscamos.

Uno a uno se levantaron, arreglándose los harapos.

Ralph miró a Jack.

–Ahora, a la montaña.

–¿No deberíamos volver con Piggy –dijo Maurice– antes de que anochezca?

Los mellizos asintieron como si fuesen un solo muchacho.

–Sí, eso. Podemos subir por la mañana.

Ralph miró a lo lejos y vio el mar.

–Tenemos que prender la hoguera otra vez.

–No tenemos las gafas de Piggy –dijo Jack–, así que no se puede.

–Pues entonces veremos si en la montaña hay algo.

Maurice, indeciso, no queriendo parecer un gallina, dijo:

–¿Y si está la fiera?

Jack blandió su lanza.

–La matamos.

El sol parecía algo más fresco. Jack cortó el aire con la lanza.

–¿A qué esperamos?

–Supongo –dijo Ralph– que si seguimos por aquí, junto al mar, llegaremos al pie del terreno quemado y desde allí podemos trepar a la montaña.

Una vez más les guió Jack a lo largo de aquel mar que ab-
sorbía y expelía sus aguas cegadoras. Una vez más soñó
Ralph, dejando que sus hábiles pies se ocupasen de las irre-
gularidades del camino. Sin embargo, sus pies parecían aquí
menos hábiles que antes. La mayor parte del camino lo tuvieron que recorrer pegados a la desnuda roca, junto al agua,
y se vieron obligados a avanzar de lado entre aquélla y la oscura exuberancia del bosque. Tenían que escalar pequeños
acantilados, algunos de los cuales habían de servir como
senderos, largos pasajes en los que se usaban tanto las manos como los pies. Pisaban rocas recién mojadas por las olas,
para saltar sobre los transparentes charcos formados por la
marea. Llegaron a una hondonada que, como una trinchera,
partía la estrecha banda de playa. Parecía no tener fondo;
con asombro, observaron la oscura hendidura, donde bor-
boteaba el agua. En ese momento regresó la ola, la hondonada hirvió ante sus ojos y saltó espuma hasta las mismas trepadoras, dejando a los muchachos empapados y gritando.
Trataron de continuar por el bosque, pero era demasiado espeso y las plantas se entretejían como un nido de pájaros. Al
fin tuvieron que decidirse a ir saltando uno a uno, esperando hasta que descendía el agua; y aún así, algunos recibieron
un segundo remojón. A partir de allí las rocas se hacían cada
vez más intransitables, así que se sentaron durante un rato,
mientras se secaban sus harapos, contemplando los perfiles
recortados de las olas profundas, que con tanta lentitud pasaban a lo largo de la isla. Encontraron fruta en un refugio de
brillantes pajarillos que revoloteaban a la manera de los insectos. Ralph dijo entonces que iban demasiado despacio. Se
subió él mismo a un árbol, entreabrió el dosel de la copa y
vio la cuadrada cumbre de la montaña, que aún parecía muy
lejana. Trataron de apresurarse siguiendo sobre las rocas,
pero Robert se hizo un mal corte en la rodilla y tuvieron que
admitir que aquel sendero habría de tomarse con tranquili-

dad si querían permanecer indemnes. Desde aquel punto continuaron como si estuviesen escalando una peligrosa montaña hasta que las rocas se transformaron en un verdadero acantilado, cubierto de una jungla impenetrable y cortado a tajo sobre el mar.

Ralph examinó el sol con atención.

–El final de la tarde. Ha pasado la hora del té, eso seguro.

–No recuerdo este acantilado –dijo Jack cabizbajo–; debe ser el trozo de costa que no he recorrido.

Ralph asintió.

–Déjame pensar.

Ya no sentía vergüenza alguna por pensar en público, y podía estudiar las decisiones del día como si se tratase de una partida de ajedrez. Lo malo era que jamás sería un buen jugador de ajedrez. Pensó en los peques y en Piggy. Veía a Piggy completamente solo, acurrucado en un refugio donde todo era silencio, excepto los gritos de las pesadillas.

–No podemos dejar solos a Piggy y a los peques toda la noche.

Los otros muchachos no dijeron nada; todos, sin embargo, se quedaron mirándole.

–Pero tardaríamos horas en volver.

Jack tosió y habló con un tono extraño, seco.

–Hay que cuidar a Piggy, ¿verdad?

Ralph se tecleó en los dientes con la sucia punta de la lanza de Eric.

–Si atravesamos...

Miró a su alrededor.

–Alguien tiene que atravesar la isla y decirle a Piggy que llegaremos después de que anochezca.

Bill, asombrado, dijo:

–¿A solas por el bosque? ¿Ahora?

–Sólo podemos prescindir de uno.

Simon se abrió camino hasta llegar junto a Ralph:

–Puedo ir yo, si quieres. No me importa, de verdad.

Antes de que Ralph tuviese tiempo de contestar, sonrió rápidamente, dio la vuelta y ascendió en dirección al bosque.

Ralph volvió los ojos a Jack, viéndole, con exasperación, por primera vez:

–Jack... aquella vez que hiciste todo el camino hasta la roca del castillo...

Jack le miró hoscamente.

–¿Sí?

–Seguiste un trozo de esta orilla... bajo la montaña, hasta más allá.

–Sí.

–¿Y luego?

–Encontré una trocha de jabalíes. Es larguísima.

Ralph asintió con la cabeza. Señaló hacia el bosque:

–Entonces la trocha debe estar ahí cerca.

Todo el mundo asintió, sabiamente.

–Bueno, pues nos iremos abriendo camino hasta que demos con la trocha.

Dio un paso y se detuvo:

–¡Pero espera un momento! ¿Hacia dónde va esa trocha?

–A la montaña –dijo Jack–, ya te lo he dicho. –Rió con sorna– ¿No quieres ir a la montaña?

Ralph suspiró; advertía que aumentaba el antagonismo tan pronto como Jack abandonaba el mando.

–Pensaba en la falta de luz. Vamos a tener que andar a tropezones.

–Habíamos quedado en ir a buscar la fiera...

–No habrá bastante luz.

–A mí no me importa seguir –dijo Jack acalorado–. Cuando lleguemos allí la buscaré. ¿Y tú? ¿Prefieres volver a los refugios para hablar con Piggy?

Ahora le tocaba a Ralph enrojecer, pero habló en tono desalentado, con la nueva lucidez que Piggy le había dado.

–¿Por qué me odias?

Los muchachos se agitaron incómodos, como si se hubiese pronunciado una palabra indecente. El silencio se alargó.

Ralph, excitado y dolorido aún, fue el primero en emprender el camino.

–Vamos.

Se puso a la cabeza y decidió que sería él mismo quien, por derecho propio, abriría paso entre las trepadoras. Jack, desplazado y de mal talante, cerraba la marcha.

La trocha de jabalíes era un túnel oscuro, pues el sol se iba deslizando rápidamente hacia el borde del mundo y en el bosque siempre acechaban las sombras. Era un sendero ancho y trillado, y pudieron correr por él a un trote ligero. Al poco rato se abrió el techo de hojas y todos se detuvieron, con la respiración entrecortada, a contemplar las pocas estrellas que despuntaban a un lado de la cima de la montaña.

–Ahí está.

Los muchachos se miraron vacilantes. Ralph tomó una decisión:

–Iremos derechos a la plataforma y ya subiremos mañana.

Murmuraron en asentimiento; pero Jack estaba junto a él, casi rozándole el hombro.

–Claro, si tienes miedo…

Ralph se enfrentó con él.

–¿Quién fue el primero que llegó hasta la roca del castillo?

–Yo también fui. Y, además, era de día.

–Muy bien, ¿quién quiere subir a la montaña ahora?

La única respuesta fue el silencio.

–Samyeric, ¿vosotros qué pensáis?

–Deberíamos ir a decírselo a Piggy…

–… sí, a decirle a Piggy que…

–¡Pero si ya fue Simon!

–Deberíamos decírselo a Piggy… por si acaso…

–¿Robert? ¿Bill?

Todos se dirigían ya a la plataforma. Claro que no era por miedo, sino por cansancio.

Ralph se volvió de nuevo a Jack.

–¿Lo ves?

–Yo voy a subir a la montaña.

Las palabras salieron de Jack envenenadas, como una maldición. Miró a Ralph, su cuerpo delgado tenso, la lanza agarrada como amenazándole.

–Voy a subir a la montaña para buscar a la fiera... ahora mismo.

Después, la puya suprema, la palabra sencilla y retadora:

–¿Vienes?

Al oír aquella palabra, los otros muchachos olvidaron sus ansias de alejarse y regresaron a saborear un nuevo roce de dos temperamentos en la oscuridad. La palabra era demasiado acertada, demasiado cortante, demasiado tentadora para pronunciarse de nuevo. Le cogió a Ralph de sorpresa, cuando sus nervios se habían calmado ante la perspectiva de regresar al refugio y a las aguas tranquilas y familiares de la laguna.

–Como quieras.

Asombrado, escuchó su propia voz, que salía tranquila y natural, de modo que el duro reto de Jack cayó deshecho.

–Si de verdad no te importa, claro.

–Claro que si tienes miedo...

Ralph se enfrentó con él.

–Pues entonces...

Uno junto al otro, bajo las miradas de los silenciosos muchachos, emprendieron la marcha hacia la montaña.

–Qué tontería. ¿Cómo vamos a ir los dos solos? Si encontramos algo, necesitaremos ayuda...

Les llegó el rumor de los muchachos que escapaban corriendo. Con asombro, vieron una figura oscura moverse de espaldas a la marea.

–¿Roger?

–Sí.

–Entonces, ya somos tres.

De nuevo comenzaron a escalar la falda de la montaña. La oscuridad parecía fluir en torno suyo como si fuese la propia marea. Jack, que había permanecido callado, empezó a atragantarse y toser; una ráfaga de aire les hizo escupir a los tres. Las lágrimas cegaban a Ralph.

–Es ceniza. Estamos al borde del terreno quemado.

Sus pasos, y en ocasiones la brisa, iban levantando remolinos de polvo. Al parar de nuevo, Ralph tuvo tiempo de pensar, mientras tosía, en la tontería que estaban cometiendo. Si no había ninguna fiera –y casi seguro que no la habría–, en ese caso, bien estaba; pero si había algo esperándoles en la cima de la montaña... ¿qué iban a hacer ellos tres, impedidos por la oscuridad y llevando consigo sólo unos palos?

–Somos unos locos.

De la oscuridad llegó la respuesta:

–¿Miedo?

Ralph se irguió lleno de irritación. La culpa de todo la tenía Jack.

–Pues claro, pero de todos modos somos unos locos.

–Si no quieres seguir –dijo la voz con sarcasmo–, subiré yo solo.

Ralph oyó aquella burla y sintió odio hacia Jack. El escozor de la ceniza en sus ojos, el cansancio y el temor le enfurecieron.

–¡Pues sube! Te esperamos aquí.

Hubo un silencio.

–¿Por qué no subes? ¿Tienes miedo?

Una mancha en la oscuridad, una mancha que era Jack, se destacó y empezó a alejarse.

–Bien, hasta luego.

La mancha se desvaneció. Otra vino a tomar su lugar.

Ralph sintió que su rodilla tocaba una cosa dura: sus piernas mecieron un tronco carbonizado, áspero al tacto. Sintió las calcinadas rugosidades –que habían sido cortezas– rozarle detrás de las rodillas y supo así que Roger se había sentado. Buscó a tientas y se acomodó junto a Roger, mientras el tronco se mecía entre cenizas invisibles. Roger, poco hablador por naturaleza, permaneció callado. No expresó lo que pensaba de la fiera ni le dijo a Ralph por qué se había decidido a acompañarles en aquella insensata expedición. Se limitaba a permanecer allí sentado, meciendo el tronco suavemente. Ralph escuchó unos golpecillos rápidos y enervantes y comprendió que Roger estaba golpeando algo con su estúpido palo de madera.

Y así permanecieron: el hermético Roger continuaba con su balanceo y sus golpecitos; Ralph alimentaba su indignación. Les rodeaba un cielo cargado de estrellas, salvo en aquel lugar donde la montaña perforaba un orificio de oscuridad. Oyeron el ruido de algo que se movía por encima de ellos, en lo alto; era el ruido de alguien que se acercaba a gigantescos y arriesgados pasos sobre roca o ceniza. Llegó Jack. Temblaba y tartamudeaba, con una voz que apenas reconocieron como la suya.

–Vi una cosa en la cumbre.

Le oyeron tropezar con el tronco, que se meció violentamente. Permaneció callado un momento, luego balbuceó:

–Estad bien atentos, porque puede haberme seguido.

Una lluvia de ceniza cayó en torno a ellos. Jack se incorporó.

–Vi algo que se hinchaba, en la montaña.

–Te lo imaginarías –dijo Ralph con voz trémula–, porque no hay nada que se hinche. No hay seres así.

Habló Roger y ambos se sobresaltaron porque se habían olvidado de él.

–Las ranas.

Jack rió tontamente y se estremeció.

–Menuda rana. Y, además, oí un ruido. Algo que hacía ¡paf! Y entonces se infló la cosa esa.

Ralph se sorprendió a sí mismo, no tanto por la calidad de su voz, que no temblaba, sino por la bravata que llevaba su invitación:

–Vamos a echar un vistazo.

Ralph, por primera vez desde que conocía a Jack, le vio dudar:

–¿Ahora...?

Su voz habló por él.

–Pues claro.

Se levantó y comenzó a andar sobre las crujientes cenizas hacia la sombría altura, seguido por los otros dos.

Ante el silencio de su voz física, la voz íntima de la razón y otras voces se hicieron escuchar. Piggy le llamó crío. Otra voz le decía que no fuese loco; y la oscuridad y la arriesgada empresa daban a la noche el carácter irreal que adquieren las cosas desde el sillón del dentista.

Al llegar a la última cuesta, Jack y Roger se acercaron y dejaron de ser dos manchas de tinta para convertirse en figuras discernibles. Se detuvieron por común acuerdo y se apretaron uno junto al otro. Tras ellos, en el horizonte, destacaba un trozo de cielo más claro, donde surgiría la luna de un momento a otro. Rugió el viento en el bosque y los harapos se pegaron a sus cuerpos.

Ralph urgió:

–Vamos.

Avanzaron sigilosamente, Roger algo rezagado. Jack y Ralph cruzaron juntos la cumbre de la montaña. La extensión centelleante de la laguna yacía bajo ellos y más lejos se veía una larga mancha blanca, que era el arrecife. Roger se unió a ellos.

Jack murmuró:

–Vamos a acercarnos a gatas; a lo mejor está durmiendo.

Roger y Ralph avanzaron, mientras Jack se quedaba esa vez atrás, a pesar de sus valientes palabras. Llegaron a la cumbre roma, donde las manos y las rodillas sentían la dureza de la roca.

Una criatura que se inflaba.

Ralph metió la mano en la fría y suave ceniza de la hoguera y sofocó un grito. Le temblaban la mano y el hombro por aquel inesperado contacto. Unas lucecillas verdes de náuseas aparecieron por un momento y horadaron la oscuridad. Roger estaba detrás de él y Jack tenía la boca pegada a su oreja.

–Allí, entre las rocas, donde antes había un hueco. Una especie de bulto... ¿lo ves?

La hoguera apagada sopló ceniza a la cara de Ralph. No podía ver ni el hueco ni nada, porque las lucecillas verdes volvían a abrirse y extenderse y la cima de la montaña se iba inclinando hacia un lado. Una vez más volvió a oír el murmullo de Jack, desde muy lejos.

–¿Miedo?

No se sentía asustado, sino más bien paralizado, colgado, sin poder moverse, en la cima de una montaña que empequeñecía y oscilaba. Jack se escurrió a un lado; Roger tropezó, se orientó a tientas, mientras su respiración silbaba, y siguió adelante. Les oyó decirse en voz baja:

–¿Ves algo?

–Ahí....

Delante de ellos, sólo a unos tres metros de distancia, vieron un bulto que parecía una roca, pero en un lugar donde no debía haber roca alguna. Ralph oyó un ligero rechinar que procedía de alguna parte, quizá de su propia boca. Se armó de determinación, fundió su temor y repulsión en odio y se levantó. Avanzó dos pasos con torpes pies.

Detrás de ellos, la cinta de luna se había ya levantado del

horizonte; ante ellos, algo que se asemejaba a un simio enorme dormitaba sentado, la cabeza entre las rodillas. En aquel momento se levantó viento en el bosque, hubo un revuelo en la oscuridad y aquel ser levantó la cabeza, mostrándoles la ruina de un rostro.

Ralph se encontró atravesando con gigantescas zancadas el suelo de ceniza; oyó los gritos de otros seres y sus brincos y afrontó lo imposible en la oscura pendiente. Segundos después, la montaña quedaba desierta, salvo los tres palos abandonados y aquella cosa que se inclinaba en una reverencia.

8. Ofrenda a las tinieblas

Piggy, con evidente malestar, apartó los ojos de la playa, que empezaba a reflejar la luz pálida del alba, y los alzó hacia la sombría montaña.

–¿Estás seguro? ¿De verdad estás seguro?

–No sé cuántas veces te lo tengo que repetir –dijo Ralph–. La vimos.

–¿Crees que estamos a salvo aquí abajo?

–¿Cómo demonios lo voy a saber yo?

Ralph se apartó bruscamente y avanzó unos pasos por la playa. Jack, arrodillado, se entretenía en dibujar con el dedo índice círculos en la arena. La voz de Piggy les llegó en un susurro:

–¿Estás seguro? ¿De verdad?

–Sube tú a verla –dijo Jack desdeñosamente–, y hasta nunca.

–Más quisieras.

–La fiera tiene dientes –dijo Ralph– y unos ojos negros muy grandes.

Tembló violentamente. Piggy se quitó las gafas y limpió su única lente.

–¿Qué vamos a hacer?

Ralph se volvió hacia la plataforma. La caracola brillaba entre los árboles como un borujo blanco, en el lugar mismo por donde aparecería el sol.

Se echó hacia atrás las greñas.

–No lo sé.

Recordó la huida aterrorizada, ladera abajo.

–No creo que nos atrevamos jamás contra una cosa de ese tamaño; en serio, no nos atreveríamos. Hablamos mucho, pero tampoco pelearíamos contra un tigre. Saldríamos corriendo a escondernos. Hasta Jack se escondería.

Jack seguía contemplando la arena.

–¿Y mis cazadores, qué?

Simon salió furtivamente de las sombras que envolvían los refugios. Ralph no prestó atención a la pregunta de Jack. Señaló hacia la pincelada amarilla sobre la línea del mar.

–Somos muy valientes mientras es de día. ¿Pero después? Y ahora aquello está allí, agachado junto a la hoguera, como si quisiera impedir que nos rescaten...

Se retorcía las manos al hablar, sin darse cuenta. Elevó la voz:

–Ya no habrá ninguna hoguera de señal... Estamos perdidos.

Un punto de oro apareció sobre el mar, y en un instante se iluminó todo el cielo.

–¿Y mis cazadores, qué?

–Son niños armados con palos.

Jack se puso en pie. Su rostro se enrojeció mientras se alejaba. Piggy se puso las gafas y miró a Ralph.

–Ahora sí que la has hecho. Le has ofendido con lo de sus cazadores.

–Anda, cállate.

Les interrumpió el sonido de la caracola, que alguien tocaba sin habilidad. Jack, como si ofreciese una serenata al sol

naciente, siguió haciendo sonar la caracola, mientras en los
refugios empezaban a agitarse las primeras señales de vida,
los cazadores se deslizaban hacia la plataforma y los pequeños empezaban a lloriquear, como ahora hacían con tanta
frecuencia. Ralph se levantó dócilmente. Piggy y él se dirigieron a la plataforma.

–Palabras –dijo Ralph amargamente–, palabras y más palabras.

Quitó la caracola a Jack.

–Esta reunión...

Jack le interrumpió:

–La he convocado yo.

–Lo mismo iba a hacer yo. Lo único que has hecho es soplar la caracola.

–Bueno, ¿y no es eso?

–¡Tómala, anda! ¡Sigue..., habla!

Ralph arrojó la caracola a los brazos de Jack y se sentó en
el tronco de palmera.

–He convocado esta asamblea por muchas razones –dijo
Jack–. En primer lugar... ya sabéis que hemos visto a la fiera.
Nos acercamos a gatas, estuvimos a unos cuantos metros de
la fiera. Levantó la cabeza y nos miró. No sé qué hace allí. Ni
siquiera sabemos lo que es...

–Esa fiera sale del mar...

–De la oscuridad...

–De los árboles...

–¡Silencio! –gritó Jack–. A ver si escucháis. La fiera está
allí sentada, sea lo que sea...

–A lo mejor está esperando...

–O cazando...

–Eso es, cazando.

–Cazando –dijo Jack. Recordó los temblores que se apoderaban de él en el bosque–. Sí, esa fiera sale a cazar. ¡Pero
callaos de una vez! Otra cosa: fue imposible matarla. Y ade-

más, os diré lo que acaba de decirme Ralph de mis cazadores: que no sirven para nada.

–¡No he dicho nada de eso!

–Yo tengo la caracola. Ralph cree que sois unos cobardes,
que el jabalí y la fiera os hacen salir corriendo. Y eso no es
todo.

Se oyó en la plataforma algo como un suspiro, como si todos supiesen lo que iba a seguir. La voz de Jack continuó, trémula pero decidida, presionando contra el pasivo silencio.

–Es igual que Piggy; dice las mismas cosas que Piggy. No
es un verdadero jefe.

Jack apretó la caracola contra sí.

–Además, es un cobarde.

Hizo una breve pausa y después continuó:

–Allá en la cima, cuando Roger y yo seguimos adelante, él
se quedó atrás.

–¡Yo también seguí!

–Pero después.

Los dos muchachos se miraron, a través de las pantallas
de sus melenas, amenazantes.

–Yo también seguí –dijo Ralph–; eché a correr luego, pero
tú hiciste lo mismo.

–Llámame cobarde si quieres.

Jack se volvió a los cazadores:

–No sabe cazar. Nunca nos habría conseguido carne. No
es ningún prefecto, y no sabemos nada de él. No hace más
que dar órdenes y espera que se le obedezca porque sí. Venga
a hablar...

–¡Venga a hablar! –gritó Ralph–. ¡Hablar y hablar! ¿Quién
ha empezado? ¿Quién ha convocado esta reunión?

Jack se volvió con la cara enrojecida y la barbilla hundida
en el pecho. Le atravesó con la mirada.

–Muy bien –dijo, y su tono indicaba una intención decidida, y una amenaza–, muy bien.

Con una mano apretó la caracola contra su pecho y con la otra cortó el aire.

–¿Quién cree que Ralph no debe ser el jefe?

Miró con esperanza a los muchachos agrupados en torno suyo, que habían quedado atónitos. Hubo un silencio absoluto bajo las palmeras.

–Que levanten las manos –dijo Jack con firmeza– los que no quieren que Ralph sea el jefe.

El silencio continuó, suspenso, grave y avergonzado.

El rostro de Jack fue perdiendo color poco a poco, para recobrarlo después en un brote doloroso. Se mordió los labios y volvió la cabeza a un lado, evitando a sus ojos el bochorno de unirse a la mirada de otro.

–¿Cuántos creen...?

Su voz cedió. Las manos que sostenían la caracola temblaron. Tosió y alzó la voz:

–Muy bien.

Con extremado cuidado dejó la caracola en la hierba, a sus pies. Lágrimas de humillación corrían de sus ojos.

–No voy a seguir más este juego. No con vosotros.

La mayoría de los muchachos habían bajado la vista, fijándola en la hierba o en sus pies. Jack volvió a toser.

–No voy a seguir en la pandilla de Ralph...

Recorrió con la mirada los troncos a su derecha, contando los cazadores que una vez fueron coro.

–Me voy por mi cuenta. Que atrape él sus cerdos. Si alguien quiere cazar conmigo, puede venir también.

Con pasos torpes salió del triángulo, hacia el escalón que llevaba hasta la blanca arena.

–¡Jack!

Jack se volvió y miró a Ralph. Calló por un momento y luego lanzó un grito estridente y furioso:

–... ¡No!

Saltó de la plataforma y corrió por la playa sin hacer caso

de las copiosas lágrimas que iba derramando; Ralph le siguió con la mirada hasta que se adentró en el bosque.

Piggy estaba indignado.

–Yo venga a hablarte, Ralph, y tú ahí parado, como...

Ralph miró a Piggy sin verle y se habló a sí mismo quedamente:

–Volverá. Cuando el sol se ponga, volverá.

Vio la caracola en las manos de Piggy.

–¿Qué?

–¡Pues eso!

Piggy abandonó la intención de reprender a Ralph. Volvió a limpiar su lente hasta hacerla relucir y volvió a su tema.

–No necesitamos a Jack Merridew. No es el único en esta isla. Pero ahora que tenemos una fiera de verdad, aunque no puedo casi creerlo, vamos a tener que quedarnos cerca de la plataforma a todas horas; y ya no nos van a servir de mucho ni él ni su caza. Así que ahora podremos decidir de una vez lo que hay que hacer.

–Es inútil, Piggy. No podemos hacer nada.

Permanecieron sentados durante unos momentos en abatido silencio. Se levantó Simon de pronto y le quitó la caracola a Piggy, quien se vio tan sorprendido que no tuvo tiempo para reaccionar. Ralph alzó los ojos hacia Simon.

–¿Simon? ¿Qué quieres ahora?

Un apagado rumor de risas recorrió el círculo entero y perturbó visiblemente a Simon.

–Creo que hay algo que podríamos hacer. Algo que nosotros...

Su voz se vio de nuevo sofocada por la opresión de la asamblea. En busca de ayuda y comprensión, se dirigió a Piggy. Con la caracola apretada contra su bronceado pecho, se volvió a medias hacia él.

–Creo que deberíamos subir a la montaña.

El círculo entero se estremeció. Simon se interrumpió y buscó con la mirada a Piggy, que le observaba con cara de burlona incomprensión.

–¿Y qué vamos a hacer allí arriba, si Ralph y los otros no pudieron con la fiera?

Simon susurró su respuesta:

–¿Qué otra cosa podemos hacer?

Concluida su breve alocución, dejó que Piggy tomase de sus manos la caracola. Después se retiró y fue a sentarse al lugar más apartado que encontró.

Piggy hablaba ahora con más aplomo y con algo en su voz que los demás, en circunstancias menos graves, habrían interpretado como placer.

–Ya os dije que cierta persona no nos hace ni pizca de falta. Y ahora os digo que tenemos que decidir lo que vamos a hacer. Y me parece que sé lo que Ralph os va a decir en seguida. La cosa más importante en esta isla es el humo y no se puede tener humo sin fuego.

Ralph se movió inquieto.

–No hay nada que hacer, Piggy. No tenemos ninguna hoguera. Y esa cosa está allá arriba sentada...; tendremos que quedarnos aquí.

Piggy, como para dar con ello realce a sus palabras, alzó la caracola.

–No tenemos una hoguera en la montaña, pero podemos tenerla aquí. Se puede hacer en esas rocas. O en la arena; da igual. Así también tendríamos humo.

–¡Eso!

–¡Humo!

–¡Junto a la poza!

Todos hablaban al mismo tiempo. Pero Piggy era el único con suficiente audacia intelectual para sugerir que se trasladase a otro lugar el fuego de la montaña.

–Bueno, haremos la hoguera aquí abajo –dijo Ralph mirando a su alrededor–. La podemos hacer aquí mismo, entre la poza y la plataforma. Claro que...

Se interrumpió y, con el ceño fruncido, meditó el asunto, mordiéndose sin darse cuenta una uña ya casi desgastada.

–Claro que el humo no se verá tan bien; no se verá desde tan lejos. Pero así no tendremos que acercarnos, acercarnos a...

Los otros, que le comprendían perfectamente, asintieron. No habría necesidad de acercarse.

–Podemos hacerla ya.

Las ideas más brillantes son siempre las más sencillas. Ahora que tenían algo que hacer, trabajaron con entusiasmo. Piggy se sentía tan lleno de alegría y tan plenamente libre con la marcha de Jack, tan lleno de orgullo por su contribución al bienestar común, que ayudó a acarrear la leña. La que aportó estaba bien a mano: uno de los troncos caídos en la plataforma, que nadie usaba durante las asambleas. Pero para los demás la condición sagrada de la plataforma se extendía a todo cuanto en ella se hallaba, protegiendo incluso lo más inútil. Los mellizos comentaron que sería un alivio tener una hoguera junto a ellos durante la noche, y aquel descubrimiento hizo a unos cuantos peques bailar y batir palmas de alegría.

Aquella leña no estaba tan seca como la de la montaña. Casi toda ella se encontraba podrida por la humedad y llena de insectos huidizos. Tenían que levantar los troncos con cuidado, porque si no se deshacían en un polvo húmedo. Además, los muchachos, con tal de no penetrar mucho en el bosque, se conformaban con el primer leño que encontraban, por muy cubierto que estuviese de retoños verdes. Las faldas del monte y el desgarrón del bosque les eran familiares; estaban cerca de la caracola y los refugios, que ofrecían un aspecto bastante acogedor a la luz del sol. Nadie se molestaba en pensar qué aspecto cobrarían en la oscuridad. Trabajaron, pues, con gran animación y alegría, aunque a medida que pasaba el tiempo podían advertirse indicios de pánico en aquella animación y de histeria en la alegría. Levantaron una pirámide de hojas y palos, de ramas y troncos, sobre la desnuda arena contigua a la plataforma. Por vez primera en la isla, Piggy se quitó sus gafas sin pedírselo nadie, se arrodilló y enfocó el sol sobre la leña. Pronto tuvieron un techo de humo y un abanico de llamas amarillas.

Los pequeños, que desde la primera catástrofe habían visto muy pocas hogueras, se excitaron, saltando de alegría. Bailaron, cantaron y la reunión cobró un aire de fiesta.

Ralph dio al fin por terminado el trabajo y se levantó, enjugándose el sudor de la cara con un sucio brazo.

–Tiene que ser una hoguera más pequeña. Ésta es demasiado grande para poder mantenerla viva.

Piggy se sentó con cuidado en la arena y se dispuso a limpiar su lente.

–¿Por qué no hacemos un experimento? Podíamos intentar hacer una hoguera pequeña con un fuego muy fuerte, y luego le echamos ramas verdes para que salga humo. Seguro que algunas hojas son mejores que otras para el humo.

Al apagarse la hoguera, se apagó con ella la excitación de los muchachos. Los pequeños abandonaron su baile y su canto y se alejaron hacia el mar, o a los frutales, o a los refugios.

Ralph se dejó caer sobre la arena.

–Tendremos que hacer una nueva lista para ver quién se ocupa del fuego.

–Si es que encuentras a alguien.

Miró en torno suyo. Advirtió entonces por vez primera qué pocos eran en realidad los chicos mayores y comprendió por qué había resultado tan arduo el trabajo.

–¿Dónde está Maurice?

Piggy volvió a frotar su lente.

–Supongo que... no, no se metería solo en el bosque, ¿verdad?

Ralph se puso en pie de un salto, corrió alrededor de la hoguera y se detuvo junto a Piggy, apartándose la melena con las manos.

–¡Pero es que necesitamos una lista! Estamos tú y yo y Samyeric y...

Con voz normal, pero sin atreverse a mirar a Piggy, preguntó:

–¿Dónde están Bill y Roger?

Piggy se agachó y arrojó un trozo de leña al fuego.

–Supongo que se han ido. Supongo que ellos tampoco van a jugar con nosotros.

Ralph volvió a sentarse y se entretuvo abriendo con los dedos orificios en la arena. Se sorprendió al ver una gota de sangre junto a uno de ellos. Se miró con atención la uña mordida y vio otra gota de sangre que se formaba sobre la piel desgarrada.

Siguió hablando Piggy.

–Les vi salir a escondidas cuando estábamos recogiendo leña. Se fueron por allá, por el mismo camino que tomó él.

Ralph acabó su examen y alzó los ojos. El cielo parecía distinto aquel día, como en atención a los grandes cambios ocurridos entre ellos, y estaba tan brumoso que en algunas partes el cálido aire parecía blanco. El disco del sol era de un plata plomizo, con lo que parecía más cercano y menos ardiente, y, sin embargo, el aire sofocaba.

–Siempre nos han estado creando problemas, ¿verdad?

Aquella voz le llegaba desde muy cerca, desde su hombro, y parecía inquieta.

–No les necesitamos. Estaremos más contentos ahora, ¿a que sí?

Ralph se sentó. Llegaron los mellizos con un gran tronco a

rastras y sonriendo triunfalmente. Soltaron el tronco sobre los rescoldos y una lluvia de chispas salpicó el aire.

–Nos las arreglaremos por nuestra cuenta, ¿verdad?

Durante largo rato, mientras el tronco se secaba, prendía y ardía, Ralph permaneció sentado en la arena sin decir nada. No vio a Piggy acercarse a los mellizos y murmurarles algo; ni vio tampoco a los tres muchachos adentrarse en el bosque.

–Aquí tienes.

Se sobresaltó. A su lado se encontraban Piggy y los mellizos con las manos cargadas de fruta.

–Pensé que no sería mala idea –dijo Piggy– tener un festín o algo por el estilo.

Los tres muchachos se sentaron. Habían traído gran cantidad de fruta, toda ella madura. Cuando Ralph empezó a comer le sonrieron.

–Gracias –dijo. Después, acentuando la agradable sorpresa, repitió:

–¡Gracias!

–Nos las arreglaremos muy bien por nuestra cuenta –dijo Piggy–. Los que crean problemas en esta isla son ellos, que no tienen ni pizca de sentido común. Haremos una hoguera pequeña, que arda bien...

Ralph recordó lo que le había estado preocupando.

–¿Dónde está Simon?

–No sé.

–No se habrá ido a la montaña, ¿verdad?

Piggy prorrumpió en estrepitosa risa y tomó más fruta.

–A lo mejor –se tragó el bocado–. Está como una cabra.

·Simon había atravesado la zona de los frutales, pero aquel día los pequeños andaban demasiado ocupados con la hoguera de la playa para correr tras él. Continuó su camino entre las lianas hasta alcanzar la gran estera tejida junto al claro y, a gatas, penetró en ella.

Al otro lado de la pantalla de hojas, el sol vertía sus rayos y en el centro del espacio libre las mariposas seguían su interminable danza. Se arrodilló y le alcanzaron las flechas del sol. La vez anterior el aire parecía simplemente vibrar de calor; pero ahora le amenazaba. No tardó en caerle el sudor por su larga melena lacia. Se movió de un lado a otro, pero no había manera de evitar el sol. Al rato sintió sed; después una sed enorme.

Permaneció sentado.

En la playa, en una parte alejada, Jack se encontraba frente a un pequeño grupo de muchachos. Parecía radiante de felicidad.

–A cazar –dijo. Examinó a todos detenidamente. Portaban los restos andrajosos de una gorra negra, y, en tiempo lejanísimo, aquellos muchachos habían formado en dos filas ceremoniosas para entonar con sus voces el canto de los ángeles.

–Nos dedicaremos a cazar y yo seré el jefe.

Asintieron, y la crisis pasó imperceptiblemente.

–Y ahora... en cuanto a esa fiera...

Se agitaron; todas las miradas se volvieron hacia el bosque.

–Os voy a decir una cosa. No vamos a hacer caso de esa fiera.

Les dirigió un ademán afirmativo con la cabeza:

–Nos vamos a olvidar de la fiera.

–¡Eso es!

–¡Eso!

–¡Vamos a olvidarla!

Si Jack sintió asombro ante aquel fervor, no lo demostró.

–Y otra cosa. Aquí ya no tendremos tantas pesadillas. Estamos casi al final de la isla.

Desde lo más profundo de sus atormentados espíritus, asintieron apasionadamente.

–Y ahora, escuchad. Podemos acercarnos luego al peñón del castillo, pero ahora voy a apartar de la caracola y de todas esas historias a otro de los mayores. Luego mataremos un cerdo y podremos darnos una comilona.

Hizo un silencio y después continuó con voz más pausada:

–Y en cuanto a la fiera, cuando matemos algo le dejaremos un trozo a ella. Así a lo mejor no nos molesta.

Bruscamente se puso en pie.

–Ahora, al bosque, a cazar.

Dio media vuelta y salió a paso rápido; segundos después todos le seguían dócilmente.

Una vez en el bosque, se dispersaron con cierto recelo. Pronto se topó Jack con unas raíces sueltas, arrancadas, que anunciaban la presencia de un cerdo, y momentos después encontraban huellas más recientes. Jack mandó callar a los muchachos con una seña y se adelantó él solo. Se sentía feliz; vestía la húmeda oscuridad del bosque como si fuesen sus antiguas prendas. Se deslizó por una cuesta hasta llegar a una zona de roca y árboles diseminados al borde del mar.

Los cerdos, como hinchadas bolsas de tocino, disfrutaban sensualmente la sombra de los árboles. No soplaba ni la más ligera brisa y nada pudieron sospechar; además, la experiencia había prestado a Jack el silencio mismo de las sombras. Se apartó sigilosamente del lugar y dio instrucciones a los ocultos cazadores. Después fueron acercándose todos, palmo a palmo, sudando en el silencio y el calor. Bajo los árboles se movió distraídamente una oreja: algo apartada de los demás, sumergida en arrobo maternal, descansaba la hembra más grande de la manada. Era negra y rosada; una hilera de cochinillos que dormitaban o se apretujaban contra la madre y gruñían, orlaban sus enormes ubres.

Jack se detuvo a una quincena de metros de la manada y con su brazo extendido señaló a la hembra. Miró a su alrededor para cerciorarse de que todos habían comprendido, y los muchachos asintieron con la cabeza. La fila de brazos derechos giró en arco hacia atrás.

–¡Ahora!

La manada se sobresaltó; desde una distancia de diez metros escasos, las lanzas de maderas con puntas endurecidas al fuego volaron hacia el animal elegido. Uno de los cochinillos, con alaridos enloquecidos, corrió a lanzarse al mar arrastrando tras sí la lanza de Roger. La cerda lanzó un angustiado chillido y se levantó tambaleándose, con dos lanzas clavadas en su grueso flanco. Los muchachos avanzaron gritando; los cochinillos se dispersaron y la hembra, rompiendo la fila que venía hacia ella, aplastó los obstáculos y penetró en el bosque.

–¡A por ella!

Corrieron por la trocha, pero el bosque estaba demasiado oscuro y cerrado, y Jack, maldiciendo, tuvo que detener a los muchachos y conformarse con escudriñar entre los árboles. Permaneció en silencio por algún tiempo, pero respiraba con tanta energía que los demás se sintieron atemorizados y se miraron con intranquilo asombro. Por fin apuntó al suelo con un dedo extendido.

–Ahí...

Antes de que los demás tuviesen tiempo de examinar la gota de sangre, Jack ya se había vuelto para rastrear una huella y tantear una rama que cedía al tacto. Avanzó, con misteriosa certeza y seguridad, seguido por los cazadores.

Se detuvo ante un matorral.

–Ahí dentro.

Rodearon el matorral, pero la cerda volvió a escapar, con la punzada de una nueva lanza en su flanco. Los extremos de las lanzas, arrastrándose por el suelo, estorbaban los movimientos del animal y las afiladas puntas, cortadas en cruz, eran un tormento. Al tropezar con un árbol, una de las lanzas se hundió aún más; cualquiera de los cazadores podía ya seguir fácilmente las gotas de sangre viva. La tarde, brumosa, húmeda y asfixiante, pasaba lentamente, sangrante y enloquecida, la cerda avanzaba con creciente dificultad, y los cazadores la perseguían, unidos a ella por el deseo, excitados por la larga persecución y la sangre derramada. Podían verla ahora y estuvieron a punto de alcanzarla, pero con un esfuerzo supremo logró de nuevo distanciarse de ellos. Estaba ya a su alcance cuando penetró en un claro donde brillaban las flores multicolores y las mariposas bailaban en círculos en el aire cálido y pesado.

Allí, abatido por el calor, el animal se desplomó y los cazadores se arrojaron sobre la presa. Enloqueció ante aquella espantosa irrupción de un mundo desconocido; gruñía y embestía; el aire se llenó de sudor, de ruido de sangre y de terror. Roger corría alrededor de aquel montón, y en cuanto asomaba la piel de la cerda clavaba en ella su lanza. Jack, encima del animal, lo apuñalaba con el cuchillo. Roger halló un punto de apoyo para su lanza y la fue hundiendo hasta que todo su cuerpo pesaba sobre ella. La punta del arma se hundía lentamente y los gruñidos aterrorizados se convirtieron en un alarido ensordecedor. En ese momento, Jack encontró la garganta del animal y la sangre caliente saltó en borbotones sobre sus manos. El animal quedó inmóvil bajo los muchachos, que descansaron sobre su cuerpo, rendidos y complacidos. En el centro del claro, las mariposas seguían absortas en su danza.

Cedió, al fin, la tensión inmediata al acto de matar. Los muchachos se apartaron y Jack se levantó, con las manos extendidas.

–Mirad.

Jack sonreía y agitaba las manos, mientras los muchachos reían ante sus malolientes palmas. Jack sujetó a Maurice y le frotó las mejillas con aquella suciedad. Roger comenzaba a sacar su lanza cuando los muchachos lo advirtieron por primera vez. Roger sintetizó el descubrimiento en una frase que los demás acogieron con gran alborozo:

–¡Por el mismísimo culo!

–¿Has oído?

–¿Habéis oído lo que ha dicho?

–¡Por el mismísimo culo!

Esta vez fueron Robert y Maurice quienes se encargaron de representar los dos papeles, y la manera de imitar Maurice los esfuerzos de la cerda por esquivar la lanza resultó tan graciosa que los muchachos prorrumpieron en carcajadas.

Pero incluso aquello acabó por aburrirles. Jack comenzó a limpiarse en una roca las manos ensangrentadas. Después se puso a trabajar en el animal: le rajó el vientre, arrancó las calientes bolsas de tripas brillantes y las amontonó sobre la roca, mientras los otros le observaban. Hablaba sin abandonar lo que hacía.

–Vamos a llevar la carne a la playa. Yo voy a volver a la plataforma para invitarles al festín. Eso nos dará tiempo.

–Jefe... –dijo Roger.

–¿Qué...?

–¿Cómo vamos a encender el fuego?

Jack, en cuclillas, se detuvo y frunció el ceño contemplando el animal.

–Les atacaremos por sorpresa y nos traeremos un poco de fuego. Para eso necesito a cuatro: Henry, tú, Bill y Maurice. Podemos pintarnos la cara. Nos acercaremos sin que se den cuenta, y luego, mientras yo les digo lo que quiero decirles, Roger les roba una rama. Los demás lleváis esto a donde estábamos antes. Allí haremos la hoguera. Y después...

Dejó de hablar y se levantó, mirando a las sombras bajo los árboles. El tono de su voz era más bajo cuando habló de nuevo.

–Pero una parte de la presa se la dejaremos aquí a...

Se arrodilló de nuevo y volvió a la tarea con su cuchillo. Los muchachos se apiñaron a su alrededor. Le habló a Roger por encima del hombro.

–Afila un palo por los dos lados.

Al poco rato se puso en pie, sosteniendo en las manos la cabeza chorreante del jabalí.

–¿Dónde está ese palo?

–Aquí.

–Clava una punta en el suelo. Caray... si es todo piedra. Métela en esa grieta. Allí.

Jack levantó la cabeza del animal y clavó la blanda garganta en la punta afilada del palo, que surgió por la boca del jabalí. Se apartó un poco y contempló la cabeza, allí clavada, con un hilo de sangre que se deslizaba por el palo.

Instintivamente se apartaron también los muchachos; el silencio del bosque era casi total. Escucharon con atención, pero el único sonido perceptible era el zumbido de las moscas sobre el montón de tripas. Jack habló en un murmullo:

–Levantad el cerdo.

Maurice y Robert ensartaron la res en una lanza, levantaron aquel peso muerto y, ya listos, aguardaron. En aquel silencio, de pie sobre la sangre seca, cobraron un aspecto furtivo.

Jack les habló en voz muy alta.

–Esta cabeza es para la fiera. Es un regalo.

El silencio aceptó la ofrenda y ellos se sintieron sobrecogidos de temor y respeto. Allí quedó la cabeza, con una mirada sombría, una leve sonrisa, oscureciéndose la sangre entre los dientes. De improviso, todos a la vez, salieron corriendo a través del bosque, hacia la playa abierta.

Simon, como una pequeña imagen bronceada, oculto por las hojas, permaneció donde estaba. Incluso al cerrar los ojos se le aparecía la cabeza del jabalí como una reimpresión en su retina. Aquellos ojos entreabiertos estaban ensombrecidos por el infinito escepticismo del mundo de los adultos. Le aseguraban a Simon que todas las cosas acababan mal.

–Ya lo sé.

Simon se dio cuenta de que había hablado en voz alta. Abrió los ojos rápidamente a la extraña luz del día y volvió a ver la cabeza con su mueca de regocijo, ignorante de las moscas, del montón de tripas, e incluso de su propia situación indigna, clavada en un palo.

Se mojó los labios secos y miró hacia otro lado.

Un regalo, una ofrenda para la fiera. ¿No vendría la fiera a recogerla? La cabeza, pensó él, parecía estar de acuerdo. Sal corriendo, le dijo la cabeza en silencio, vuelve con los demás. Todo fue una broma... ¿por qué te vas a preocupar? Te equivocaste; no es más que eso. Un ligero dolor de cabeza, quizá te sentó mal algo que comiste. Vuélvete, hijo, decía en silencio la cabeza.

Simon alzó los ojos, sintiendo el peso de su melena empapada, y contempló el cielo. Por una vez estaba cubierto de nubes, enormes torreones de tonos grises, marfileños y cobrizos que parecían brotar de la propia isla. Pesaban sobre la tierra, destilando, minuto tras minuto, aquel opresivo y angustioso calor. Hasta las mariposas abandonaron el espacio abierto donde se hallaba esa cosa sucia que esbozaba una mueca y goteaba. Simon bajó la cabeza, con los ojos muy cerrados y cubiertos, luego, con una mano. No había sombra bajo los árboles; sólo una quietud de nácar que lo cubría todo y transformaba las cosas reales en ilusorias e indefinidas. El montón de tripas era un borbollón de moscas que zumbaban como una sierra. Al cabo de un rato, las moscas encontraron a Simon. Atiborradas, se posaron junto a los arroyuelos de sudor de su rostro y bebieron. Le hacían cosquillas en la nariz y jugaban a dar saltos sobre sus muslos.

Eran de color negro y verde iridiscente, e infinitas. Frente a Simon, el Señor de las Moscas pendía de la estaca y sonreía en una mueca. Por fin se dio Simon por vencido y abrió los ojos; vio los blancos dientes y los ojos sombríos, la sangre... y su mirada quedó cautiva del antiguo e inevitable encuentro. El pulso de la sien derecha de Simon empezó a latirle.

Ralph y Piggy, tumbados en la arena, contemplaban el fuego y arrojaban perezosamente piedrecillas al centro de la hoguera, limpia de humo.

–Esa rama se ha consumido.

–¿Dónde están Samyeric?

–Debíamos traer más leña. No nos quedan ramas verdes.

Ralph suspiró y se levantó. No había sombras bajo las palmeras de la plataforma, tan sólo aquella extraña luz que parecía llegar de todas partes a la vez. En lo alto, entre las macizas nubes, los truenos se disparaban como cañonazos.

–Va a llover a cántaros.

–¿Qué vamos a hacer con la hoguera?

Ralph salió brincando hacia el bosque y regresó con una gran brazada de follaje, que arrojó al fuego. La rama crujió, las hojas se rizaron y el humo amarillento se extendió.

Piggy trazó un garabato en la arena con los dedos.

–Lo que pasa es que no tenemos bastante gente para mantener un fuego. A Samyeric hay que darles el mismo turno. Siempre lo hacen todo juntos...

–¡Claro!

–Sí, pero eso no es justo. ¿Es que no lo entiendes? Debían hacer dos turnos distintos.

Ralph reflexionó y lo entendió. Le molestaba comprobar que apenas reflexionaba como las personas mayores, y suspiró de nuevo. La isla cada vez estaba peor.

Piggy miró al fuego.

–Pronto vamos a necesitar otra rama verde.

Ralph rodó al otro costado.

–Piggy, ¿qué vamos a hacer?

–Pues arreglárnoslas sin ellos.

–Pero... la hoguera.

Ceñudo, contempló el negro y blanco desorden en que yacían las puntas no calcinadas de las ramas. Intentó ser más preciso:

–Estoy asustado.

Vio que Piggy alzaba los ojos y continuó como pudo.

–Pero no de la fiera..., bueno también tengo miedo de eso. Pero es que nadie se da cuenta de lo del fuego. Si alguien te arroja una cuerda cuando te estás ahogando..., si un médico te dice que te tomes esto porque si no te mueres..., lo harías, ¿verdad?

–Pues claro que sí.

–¿Es que no lo entienden? ¿No se dan cuenta que sin una señal de humo nos moriremos aquí? ¡Mira eso!

Una ola de aire caliente tembló sobre la ceniza, pero sin despedir la más ligera huella de humo.

–No podemos mantener viva ni una sola hoguera. Y a ellos ni les importa. Y lo peor es que... –clavó los ojos en el rostro sudoroso de Piggy– lo peor es que a mí tampoco me importa a veces. Suponte que yo me vuelva como los otros, que no me importe. ¿Qué sería de nosotros?

Piggy, profundamente afligido, se quitó las gafas.

–No sé, Ralph. Hay que seguir, como sea. Eso es lo que harían los mayores.

Una vez emprendida la tarea de desahogarse, Ralph la llevó hasta su fin.

–Piggy, ¿qué es lo que pasa?

Piggy le miró con asombro.

–¿Quieres decir por lo de la...?

–No... quiero decir... que, ¿por qué se ha estropeado todo?

Piggy se limpió las gafas despacio y pensativo. Al darse

cuenta hasta qué punto le había aceptado Ralph se sonrojó
de orgullo.

–No sé, Ralph. Supongo que la culpa la tiene él.

–¿Jack?

–Jack.

Alrededor de esa palabra se iba tejiendo un nuevo tabú.
Ralph asintió con solemnidad.

–Sí –dijo–, supongo que es cierto.

Cerca de ellos, el bosque estalló en un alborozo. Surgieron
unos seres demoníacos, con rostros blancos, rojos y verdes,
que aullaban y gritaban. Los pequeños huyeron llorando.
Ralph vio de reojo cómo Piggy echaba a correr. Dos de aquellos seres se abalanzaron hacia el fuego y Ralph se preparó
para la defensa, pero tras apoderarse de unas cuantas ramas
ardiendo escaparon a lo largo de la playa. Los otros tres se
quedaron quietos, frente a Ralph; vio que el más alto de
ellos, sin otra cosa sobre su cuerpo más que pintura y un
cinturón, era Jack.

Ralph había recobrado el aliento y pudo hablar.

–Bueno, ¿qué quieres?

Jack no le hizo caso; alzó su lanza y empezó a gritar.

–Escuchadme todos. Yo y mis cazadores estamos vivien-
do en la playa, junto a la roca cuadrada. Cazamos, nos hin-
chamos a comer y nos divertimos. Si queréis uniros a mi tribu, venid a vernos. A lo mejor dejo que os quedéis. O a lo
mejor no.

Se calló y miró en torno suyo. Tras la careta de pintura, se
sentía libre de vergüenza o timidez y podía mirarles a todos
de uno en uno. Ralph estaba arrodillado junto a los restos de
la hoguera como un corredor en posición de salida, con la
cara medio tapada por el pelo y el hollín. Samyeric se asoma-
ban como un solo ser tras una palmera al borde del bosque.
Uno de los peques, con la cara encarnada y contraída, llora-

ba a gritos junto a la poza; sobre la plataforma, aferrada en sus manos la caracola, se hallaba Piggy.

–Esta noche vamos a darnos un festín. Hemos matado un jabalí y tenemos carne. Si queréis, podéis venir a comer con nosotros.

En lo alto, los cañones de las nubes volvieron a disparar. Jack y los dos anónimos salvajes que le acompañaban se sobresaltaron, alzaron los ojos y luego recobraron la calma. El peque seguía llorando a gritos. Jack esperaba algo. Apremió, en voz baja, a los otros:

–¡Venga... ahora!

Los dos salvajes murmuraron. Jack les dijo con firmeza:

–¡Venga!

Los dos salvajes se miraron, levantaron sus lanzas y dijeron a la vez:

–El jefe ha hablado.

Después, los tres dieron media vuelta y se alejaron a paso ligero. Ralph se levantó entonces, con la vista fija en el lugar por donde habían desaparecido los salvajes. Al llegar Samyeric balbucearon en un murmullo de temor:

–Creí que era...

–... y sentí...

–... miedo.

Piggy estaba en la plataforma, en un plano más alto, sosteniendo aún la caracola.

–Eran Jack, Maurice y Robert –dijo Ralph–. Se están divirtiendo de lo lindo, ¿verdad?

–Yo creí que me iba a dar un ataque de asma.

–Al diablo con tu asma.

–En cuanto vi a Jack pensé que se tiraba a la caracola. No sé por qué.

El grupo de muchachos miró a la blanca caracola con cariñoso respeto. Piggy la puso en manos de Ralph y los pequeños, al ver aquel símbolo familiar, empezaron a regresar.

–Aquí no.

Sintiendo la necesidad de algo más ceremonioso se dirigió hacia la plataforma. Ralph iba en primer lugar, meciendo la caracola; le seguía Piggy, con gran solemnidad; detrás, los mellizos, los pequeños y todos los demás.

–Sentaos todos. Nos han atacado para llevarse el fuego. Se están divirtiendo mucho. Pero la...

Ralph se sorprendió ante la cortina que nublaba su cerebro. Iba a decirles algo, cuando la cortinilla se cerró.

–Pero la...

Le observaban muy serios, sin sentir aún ninguna duda sobre su capacidad. Ralph se apartó de los ojos la molesta melena y miró a Piggy.

–Pero la... la... ¡la hoguera! ¡Pues claro, la hoguera!

Empezó a reírse; se contuvo y recobró la fluidez de palabra.

–La hoguera es lo más importante de todo. Sin ella no nos van a rescatar. A mí también me gustaría pintarme el cuerpo como los guerreros y ser un salvaje, pero tenemos que mantener esa hoguera encendida. Es la cosa más importante de la isla, porque, porque...

De nuevo tuvo que hacer una pausa; la duda y el asombro llenaron el silencio.

Piggy le murmuró rápidamente:

–El rescate.

–Ah, sí. Sin una hoguera no van a poder rescatarnos. Así que nos tenemos que quedar junto al fuego y hacer que eche humo.

Cuando dejó de hablar todos permanecieron en silencio. Después de tantos discursos brillantes escuchados en aquel mismo lugar, los comentarios de Ralph les parecieron torpes, incluso a los pequeños. Por fin, Bill tendió las manos hacia la caracola.

–Ahora que no podemos tener la hoguera allá arriba...

porque es imposible tenerla allá arriba... vamos a necesitar más gente para que se ocupe de ella. ¿Por qué no vamos a ese festín y les decimos que lo del fuego es mucho trabajo para nosotros solos? Y, además, salir a cazar y todas esas cosas... ser salvajes, quiero decir... debe ser estupendo.

Samyeric cogieron la caracola.

–Bill tiene razón, debe ser estupendo... y nos han invitado...

–... a un festín. .

–... con carne...

–... recién asada...

–... ya me gustaría un poco de carne...

Ralph levantó la mano.

–¿Y quién dice que nosotros no podemos tener nuestra propia carne?

Los mellizos se miraron. Bill respondió:

–No queremos meternos en la jungla.

Ralph hizo una mueca.

–Él sí se mete, ya lo sabéis.

–Es un cazador. Todos ellos son cazadores. Eso es otra cosa.

Nadie habló en seguida, hasta que Piggy, mirando a la arena, dijo entre dientes:

–Carne...

Los pequeños, sentados, pensaban seriamente en la carne y la sentían ya en sus bocas. Los cañonazos resonaron de nuevo sobre ellos y las copas de las palmeras repiquetearon bajo un repentino soplo de aire cálido.

–Eres un niño tonto –dijo el Señor de las Moscas–. No eres más que un niño tonto e ignorante.

Simon movió su lengua hinchada, pero nada dijo.

–¿No estás de acuerdo? –dijo el Señor de las Moscas–. ¿No es verdad que eres un niño tonto?

Simon le respondió con la misma voz silenciosa.

–Bien –dijo el Señor de las Moscas–, entonces, ¿por qué no te vas a jugar con los demás? Creen que estás chiflado. Tú no quieres que Ralph piense eso de ti, ¿verdad? Quieres mucho a Ralph, ¿no es cierto? Y a Piggy y a Jack.

Simon tenía la cabeza ligeramente alzada. Sus ojos no podían apartarse: frente a él, en el espacio, pendía el Señor de las Moscas.

–¿Qué haces aquí solo? ¿No te doy miedo?

Simon tembló.

–No hay nadie que te pueda ayudar. Solamente yo. Y yo soy la Fiera.

Los labios de Simon, con esfuerzo, lograron pronunciar palabras perceptibles.

–Cabeza de cerdo en un palo.

–¡Qué ilusión, pensar que la Fiera era algo que se podía cazar, matar! –dijo la cabeza. Durante unos momentos, el bosque y todos los demás lugares apenas discernibles resonaron con la parodia de una risa–. Tú lo sabías, ¿verdad? ¿Que soy parte de ti? ¡Caliente, caliente, caliente! ¿Que soy la causa de que todo salga mal? ¿De que las cosas sean como son?

La risa trepidó de nuevo.

–Vamos –dijo el Señor de las Moscas–, vuelve con los demás y olvidaremos lo ocurrido.

La cabeza de Simon oscilaba. Sus ojos entreabiertos parecían imitar a aquella cosa sucia clavada en una estaca. Sabía que iba a tener una de sus crisis. El Señor de las Moscas se iba hinchando como un globo.

–Esto es absurdo. Sabes muy bien que sólo me encontrarás allá abajo, así que, ¡no intentes escapar!

El cuerpo de Simon estaba rígido y arqueado. El Señor de las Moscas habló con la voz de un director de colegio.

–Esto pasa de la raya, jovencito. Estás equivocado, ¿o es que crees saber más que yo?

Hubo una pausa.

–Te lo advierto. Vas a lograr que me enfade. ¿No lo entiendes? Nadie te necesita. ¿Entiendes? Nos vamos a divertir en esta isla. ¿Entiendes? ¡Nos vamos a divertir en esta isla! Así que no lo intentes, jovencito, o si no...

Simon se encontró asomado a una enorme boca. Dentro de ella reinaba una oscuridad que se iba extendiendo poco a poco.

–...O si no –dijo el Señor de las Moscas–, acabaremos contigo. ¿Has entendido? Jack, y Roger, y Maurice, y Robert, y Bill, y Piggy, y Ralph. Acabaremos contigo, ¿has entendido?

Simon estaba en el interior de la boca. Cayó al suelo y perdió el conocimiento.

9. Una muerte se anuncia

Las nubes seguían acumulándose sobre la isla. Durante todo el día, una corriente de aire caliente se fue elevando de la montaña y subió a más de tres mil metros de altura; turbulentas masas de gases acumularon electricidad estática hasta que el aire pareció a punto de estallar. Al llegar la tarde, el sol se había ocultado y un resplandor broncíneo vino a reemplazar la clara luz del día. Incluso el aire que llegaba del mar era asfixiante, sin ofrecer alivio alguno. Los colores del agua se diluían, y los árboles y la rosada superficie de las rocas, al igual que las nubes blancas y oscuras, emanaban tristeza. Todo se paralizaba, salvo las moscas, que poco a poco ennegrecían a su Señor y daban a la masa de intestinos el aspecto de un montón de brillantes carbones. Ignoraron por completo a Simon, incluso al rompérsele una vena de la nariz y brotarle la sangre; preferían el fuerte sabor del cerdo.

Al fluir la sangre, el ataque de Simon se convirtió en cansancio y sueño. Quedó tumbado en la estera de lianas mientras la tarde avanzaba y el cañón seguía tronando. Por fin despertó y vio, con ojos aún adormecidos, la oscura tierra junto a su mejilla. Pero tampoco entonces se movió; permaneció echado, con un lado del rostro pegado a la tierra, observando confusamente lo que tenía enfrente. Después se dio vuelta, dobló las piernas y se asió a las lianas para ponerse en pie. Al temblar éstas, las moscas huyeron con un maligno zumbido, pero en seguida volvieron a aferrarse a la masa de intestinos. Simon se levantó. La luz parecía llegar de otro mundo. El Señor de las Moscas pendía de su estaca como una pelota negra.

Simon habló en voz alta, dirigiéndose al espacio en claro.

–¿Qué otra cosa puedo hacer?

Nadie le contestó. Se apartó del claro y se arrastró entre las lianas hasta llegar a la penumbra del bosque. Caminó penosamente entre los árboles, con el rostro vacío de expresión, seca ya la sangre alrededor de la boca y la barbilla. Pero a veces, cuando apartaba las lianas y elegía la orientación según la pendiente del terreno, pronunciaba palabras que nunca alcanzaban el aire.

A partir de un punto, los árboles estaban menos festoneados de lianas y entre ellos podía verse la difusa luz ambarina que derramaba el cielo. Aquélla era la espina dorsal de la isla, un terreno ligeramente más elevado, al pie de la montaña, donde el bosque no presentaba ya la espesura de la jungla. Allí, los vastos espacios abiertos se veían salpicados de sotos y enormes árboles; la pendiente del terreno lo llevó hacia arriba al dirigirse hacia los espacios libres. Siguió adelante, desfalleciendo a veces por el cansancio, pero sin llegar nunca a detenerse. El habitual brillo de sus ojos había desaparecido; caminaba con una especie de triste resolución, como si fuese un viejo.

Un golpe de viento le hizo tambalearse y vio que se hallaba fuera del bosque, sobre rocas, bajo un cielo plomizo. Notó que sus piernas flaqueaban y que el dolor de la lengua no cesaba. Cuando el viento alcanzó la cima de la montaña vio algo insólito: una cosa azul aleteaba ante la pantalla de nubes oscuras. Siguió esforzándose en avanzar y el viento sopló de nuevo, ahora con mayor violencia, abofeteando las copas del bosque, que rugían y se inclinaban para esquivar sus golpes. Simon vio que una cosa encorvada se incorporaba de repente en la cima y le miraba desde allí. Se tapó la cara y siguió a duras penas.

También las moscas habían encontrado aquella figura. Sus movimientos, que parecían tener vida, las asustaban por un momento y se apiñaban alrededor de la cabeza en una nube negra. Después, cuando la tela azul del paracaídas se desinflaba, la corpulenta figura se inclinaba hacia adelante, con un suspiro, y las moscas volvían una vez más a posarse.

Simon sintió el golpe de la roca en sus rodillas. Se arrastró hacia adelante y pronto comprendió. El enredo de cuerdas le mostró la mecánica de aquella parodia; examinó los blancos huesos nasales, los dientes, los colores de la descomposición. Vio cuán despiadadamente los tejidos de caucho y lona sostenían ceñido aquel pobre cuerpo que debería estar ya pudriéndose. De nuevo sopló el viento y la figura se alzó, se inclinó y le arrojó directamente a la cara su aliento pestilente. Simon, arrodillado, apoyó las manos en el suelo y vomitó hasta vaciar por completo su estómago. Después agarró los tirantes, los soltó de las rocas y libró a la figura de los ultrajes del viento. Por fin, apartó la vista para contemplar la playa bajo él. La hoguera de la plataforma parecía estar apagada, o al menos sin humo. En una zona más lejana de la playa, detrás del riachuelo y cerca de una gran losa de roca, podía verse un fino hilo de humo que trepaba hacia el cielo. Simon, sin acordarse ya de las moscas, colocó ambas manos a modo de visera y contempló el humo. Aun a aquella distancia pudo comprobar que la mayoría de los muchachos –quizá todos ellos– se encontraban allí reunidos. De modo que habían cambiado el lugar del campamento para alejarse de la fiera. Al pensar en ello, Simon volvió los ojos hacia aquella pobre cosa sentada junto a él, abatida y pestilente. El monstruo era inofensivo y horrible, y esa noticia tenía que llegar a los demás lo antes posible. Empezó el descenso, pero sus piernas no le respondían. Por mucho que se esforzaba sólo lograba tambalearse.

–A bañarnos –dijo Ralph–, es lo mejor que podemos hacer.

Piggy observaba a través de su lente el cielo amenazador.

–Esas nubes me dan mala espina. ¿Te acuerdas cómo llovía, justo después de aterrizar?

–Va a llover otra vez.

Ralph se lanzó a la poza. Una pareja de pequeños jugaba en la orilla, buscando alivio en un agua más caliente que la propia sangre. Piggy se quitó las gafas, se metió con gran precaución en el agua y se las volvió a poner. Ralph salió a la superficie y le sopló agua a la cara.

–Cuidado con mis gafas –dijo Piggy–. Si se me moja el cristal tendré que salirme para limpiarlas.

Ralph volvió a escupirle, pero falló. Se rió de Piggy, esperando verle retirarse en su dolido silencio, sumiso como siempre. Pero Piggy, por el contrario, golpeó el agua con las manos.

–¡Estate quieto! –gritó–. ¿Me oyes?

Con rabia, arrojó agua al rostro de Ralph.

–Bueno, bueno –dijo Ralph–; no pierdas los estribos.

Piggy se detuvo.

–Tengo un dolor aquí, en la cabeza... Ojalá viniera un poco de aire fresco.

–Si lloviese...

–Si pudiésemos irnos a casa...

Piggy se reclinó contra la pendiente del lado arenoso de la poza. Su estómago emergía del agua y se secó con el aire. Ralph lanzó un chorro de agua al cielo. El movimiento del sol se adivinaba por una mancha de luz que se distinguía entre las nubes. Se arrodilló en el agua y miró en torno suyo.

–¿Dónde están todos?

Piggy se incorporó.

–A lo mejor están tumbados en el refugio.

–¿Dónde están Samyeric?

–¿Y Bill?

Piggy señaló a un lugar detrás de la plataforma.

–Se fueron por ahí. A la fiesta de Jack.

–Que se vayan –dijo Ralph inquieto–. Me trae sin cuidado.

–Y sólo por un poco de carne...

–Y por cazar –dijo Ralph juiciosamente–, y para jugar a que son una tribu y pintarse como los guerreros.

Piggy removió la arena bajo el agua y no miró a Ralph.

–A lo mejor debíamos ir también nosotros.

Ralph le miró inmediatamente y Piggy se sonrojó.

–Quiero decir... para estar seguros que no pasa nada.

Ralph volvió a lanzar agua con la boca.

Mucho antes de que Ralph y Piggy llegasen al encuentro con la pandilla de Jack, pudieron oír el alboroto de la fiesta. Las palmeras daban paso a una franja ancha de césped entre el bosque y la orilla. A sólo un paso de la hierba se hallaba la blanca arena llevada por el viento fuera del alcance de la marea: una arena cálida, seca y hollada. A continuación se veía una roca que se proyectaba hacia la laguna. Más allá, una pequeña extensión de arena, y luego, el borde del agua. Una hoguera ardía sobre la roca y la grasa del cerdo que estaban asando goteaba sobre las invisibles llamas. Todos los muchachos de la isla, salvo Piggy, Ralph y Simon y los dos que cuidaban del cerdo se habían agrupado en el césped. Reían y cantaban, tumbados en la hierba, en cuclillas o en pie, con comida en las manos. Pero a juzgar por las caras grasientas, el festín de carne había ya casi acabado; algunos bebían de unos cocos. Antes de comenzar el banquete habían arrastrado un tronco enorme hasta el centro del césped y Jack, pintado y enguirnaldado, se sentó en él como un ídolo. Había cerca de él montones de carne sobre hojas verdes, y también fruta y cocos llenos de agua.

Llegaron Piggy y Ralph al borde de la verde plataforma. Al verles, los muchachos fueron enmudeciendo uno a uno hasta sólo oírse la voz del que estaba junto a Jack. Después, el silencio alcanzó incluso a aquel recinto y Jack se volvió sin levantarse. Les contempló durante algún tiempo. Los chasquidos del fuego eran el único ruido que se oía por encima del rumor del arrecife. Ralph volvió los ojos a otro lado, y Sam, creyendo que se había vuelto hacia él con intención de acusarle, soltó con una risita nerviosa el hueso que roía. Ralph dio un paso inseguro, señaló a una palmera y murmuró algo a Piggy que los demás no oyeron; después ambos rieron como lo había hecho Sam. Apartando la arena con los pies, Ralph empezó a caminar. Piggy intentaba silbar.

En aquel momento, los muchachos que atendían el asado se apresuraron a coger un gran trozo de carne y corrieron con él hacia la hierba. Chocaron con Piggy, quemándole sin querer, y éste empezó a chillar y dar saltos. Al instante, Ralph y el grupo entero de muchachos se unieron en un mismo sentimiento de alivio, que estalló en carcajadas. Piggy volvió a ser el centro de una burla pública, logrando que todos se sintieran alegres como en otros tiempos.

Jack se levantó y agitó su lanza.

–Dadles algo de carne.

Los muchachos que sostenían el asador dieron a Ralph y a Piggy suculentos trozos. Aceptaron, con ansia, el regalo. Se pararon a comer bajo un cielo de plomo que tronaba y anunciaba la tormenta.

De nuevo agitó Jack su lanza.

–¿Habéis comido todos bastante?

Aún quedaba comida, dorándose en los asadores de madera, apilada en las verdes bandejas. Piggy, traicionado por su estómago, tiró un hueso roído a la playa y se agachó para servirse otro trozo.

Jack habló de nuevo con impaciencia:

–¿Habéis comido todos bastante?

Su voz indicaba una amenaza, nacida de su orgullo de propietario, y los muchachos se apresuraron a comer mientras les quedaba tiempo. Al comprobar que el festín tardaría en acabar, Jack se levantó de su trono de madera y caminó tranquilamente hasta el borde de la hierba. Escondido tras su pintura, miró a Ralph y a Piggy. Ambos se apartaron un poco, y Ralph observó la hoguera mientras comía. Advirtió, aunque sin comprenderlo, que las llamas se hacían ahora visibles contra la oscura luz. La tarde había llegado, no con tranquila belleza, sino con la amenaza de violencia.

Habló Jack:

–Traedme agua.

Henry le llevó un casco de coco y Jack bebió observando a Piggy y a Ralph por encima del mellado borde. Su fuerza se concentraba en los bultos oscuros de sus antebrazos; la autoridad se posaba sobre sus hombros y le cuchicheaba como un mono al oído.

–Sentaos todos.

Los muchachos se colocaron en filas sobre la hierba frente a él, pero Ralph y Piggy permanecieron apartados, en pie, en la suave arena, en un plano algo más bajo. Jack les ignoró por el momento, volvió su careta hacia los muchachos sentados y les señaló con la lanza.

–¿Quién se va a unir a mi tribu?

Ralph hizo un movimiento brusco que acabó en un tropezón. Algunos se volvieron a mirarle.

–Os he dado de comer –dijo Jack–, y mis cazadores os protegerán de la fiera. ¿Quién quiere unirse a mi tribu?

–Yo soy el jefe –dijo Ralph– porque me elegisteis a mí. Habíamos quedado en mantener viva una hoguera. Y ahora salís corriendo por un poco de comida...

–¡Igual que tú! –gritó Jack–. ¡Mira ese hueso que tienes en la mano!

Ralph enrojeció.

–Dije que vosotros erais los cazadores. Ése era vuestro trabajo.

Jack le ignoró de nuevo.

–¿Quién quiere unirse a mi tribu y divertirse?

–Yo soy el jefe –dijo Ralph con voz temblorosa–. ¿Y qué va a pasar con la hoguera? Además, yo tengo la caracola...

–No la has traído aquí –dijo Jack con sorna–. La has olvidado. ¿Te enteras, listo? Además, en este extremo de la isla la caracola no cuenta...

De repente estalló el trueno. En vez de un estallido amortiguado fue esta vez el ruido de la explosión en el punto de impacto.

–Aquí también cuenta la caracola –dijo Ralph–, y en toda la isla.

–A ver. Demuéstramelo.

Ralph observó las filas de muchachos. No halló en ellos ayuda alguna, y miró a otro lado, aturdido y sudando.

–La hoguera..., el rescate –murmuró Piggy.

–¿Quién se une a mi tribu?

–Yo me uno.

–Yo.

–Yo me uno.

–Tocaré la caracola –dijo Ralph, sin aliento– y convocaré una asamblea.

–No le vamos a hacer caso.

Piggy tocó a Ralph en la muñeca.

–Vámonos. Va a haber jaleo. Ya nos hemos llenado de carne.

Hubo un chispazo de luz brillante detrás del bosque y volvió a estallar un trueno, asustando a uno de los pequeños, que empezó a lloriquear. Comenzaron a caer gotas de lluvia, cada una con su sonido individual.

–Va a haber tormenta –dijo Ralph–, y vais a tener lluvia otra vez, como cuando caímos aquí. Y ahora, ¿quién es el listo? ¿Dónde están vuestros refugios? ¿Qué es lo que vais a hacer?

Los cazadores contemplaban intranquilos el cielo, retrocediendo ante el golpe de las gotas. Una ola de inquietud sacudió a los muchachos, impulsándoles a correr aturdidos de un lado a otro. Los chispazos de luz se hicieron más brillantes y el estruendo de los truenos era ya casi insoportable. Los pequeños corrían sin dirección y gritaban.

Jack saltó a la arena.

–¡Nuestra danza! ¡Vamos! ¡A bailar!

Corrió como pudo por la espesa arena hasta el espacio pedregoso, detrás de la hoguera. Entre cada dos destellos de los relámpagos el aire se volvía oscuro y terrible; los muchachos, con gran alboroto, siguieron a Jack. Roger hizo de jabalí gruñendo y embistiendo a Jack, que trataba de esquivarle. Los cazadores cogieron sus lanzas, los cocineros sus asadores de madera y el resto, garrotes de leña. Desplegaron un movimiento circular y entonaron un cántico. Mientras Roger imitaba el terror del jabalí, los pequeños corrían y saltaban en el exterior del círculo. Piggy y Ralph, bajo la amenaza del cielo, sintieron ansias de pertenecer a aquella comunidad desquiciada, pero hasta cierto punto segura. Les agradaba poder tocar las bronceadas espaldas de la fila que cercaba al terror y le domaba.

–¡Mata a la fiera! ¡Córtale el cuello! ¡Derrama su sangre!

El movimiento se hizo rítmico al perder el cántico su superficial animación original y empezar a latir como un pulso firme. Roger abandonó su papel para convertirse en cazador, dejando ocioso el centro del circo. Algunos de los pequeños formaron su propio círculo, y los círculos complementarios giraron una y otra vez, como si aquella repetición trajese la salvación consigo. Era el aliento y el latido de un solo organismo.

El oscuro cielo se vio rasgado por una flecha azul y blanca. Un instante después el estallido caía sobre ellos como el golpe de un látigo gigantesco.

El cántico se elevó en tono de agonía.

–*¡Mata a la fiera! ¡Córtale el cuello! ¡Derrama su sangre!*

Surgió entonces del terror un nuevo deseo, denso, urgente, ciego.

–*¡Mata a la fiera! ¡Córtale el cuello! ¡Derrama su sangre!*

De nuevo volvió a rasgar el cielo la mellada flecha azul y blanca, al tiempo que una explosión sulfurosa azotaba la isla. Los pequeños chillaron y se escabulleron por donde pudieron, huyendo del borde del bosque; uno de ellos, en su terror, rompió el círculo de los mayores.

–¡Es ella! ¡Es ella!

El círculo se abrió en herradura. Algo salía a gatas del bosque. Una criatura oscura, incierta. Los chillidos estridentes que se alzaron ante la fiera parecían la expresión de un dolor. La fiera penetró a tropezones en la herradura.

–*¡Mata a la fiera! ¡Córtale el cuello! ¡Derrama su sangre!*

La flecha azul y blanca se repetía incesantemente; el ruido se hizo insoportable.

Simon gritaba algo acerca de un hombre muerto en una colina.

–*¡Mata a la fiera! ¡Córtale el cuello! ¡Derrama su sangre! ¡Acaba con ella!*

Cayeron los palos y de la gran boca formada por el nuevo círculo salieron crujidos, y gritó. La fiera estaba de rodillas en el centro, sus brazos doblados sobre la cara. Gritaba, en medio del espantoso ruido, acerca de un cuerpo en la colina. La fiera avanzó con esfuerzo, rompió el círculo y cayó por el empinado borde de la roca a la arena, junto al agua. Inme-

diatamente, salió el grupo tras ella; los muchachos saltaron
la roca, cayeron sobre la fiera, gritaron, golpearon, mordie-
ron, desgarraron. No se oyó palabra alguna y no hubo otro
movimiento que el rasgar de dientes y uñas. Se abrieron entonces las nubes y el agua cayó como una cascada. Se precipitó desde la cima de la montaña; destrozó hojas y ramas de
los árboles; se vertió como una ducha fría sobre el montón
que luchaba en la arena. Al fin, el montón se deshizo y los
muchachos se alejaron tambaleándose. Sólo la fiera yacía inmóvil a unos cuantos metros del mar. A pesar de la lluvia,
pudieron ver lo pequeña que era. Su sangre comenzaba ya a
manchar la arena.

Un fuerte viento sesgó la lluvia, haciendo que cayera en
cascadas el agua de los árboles del bosque. En la cima de la
montaña, el paracaídas se infló y agitó; se deslizó la figura;
se incorporó; giró; bajó balanceándose por una vasta extensión de aire húmedo y paseó con movimientos desgarbados
sobre las copas de los árboles. Bajando poco a poco, siguió
en dirección a la playa, y los muchachos huyeron gritando
hacia la oscuridad. El paracaídas impulsó a la figura hacia
adelante, surcó con ella la laguna y la arrojó, sobre el arrecife, al mar.

A medianoche dejó de llover y las nubes se alejaron. El cielo
se pobló una vez más con los increíbles fanalillos de las estrellas. Después, también la brisa se calmó y no hubo otro
ruido que el del agua al gotear y chorrear por las grietas y sobre las hojas hasta entrar en la parda tierra de la isla. El aire
era fresco, húmedo y transparente; al poco tiempo cesó incluso el sonido del agua. El monstruo yacía acurrucado sobre la pálida playa; las manchas se iban extendiendo muy
lentamente.

El borde de la laguna se convirtió en una veta fosforescente que avanzaba por instantes al elevarse la gran ola de la ma-

rea. El agua transparente reflejaba la claridad del cielo y las constelaciones, resplandecientes y angulosas. La línea fosforescente se curvaba sobre los guijarros y los granos de arena; retenía a cada uno en un círculo de tensión, para de improviso acogerlos con un murmullo imperceptible y proseguir su recorrido.

A lo largo de la playa, en las aguas someras, la progresiva claridad se hallaba poblada de extrañas criaturas minúsculas con cuerpos bañados por la luna y ojos chispeantes. Aquí y allá aparecía algún guijarro de mayor tamaño, aferrado a su propio espacio y cubierto de una capa de perlas. La marea llenaba los hoyos formados en la arena por la lluvia y lo pulía todo con un baño argentado. Rozó la primera mancha de las que fluían del destrozado cuerpo y las extrañas criaturas del mar formaron un reguero móvil de luz al concentrarse en su borde. El agua avanzó aún más y puso brillo en la áspera melena de Simon. La línea de su mejilla se iluminó de plata y la curva del hombro se hizo mármol esculpido. Las extrañas criaturas del cortejo, con sus ojos chispeantes y rastros de vapor, se animaron en torno a la cabeza. El cuerpo se alzó sobre la arena apenas un centímetro y una burbuja de aire escapó de la boca con un chasquido húmedo. Luego giró suavemente en el agua.

En algún lugar, sobre la oscurecida curva del mundo el sol y la luna tiraban de la membrana de agua del planeta terrestre, levemente hinchada en uno de sus lados, sosteniéndola mientras la sólida bola giraba. Siguió avanzando la gran ola de la marea a lo largo de la isla y el agua se elevó. Suavemente, orlado de inquisitivas y brillantes criaturas, convertido en una forma de plata bajo las inmóviles constelaciones, el cuerpo muerto de Simon se alejó mar adentro.

10. La caracola y las gafas

P iggy observó atentamente la figura que se aproximaba. Había descubierto que a veces veía mejor si se quitaba las gafas y aplicaba su única lente al otro ojo. Pero después de lo que había sucedido, incluso al mirar con su ojo bueno, Ralph seguía siendo inconfundiblemente Ralph. Salía del área de los cocoteros cojeando, sucio, con hojas secas prendidas de los mechones rubios, uno de sus ojos era una rendija abierta en la hinchada mejilla; en su rodilla derecha se había formado una gran costra. Ralph se detuvo un momento y miró a la figura que se encontraba en la plataforma.

–¿Piggy? ¿Estás solo?

–Están algunos de los peques.

–Ésos no cuentan. ¿No está ninguno de los mayores?

–Bueno... Samyeric. Están cogiendo leña.

–¿No hay nadie más?

–Que yo sepa, no.

Ralph se subió con cuidado a la plataforma. La hierba estaba aún agostada allí donde solía reunirse la asamblea; la frágil caracola blanca brillaba junto al pulido asiento. Ralph se sentó en la hierba, frente al sitio del jefe y la caracola. A su izquierda se arrodilló Piggy y durante algún tiempo los dos permanecieron en silencio. Por fin Ralph carraspeó y murmuró algo.

–¿Qué has dicho? –murmuró Piggy a su vez.

Ralph alzó la voz:

–Simon.

Piggy no dijo nada, pero sacudió la cabeza con seriedad. Siguieron allí sentados, contemplando con su mermada visión el asiento del jefe y la resplandeciente laguna. La luz verde y las brillantes manchas del sol jugueteaban sobre sus cuerpos sucios.

Al cabo de un rato Ralph se levantó y se acercó a la caracola. La cogió, en una caricia, con ambas manos y se arrodilló reclinado contra un tronco.

–Piggy.

–¿Eh?

–¿Qué vamos a hacer?

Piggy señaló la caracola con un movimiento de cabeza.

–Podías...

–¿Convocar una asamblea?

Ralph lanzó una carcajada al pronunciar aquella palabra y Piggy frunció el ceño.

–Sigues siendo el Jefe.

Ralph volvió a reír.

–Lo eres. De todos nosotros.

–Tengo la caracola.

–¡Ralph! Deja de reír así. ¡Venga, Ralph, no hagas eso! ¿Qué van a pensar los otros?

Por fin se detuvo Ralph. Estaba temblando.

–Piggy.

–¿Eh?

–Era Simon.

–Eso ya lo has dicho.

–Piggy.

–¿Eh?

–Fue un asesinato.

–¿Te quieres callar? –dijo Piggy con un chillido–. ¿Qué vas a sacar con decir esas cosas?

De un salto se puso en pie y se acercó a Ralph.

–Estaba todo oscuro. Y luego ese... ese maldito baile. Y los relámpagos y truenos, además, y la lluvia. ¡Estábamos asustados!

–Yo no estaba asustado –dijo Ralph despacio–. Estaba... no sé cómo estaba.

–¡Estábamos asustados! –dijo Piggy excitado–. Podía haber pasado cualquier cosa. No fue... eso que tú has dicho.

Gesticulaba, en busca de una fórmula.

–¡Por favor, Piggy!

Los gestos de Piggy cesaron ante la voz ahogada y dolorida de Ralph. Se agachó y esperó. Ralph se balanceaba de un lado a otro meciendo la caracola.

–¿Es que no lo entiendes, Piggy? Las cosas que hicimos...

–A lo mejor todavía está...

–No.

–A lo mejor sólo fingía...

La voz de Piggy se apagó al ver el rostro de Ralph.

–Tú estabas fuera. Estabas fuera del círculo. Nunca llegaste a entrar. ¿Pero no viste lo que nosotros... lo que hicieron?

Había horror en su voz y a la vez una especie de febril excitación.

–¿No lo viste, Piggy?

–No muy bien, Ralph. Ahora sólo tengo un ojo; lo debías saber ya, Ralph.

Ralph siguió balanceándose de un lado a otro.

–Fue un accidente –dijo Piggy bruscamente–; eso es lo que fue, un accidente.

Su voz volvió a elevarse.

–Saliendo así de la oscuridad..., ¿a quién se le ocurre salir arrastrándose así de la oscuridad? Estaba chiflado. Él mismo se lo buscó.

Volvió a hacer grandes gestos.

–Fue un accidente.

–Tú no viste lo que hicieron...

–Mira, Ralph, hay que olvidar eso. No nos va a servir de nada pensar en esas cosas, ¿entiendes?

–Estoy aterrado. De nosotros. Quiero irme a casa. ¡Quiero irme a mi casa!

–Fue un accidente –dijo Piggy con obstinación–, y nada más.

Tocó el hombro desnudo de Ralph y Ralph tembló ante aquel contacto humano.

–Y escucha, Ralph –Piggy lanzó una rápida mirada en torno suyo y después se le acercó– ...no les digas que estábamos también en esa danza. No se lo digas a Samyeric.

–¡Pero estábamos allí! ¡Estábamos todos!

Piggy movió la cabeza.

–Nosotros no nos quedamos hasta el final. Y como estaba todo oscuro, nadie se fijaría. Además, tú mismo has dicho que yo estaba fuera...

–Y yo también –murmuró Ralph–. Yo también estaba fuera.

Piggy asintió con ansiedad.

–Eso. Estábamos fuera. No hemos hecho nada; no hemos visto nada.

Calló un momento y después continuó:

–Nos iremos a vivir por nuestra cuenta, nosotros cuatro....

–Nosotros cuatro. No vamos a ser bastantes para tener encendida la hoguera.

–Lo podemos intentar. ¿Ves? La encendí yo.

Llegaron del bosque Samyeric arrastrando un gran tronco. Lo tiraron junto al fuego y se dirigieron a la poza. Ralph se puso en pie de un salto.

–¡Eh, vosotros dos!

Los mellizos se detuvieron unos instantes y después siguieron adelante.

–Se van a bañar, Ralph.

–Será mejor acabar con ello de una vez.

Los mellizos se sorprendieron al ver a Ralph. Se sonrojaron, sin atreverse a mirarle.

–Ah, ¿eres tú, Ralph? Hola.

–Hemos estado en el bosque...

–... cogiendo leña para la hoguera...

–... anoche nos perdimos.

Ralph se miró a los pies:

–Os perdisteis después de...

Piggy limpió su lente.

–Después de la fiesta –dijo Sam con voz apagada.

Eric asintió:

–Sí, después de la fiesta.

–Nosotros nos fuimos muy pronto –se apresuró a decir Piggy–, porque estábamos cansados.

–Nosotros también...

–... muy pronto...

–... estábamos muy cansados.

Sam se llevó la mano a un rasguño en la frente y la retiró en seguida. Eric se tocó el labio cortado.

–Sí, estábamos muy cansados –volvió a decir Sam–, así que nos fuimos pronto. ¿Estuvo bien la...?

El aire estaba cargado de cosas inconfesables que nadie se atrevía a admitir. Sam giró el cuerpo y lanzó la repugnante palabra:

–¿... danza?

El recuerdo de aquella danza a la que ninguno de ellos había asistido sacudió a los cuatro muchachos como una convulsión.

–Nos fuimos pronto.

Cuando Roger llegó al istmo que unía el Peñón del Castillo a la tierra firme no se sorprendió al oír la voz de alto. Durante la espantosa noche había ya imaginado que encontraría a algunos de la tribu protegiéndose en el lugar más seguro contra los horrores de la isla. La firme voz sonó desde lo alto, donde se balanceaba la pirámide de riscos.

–¡Alto! ¿Quién va?

–Roger.

–Puedes avanzar, amigo.

Roger avanzó.

–Sabías muy bien que era yo.

–El jefe nos ha dicho que tenemos que dar el alto a todos.

Roger alzó los ojos.

–Ya me dirás cómo ibas a impedir que pasara.

–Sube y verás.

Roger trepó por el acantilado, con sus salientes a guisa de escalones.

–Tú mira esto.

Habían empotrado un tronco bajo la roca más alta y otro bajo aquél haciendo palanca. Robert se apoyó ligeramente en la palanca y la roca rechinó. Un esfuerzo mayor la hubiese lanzado tronando sobre el istmo. Roger se quedó asombrado.

–Menudo jefe tenemos, ¿verdad?

Robert asintió.

–Nos va a llevar de caza.

Indicó con la barbilla en dirección a los lejanos refugios, de donde salía un hilo de humo blanco que trepaba hacia el cielo. Roger, sentado en el borde mismo del acantilado, se volvió para contemplar con aire sombrío la isla, mientras se hurgaba en un diente suelto. Su mirada se posó sobre la cima de la lejana montaña y Robert se apresuró a desviar el silenciado tema.

–Le va a dar una paliza a Wilfred.

–¿Por qué?

Robert movió la cabeza en señal de ignorancia.

–No sé. No ha dicho nada. Se enfadó y nos obligó a atar a Wilfred. Lleva... –lanzó una risita excitada– lleva horas ahí atado, esperando...

–¿Y el jefe no ha dicho por qué?

–Yo no le he oído nada.

Roger, sentado en las gigantescas rocas, bajo un sol abrasador, recibió aquellas noticias como una revelación. Dejó de tirarse del diente y se quedó quieto, reflexionando sobre las posibilidades de una autoridad irresponsable. Después, sin más palabras, descendió por detrás de las rocas y se dirigió a la caverna para reunirse con el resto de la tribu.

Allí, sentado, estaba el jefe, desnudo hasta la cintura y con la cara pintada de rojo y blanco. Ante él, sentados en semicírculo, estaban los miembros de la tribu. Wilfred, recién azotado y libre de ataduras, gemía ruidosamente al fondo. Roger se sentó con los demás.

–Mañana –continuó el jefe– iremos otra vez a cazar.

Señaló con la lanza a unos cuantos salvajes.

–Algunos os tenéis que quedar aquí para arreglar bien la cueva y defender la entrada. Yo me iré con unos cuantos cazadores para traer carne. Los centinelas tienen que cuidar que los otros no se metan aquí a escondidas...

Uno de los salvajes levantó la mano y el jefe volvió hacia él un rostro rígido y pintado.

–¿Por qué iban a querer entrar a escondidas, jefe?

El Jefe habló con seriedad, pero sin precisar:

–Porque sí. Intentarán estropear todo lo que hagamos. Así que los centinelas tienen que andar con cuidado. Y otra cosa...

El jefe se detuvo. La lengua asomó a sus labios como una lagartija rosada y desapareció bruscamente.

–...y otra cosa; puede que la fiera intente entrar. Ya os acordáis cómo vino arrastrándose...

El semicírculo de muchachos asintió con estremecimientos y murmullos.

–Vino... disfrazado. Y a lo mejor vuelve otra vez, aunque le dejemos la cabeza de nuestra caza para su comida. Así que hay que estar atentos y tener cuidado.

Stanley levantó el brazo que tenía apoyado contra la roca y alzó un dedo inquisitivo.

–¿Sí?

–¿Pero es que no la..., no la...?

Se turbó y miró al suelo.

–¡No!

En el silencio que sucedió, cada uno de los salvajes intentó huir de sus propios recuerdos.

–¡No! ¿Cómo íbamos a poder... matarla... nosotros?

Con alivio por lo que aquello implicaba, pero asustados por los terrores que les guardaba el futuro, los salvajes murmuraron de nuevo entre sí.

–Así que no os acerquéis a la montaña –dijo el jefe en tono serio–, y dejadle la cabeza de la presa siempre que cacéis algo.

Sidney volvió a levantar un dedo.

–Yo creo que la fiera se disfrazó.

–Quizá –dijo el jefe. Se enfrentaban con una especulación teológica–. De todos modos, lo mejor será estar a buenas con ella. Puede ser capaz de cualquier cosa.

La tribu meditó aquellas palabras y todos se agitaron como si les hubiese azotado una ráfaga de viento. El jefe, al darse cuenta del efecto que habían causado sus palabras, se levantó bruscamente.

–Pero mañana iremos de caza y cuando tengamos carne habrá un banquete...

Bill levantó la mano.

–Jefe.

–¿Sí?

–¿Con qué vamos a encender el fuego?

La arcilla blanca y roja escondió el sonrojo del jefe. Ante su vacilante silencio, la tribu dejó escapar un nuevo murmullo. El jefe alzó la mano.

–Les quitaremos fuego a los otros. Escuchad. Mañana iremos de caza y traeremos carne. Pero esta noche yo iré con dos cazadores... ¿Quién viene conmigo?

Maurice y Roger levantaron los brazos.

–Maurice...

–¿Sí, jefe?

–¿Dónde tenían la hoguera?

–Donde antes, junto a la roca.

El jefe asintió con la cabeza.

–Los demás os podéis ir a dormir en cuanto se ponga el sol. Pero nosotros tres, Maurice, Roger y yo, tenemos trabajo que hacer. Saldremos justo antes de que anochezca...

Maurice alzó un brazo.

–Pero ¿y si nos encontramos con...?

El jefe rechazó la objeción con un giro de su brazo.

–Iremos por la arena. Y si viene, empezaremos otra vez... con nuestra...

–¿Los tres solos?

Se oyó el zumbido de un murmullo que pronto se desvaneció.

Piggy entregó las gafas a Ralph y esperó hasta recobrar la vista. La leña estaba húmeda; era el tercer intento de encender la hoguera. Ralph se apartó y dijo para sí:

–A ver si no tenemos que pasar otra noche sin hoguera.

Miró con cara de culpa a los tres muchachos junto a él. Era la primera vez que admitía la doble función de la hoguera. Lo primero, indudablemente, era enviar al espacio una columna de humo mensajero; pero también servía de hogar en momentos como aquéllos y de alivio hasta que el sueño les acogiese. Eric sopló tenazmente hasta lograr que la leña brillase y de ella se desprendiese una pequeña llama. Una onda blanca y amarilla humeó hacia lo alto. Piggy recuperó sus gafas y contempló con agrado el humo.

–¡Si pudiésemos construir un aparato de radio!

–O un avión...

–... o un barco...

Ralph sondeó en sus ya borrosos recuerdos del mundo.

–A lo mejor caemos prisioneros de los rojos.

Eric se echó la melena hacia atrás.

–Serían mejores que...

Pero no quería dar nombres y Sam terminó la frase señalando con la cabeza en dirección a la playa.

Ralph recordó la torpe figura pendiente del paracaídas.

–Dijo algo acerca de un muerto... –afligido por aquella confesión de complicidad en la danza, se sonrojó.

Con expresivos movimientos de su cuerpo se dirigió al humo:

–No te pares... ¡sigue hacia arriba!

–Ese humo se acaba.

–Necesitamos más leña, aunque esté mojada.

–Mi asma...

La respuesta fue automática:

–¡Al diablo con tu asma!

–Es que me da un ataque si arrastro leños. Ojalá no me pasase, Ralph, pero qué quieres que le haga yo.

Los tres muchachos se adentraron en el bosque y regresaron con brazadas de leña podrida. De nuevo se alzó el humo, espeso y amarillo.

–Vamos a buscar algo de comer.

Fueron juntos a los frutales: llevaban sus lanzas; hablaron poco, comieron apresuradamente. Cuando regresaron del

bosque el sol estaba a punto ya de ponerse y en la hoguera
sólo brillaban rescoldos, sin humo alguno.

–No puedo traer más leña –dijo Eric–. Estoy rendido.

Ralph tosió:

–Allá arriba logramos mantener la hoguera.

–Pero era muy pequeña. Ésta tiene que ser grande.

Ralph arrojó un leño al fuego y observó el humo que se
alejaba hacia el crepúsculo.

–Tenemos que mantenerla encendida.

Eric se tiró al suelo.

–Estoy demasiado cansado. Y además, ¿de qué nos va a
servir?

–¡Eric! –gritó Ralph con voz escandalizada–. ¡No hables así!

Sam se arrodilló al lado de Eric.

–Bueno, ya me dirás para qué sirve.

Ralph, indignado, trató de recordarlo él mismo. La hoguera tenía su importancia, era tremendamente importante...

–Ya te lo ha dicho Ralph mil veces –dijo Piggy contraria-
do–. ¿Cómo nos van a rescatar si no?

–¡Pues claro! Si no hacemos fuego...

Se agachó al lado de ellos, en la creciente oscuridad.

–¿Es que no lo entendéis? ¿Para qué sirve pensar en radios
y barcos?

Extendió el brazo y apretó el puño.

–Sólo podemos hacer una cosa para salir de este lío. Cualquiera puede jugar a la caza, cualquiera puede traernos
carne...

Pasó la vista de un rostro a otro. Pero en el momento de
mayor ardor y convicción la cortinilla volvió a cubrir su
mente y olvidó lo que había intentado expresar. Se arrodilló,
con los puños cerrados y dirigió una mirada solemne primero a un muchacho, después al otro. Por fin, se levantó la
cortinilla:

–Eso es. Tenemos que tener humo; y más humo...

–¡Pero si no podemos! ¡Tú mira eso!

La hoguera moría ante ellos.

–Dos se ocuparán de la hoguera –dijo Ralph, más para sí que para los otros– ...eso supone doce horas al día.

–No podemos traer más leña, Ralph...

–... de noche, no...

–... en la oscuridad, no...

–Podemos encenderla todas las mañanas –dijo Piggy–. Nadie va a ver humo en la oscuridad.

Sam asintió enérgicamente.

–Era distinto cuando el fuego estaba...

–... allá arriba.

Ralph se levantó con una curiosa sensación de falta de defensa ante la creciente oscuridad.

–De acuerdo, dejaremos que se apague la hoguera esta noche.

Se encaminó, con los demás detrás, hacia el primer refugio, que aún se mantenía en pie, aunque bastante dañado. Dentro se hallaban los lechos de hojas, secas y ruidosas al tacto. En el refugio vecino, uno de los pequeños hablaba en sueños. Los cuatro mayores se deslizaron dentro del refugio y se acurrucaron bajo las hojas. Los mellizos se acomodaron uno junto al otro y Ralph y Piggy se tumbaron en el otro extremo. Durante algún tiempo se oyó el continuo crujir y susurrar de hojas mientras los muchachos buscaban la postura más cómoda.

–Piggy.

–¿Qué?

–¿Estás bien?

–Supongo.

Por fin reinó el silencio en el refugio, salvo algún ocasional susurro. Frente a ellos colgaba un cuadro de oscuridad realzado con brillantes lentejuelas; del arrecife llegaba el bronco sonido de las olas. Ralph se entregó a su juego nocturno de suposiciones:

«Si nos llevasen a casa en jet, aterrizaríamos en el enorme aeropuerto de Wiltshire antes de amanecer. Iríamos en auto, no, para que todo sea perfecto, iríamos en tren, hasta Devon y alquilaríamos aquella casa otra vez. Allí, al fondo del jardín, vendrían los potros salvajes a asomarse por la valla...»

Ralph se movía inquieto entre las hojas. Dartmoor era un lugar solitario, con potros salvajes. Pero el atractivo de lo salvaje se había disipado.

Su imaginación giró hacia otro pensamiento, el de una ciudad civilizada, donde lo salvaje no podría existir. ¿Qué lugar ofrecía tanta seguridad como la central de autobuses con sus luces y ruedas?

Sin saber cómo, se encontró bailando alrededor de un farol. Un autobús se deslizaba abandonando la estación, un autobús extraño...

–¡Ralph! ¡Ralph!

–¿Qué pasa?

–No hagas ese ruido...

–Lo siento.

De la oscuridad del otro extremo del refugio llegó un lamento de terror, y en su pánico hicieron crujir las hojas. Sam y eric, enlazados en un abrazo, luchaban uno contra el otro.

–¡Sam! ¡Sam!

–¡Eh... Eric!

Renació el silencio.

Piggy dijo en voz baja a Ralph:

–Tenemos que salir de esto.

–¿Qué quieres decir?

–Que tienen que rescatarnos.

Por primera vez aquel día, y a pesar del acecho de la oscuridad, Ralph pudo reír.

–En serio –murmuró Piggy–. Si no volvemos pronto a casa nos vamos a volver chiflados.

–Como cabras.

–Chalados.

–Tarumbas.

Ralph se apartó de los ojos los rizos húmedos.

–¿Por qué no escribes una carta a tu tía?

Piggy lo pensó seriamente.

–No sé dónde estará ahora. Y no tengo sobre ni sello. Y no hay ningún buzón. Ni cartero.

El resultado de su broma excitó a Ralph. Le dominó la risa; su cuerpo se estremecía y saltaba.

Piggy amonestó en tono solemne:

–No es para tanto...

Ralph siguió riendo, aunque ya le dolía el pecho. Su risa le agotó; quedó rendido y con la respiración entrecortada, en espera de un nuevo espasmo. Durante uno de aquellos intervalos, el sueño le sorprendió.

–... ¡Ralph! Ya estás haciendo ese ruido otra vez. Por favor, Ralph, cállate... porque...

Ralph se removió entre las hojas. Tenía razones para agradecer la interrupción de su pesadilla, pues el autobús se aproximaba más y más y se le veía ya muy cerca.

–¿Por qué has dicho «porque»...?

–Calla... y escucha.

Ralph se echó con cuidado, provocando un largo susurro de las hojas. Eric gimoteó algo y se quedó quieto. La oscuridad era espesa como un manto, salvo por el inútil cuadro que contenía las estrellas.

–No oigo nada.

–Algo se mueve ahí afuera.

Ralph sintió un cosquilleo en su cabeza; el ruido de su sangre ahogaba todo otro sonido; después se apaciguó.

–Sigo sin oír nada.

–Tú escucha. Escucha un rato.

A poco más de un metro, a espaldas del refugio, se oyó el claro e indudable chasquido de un palo al quebrarse. La sangre volvió a palpitar en los oídos de Ralph; confusas imágenes se perseguían una a otra en su mente. Y algo que participaba de todas aquellas imágenes les acechaba desde el exterior. Sintió la cabeza de Piggy contra su hombro y el crispado apretón de su mano.

–¡Ralph! ¡Ralph!

–Calla y escucha.

Con desesperación, rezó Ralph para que la fiera escogiese a alguno de los pequeños. Se oyó afuera una voz aterradora que murmuraba.

–Piggy... Piggy...

–¡Ya está aquí! –dijo Piggy sin aliento– ¡Era verdad!

Se asió a Ralph e intentó recobrar el aliento.

–Piggy, sal afuera. Te busco a ti, Piggy.

Ralph apretó la boca junto al oído de Piggy:

–No digas nada.

–Piggy..., ¿dónde estás, Piggy?

Algo rozó contra la pared del refugio. Piggy se mantuvo inmóvil durante unos instantes, después vino el ataque de asma. Dobló la espalda y pataleó las hojas. Ralph rodó para apartarse.

En la entrada del refugio se oyó un gruñido salvaje y siguió la invasión de una masa viva y móvil. Alguien cayó sobre el rincón de Ralph y Piggy, que se convirtió en un caos de gruñidos, golpes y patadas. Ralph pegó y al hacerlo se vio entrelazado con lo que parecía una docena de cuerpos que rodaban por el suelo con él, cambiando golpes, mordiscos y arañazos. Sacudido y lleno de rasguños, encontró unos dedos junto a su boca y mordió con todas sus fuerzas. Un puño retrocedió y volvió como un pistón sobre Ralph, que sintió explotar el refugio en un estallido de luz. Ralph se desvió hacia un lado y cayó sobre un cuerpo que se retorció bajo él; sintió junto a sus mejillas un aliento ardiente. Golpeó aquella boca como si su puño fuese un martillo; sus golpes eran

más coléricos, más histéricos a medida que aquel rostro se
volvía más resbaladizo. Cayó hacia un lado cuando una rodilla se clavó entre sus piernas; el dolor le sobrecogió y le
obligó a abandonar la pelea, que continuó en torno suyo. En
aquel momento el refugio se derrumbó con aprensiva resolución y las anónimas figuras se apresuraron a buscar una
salida. Oscuros personajes fueron levantándose entre las
ruinas y huyeron; por fin, pudieron oírse de nuevo los gritos
de los pequeños y los ahogos de Piggy.

Con voz trémula ordenó Ralph:

–Vosotros, los peques, volved a acostaros. Ha sido una pelea con los otros. Ahora iros a dormir.

Samyeric se acercaron a ver a Ralph.

–¿Estáis los dos bien?

–Supongo...

–... a mí me dieron una buena paliza.

–Y a mí. ¿Qué tal está Piggy?

Sacaron a Piggy de las ruinas y le apoyaron contra un árbol. La noche había refrescado y se hallaba libre de nuevos
terrores. La respiración de Piggy era algo más pausada.

–¿Te hicieron daño, Piggy?

–No mucho.

–Eran Jack y sus cazadores –dijo Ralph con amargura–.
¿Por qué no nos dejarán en paz?

–Les dimos un buen escarmiento –dijo Sam.

La sinceridad le obligó a añadir:

–Por lo menos tú sí que se lo diste. Yo me hice un lío con
mi propia sombra en un rincón.

–A uno de ellos le hice ver las estrellas –dijo Ralph–. Le
hice pedazos. No tendrá ganas de volver a pelear con nosotros en mucho tiempo.

–Yo también –dijo Eric–. Cuando me desperté, uno me
estaba dando patadas en la cara. Creo que estoy sangrando
por toda la cara, Ralph. Pero al final salí ganando yo.

–¿Qué le hiciste?

–Levanté la rodilla –dijo Eric con sencillo orgullo– y le di en las pelotas. ¡Si le oís gritar! Ése tampoco va a volver en un buen rato. Así que no lo hicimos mal del todo.

Ralph hizo un brusco movimiento en la oscuridad; pero oyó a Eric hacer ruido con la boca.

–¿Qué te pasa?

–Es sólo un diente que se me ha soltado.

Piggy dobló las piernas.

–¿Estás bien, Piggy?

–Creí que venían por la caracola.

Ralph bajó corriendo por la pálida playa y saltó a la plataforma. La caracola seguía brillando junto al asiento del jefe. Se quedó observándola unos instantes y después volvió al lado de Piggy.

–Sigue ahí.

–Ya lo sé. No vinieron por la caracola. Vinieron por otra cosa. Ralph... ¿qué voy a hacer?

Lejos ya, siguiendo la línea arqueada de la playa, corrían tres figuras en dirección al Peñón del Castillo. Se mantenían junto al agua, tan alejados del bosque como podían. De vez en cuando cantaban a media voz; y otras veces se paraban a dar volteretas junto a la móvil línea fosforescente del agua. Iba delante el jefe, que corría con pasos ligeros y firmes, exultante por su triunfo. Ahora sí era verdaderamente un jefe, y con su lanza apuñaló el aire una y otra vez. En su mano izquierda bailaban las gafas rotas de Piggy.

11. El Peñón del Castillo

En el breve frescor del alba, los cuatro muchachos se agruparon en torno al negro tizón que señalaba el lugar de la hoguera, mientras Ralph se arrodillaba y soplaba. Cenizas grises y ligeras como plumas saltaban de un lado a otro impelidas por su aliento, pero no brilló entre ellas ninguna chispa. Los mellizos miraban con ansiedad y Piggy se había sentado, sin expresión alguna, detrás del muro luminoso de su miopía. Ralph siguió soplando hasta que los oídos le zumbaron por el esfuerzo, pero entonces la primera brisa de la madrugada vino a relevarle y le cegó con cenizas. Retrocedió, lanzó una palabrota y se frotó los ojos húmedos.

–Es inútil.

Eric le observó a través de una máscara de sangre seca. Piggy fijó su mirada hacia el lugar donde adivinaba la figura de Ralph.

–Pues claro que es inútil, Ralph. Ahora ya no tenemos ninguna hoguera.

Ralph acercó su cara a poco más de medio metro de la de Piggy.

–¿Puedes verme?

–Un poco.

Ralph dejó que la hinchazón de su mejilla volviera a cubrir el ojo.

–Se han llevado nuestro fuego.

La ira elevó su voz en un grito:

–¡Nos lo han robado!

–Así son ellos –dijo Piggy–. Me han dejado ciego, ¿te das cuenta? Así es Jack Merridew. Convoca una asamblea, Ralph, tenemos que decidir lo que vamos a hacer.

–¿Una asamblea con los pocos que somos?

–Es lo único que nos queda. Sam... deja que me apoye en ti.

Se dirigieron a la plataforma.

–Suena la caracola –dijo Piggy–. Sóplala con todas tus fuerzas.

Resonó el bosque entero; los pájaros se elevaron y las copas de los árboles se llenaron de sus chirridos, como en aquella primera mañana que parecía ya siglos atrás. La playa estaba desierta a ambos lados, pero de los refugios salieron unos cuantos peques. Ralph se sentó en el pulido tronco y los otros tres se quedaron en pie, frente a él. Hizo una señal con la cabeza y Samyeric se sentaron a su derecha. Ralph pasó a Piggy la caracola. Con gran cuidado sostuvo el brillante objeto y guiñó los párpados en dirección a Ralph.

–Bueno, empieza.

–He cogido la caracola para deciros esto: no puedo ver nada y ésos me tienen que devolver mis gafas. Se han hecho cosas horribles en esta isla. Yo te voté a ti para jefe. Es el único que sabía lo que hacía. Así que habla tú ahora, Ralph, y dinos lo que tenemos que hacer... O si no...

Los sollozos obligaron a Piggy a callar. Ralph tomó de sus manos la caracola al tiempo que se sentaba.

–Encender una hoguera común y corriente. No parece una cosa muy difícil, ¿verdad? Sólo una señal de humo para que nos rescaten. ¿Es que somos salvajes o qué? Ahora ya no tenemos ninguna señal. Y a lo mejor ahora mismo está pa-

sando algún barco cerca. ¿Os acordáis cuando salimos a cazar y la hoguera se apagó y pasó un barco? Y todos piensan
que él sería el mejor jefe. Y luego lo de, lo de... eso también
fue culpa suya. Si no es por él nunca hubiese pasado. Y ahora
Piggy no puede ver. Vinieron a escondidas –Ralph elevó la
voz–, de noche, en la oscuridad, y nos robaron el fuego. Lo
robaron. Les habríamos dado un poco de fuego si nos lo pi-
den. Pero tuvieron que robarlo y ya no tenemos ninguna señal y no nos van a rescatar jamás. ¿Os dais cuenta de lo que
digo? Nosotros les hubiésemos dado para que también tuviesen fuego, pero tenían que robarlo. Yo...

La cortinilla volvió a desplegarse en su mente y se detuvo,
aturdido.

Piggy tendió la mano hacia la caracola.

–¿Qué piensas hacer, Ralph? Estamos venga a hablar sin
decidir nada. Quiero mis gafas.

–Estoy tratando de pensar. Supón que fuésemos con
nuestro aspecto de antes: limpios y peinados... Después de
todo, la verdad es que no somos salvajes y lo del rescate no es
ningún juego...

Entreabrió el ojo oculto por la inflamada mejilla y miró a
los mellizos.

–Podíamos adecentarnos un poco y luego ir...

–Debíamos llevar las lanzas –dijo Sam–, y Piggy también.

–... porque podemos necesitarlas.

–¡Tú no tienes la caracola!

Piggy mostró en alto la caracola.

–Podéis llevar las lanzas si queréis, pero yo no pienso hacerlo. ¿Para qué me sirve? De todas formas me vais a tener
que llevar como a un perro. Eso es, reíros. Venga. Hay gente
en esta isla que se parte de risa por todo. ¿Y qué es lo que ha
pasado? ¿Qué van a pensar los mayores? Han asesinado a Simon. Y ese otro crío, el de la cara marcada. ¿Quién le ha visto
desde que llegamos aquí?

–¡Piggy! ¡Calla un momento!

–Tengo la caracola. Voy a buscar a ese Jack Merridew y decirle un par de cosas, eso es lo que voy a hacer.

–Te van a hacer daño.

–Ya me han hecho todo lo que podían hacerme. Le voy a
decir un par de cosas. Deja que yo lleve la caracola, Ralph. Le
voy a enseñar la única cosa que no ha cogido.

Piggy se calló por un momento y miró a las difusas figuras en torno suyo. La sombra de las antiguas asambleas, pi-
soteada sobre la hierba, le escuchaba.

–Voy a ir con esta caracola en las manos y voy a hacer que
la vean todos. Oye, le voy a decir, eres más fuerte que yo y no
tienes asma. Puedes ver, le voy a decir, y con los dos ojos.
Pero no te voy a pedir que me devuelvas mis gafas, no te lo
voy a pedir como un favor. No te estoy pidiendo que te por-
tes como un hombre, le diré, no porque seas más fuerte que
yo, sino porque lo que es justo es justo. Dame mis gafas, le
voy a decir... ¡tienes que dármelas!

Terminó, acalorado y tembloroso. Puso la caracola rápidamente en manos de Ralph como si tuviese prisa por deshacerse de ella y se secó las lágrimas. La verde luz que les rodeaba era muy suave y la caracola reposaba a los pies de Ralph
frágil y blanca. Una gota escapada de los dedos de Piggy brillaba ahora como una estrella sobre la delicada curva.

Ralph se irguió por fin en su asiento y se echó el pelo hacia atrás.

–Está bien. Quiero decir que..., que lo intentes si quieres.
Iremos todos contigo.

–Estará pintarrajeado –dijo Sam tímidamente–, ya sabéis
cómo va a estar...

–... no nos va a hacer ni pizca de caso...

–... y si se enfada, estamos listos...

Ralph miró enfadado a Sam. Recordó vagamente algo que
Simon le había dicho una vez junto a las rocas.

–No seas idiota –dijo, y luego añadió de prisa–: Vamos.

Tendió la caracola a Piggy, cuyo rostro se encendió, pero aquella vez de orgullo.

–Tienes que ser tú quien la lleve.

–La llevaré cuando estemos listos...

Piggy buscó en su cabeza palabras que expresasen a los demás su deseo apasionado de llevar la caracola frente a cualquier riesgo.

–... no me importa. Lo haré encantado, Ralph, pero me tendréis que llevar de la mano.

Ralph puso la caracola sobre el brillante tronco.

–Será mejor que comamos algo y nos preparemos.

Se abrieron camino hasta los arrasados frutales. Ayudaron a Piggy a alcanzar fruta y él mismo pudo recoger alguna al tacto. Mientras comían, Ralph pensó en aquella tarde.

–Volveremos a ser como antes. Nos lavaremos...

Sam tragó lo que tenía en la boca y protestó:

–¡Pero si nos bañamos todos los días!

Ralph contempló las andrajosas figuras que tenía delante y suspiró.

–Nos debíamos peinar, pero tenemos el pelo demasiado largo.

–Yo tengo mis dos calcetines guardados en el refugio –dijo Eric–. Nos los podíamos poner en la cabeza como si fuesen gorras o algo así.

–Podíamos buscar algo –dijo Piggy– para que os atéis el pelo por detrás.

–¡Como si fuésemos chicas!

–No. Tienes razón.

–Entonces vamos a tener que ir tal como estamos –dijo Ralph–; pero ellos no van tener mejor pinta que nosotros.

Eric hizo un gesto que les obligó a recapacitar.

–¡Pero estarán todos pintados! Ya sabes lo que eso te hace...

Los otros asintieron. Sabían demasiado bien que la pintura encubridora daba rienda suelta a los actos más salvajes.

–Pues nosotros no nos vamos a pintar –dijo Ralph–, porque no somos salvajes.

Samyeric se miraron uno al otro.

–De todos modos...

Ralph gritó:

–¡Nada de pintarse!

Hizo un esfuerzo por recordar.

–El humo –dijo–, el humo es lo que nos interesa.

Se volvió enérgicamente hacia los mellizos.

–¡He dicho humo! Necesitamos humo.

Hubo un silencio casi total, sólo quebrado por el bordoneo gregario de las abejas. Por último, habló Piggy, afablemente:

–Pues claro. Lo necesitamos porque es una señal y sin humo no nos van a rescatar.

–¡Eso ya lo sabía yo! –gritó Ralph apartando su brazo de Piggy– ¿O es que intentas decir que...?

–Sólo repetía lo que tú nos dices siempre –se apresuró a decir Piggy–. Pensé que por un momento...

–Pues te equivocas –dijo Ralph elevando la voz–. Lo sabía muy bien. No lo había olvidado.

Piggy asintió con ánimo de aplacarle.

–Tú eres el jefe, Ralph. Tú siempre te acuerdas de todo.

–No lo había olvidado.

–Pues claro que no.

Los mellizos observaban a Ralph con interés, como si le viesen entonces por vez primera.

Emprendieron la marcha por la playa. Ralph abría la formación, cojeando un poco, con la lanza al hombro. Veía las cosas medio cubiertas por el temblor de la bruma, creada por el calor de la arena centelleante, y por su melena y las heridas. Los mellizos caminaban tras él con cierta preocupación en aquellos momentos, pero rebosantes de inagotable vitalidad; hablaban poco y llevaban a rastras las lanzas, porque Piggy se había dado cuenta de que podía verlas moverse sobre la arena si miraba hacia abajo y protegía del sol sus ojos cansados. Marchaba, pues, entre los dos palos, con la caracola cuidadosamente protegida con ambas manos. Avanzaban por la playa en grupo compacto, acompañados de cuatro sombras como láminas que bailaban y se entremezclaban bajo ellos. No quedaba señal alguna de la tormenta y la playa relucía como la hoja de una navaja recién afilada. El cielo y la montaña se encontraban a enorme distancia, vibrando en medio del calor; por espejismo, el arrecife flotaba en el aire, en una especie de laguna plateada, a media distancia del cielo.

Atravesaron el lugar donde la tribu había celebrado su danza. Los palos carbonizados seguían sobre las rocas, allí donde la lluvia los había apagado, pero al borde del agua la arena había recobrado su uniforme superficie. Pasaron aquel lugar en silencio. No dudaban que encontrarían a la tribu en el Peñón del Castillo, y cuando éste apareció ante ellos se detuvieron todos a la vez. A su izquierda se encontraba la espesura más densa de toda la isla, una masa de tallos entrelazados, negra, verde, impenetrable; y frente a ellos se mecía la alta hierba de una pradera. Ralph dio unos pasos hacia delante.

Allí estaba la aplastada hierba donde todos habían descansado mientras él fue a explorar. Y también el istmo de tierra y el saliente que rodeaba el peñón; y allí, en lo alto, estaban los rojizos pináculos.

Sam le tocó el brazo.

–Humo.

Una leve señal de humo vacilaba en el aire al otro lado del peñón.

–Vaya un fuego..., por lo menos no lo parece.

Ralph se volvió.

–¿Y por qué nos escondemos?

Atravesó la pantalla de hierba hasta llegar al pequeño descampado que conducía a la estrecha lengua de tierra.

–Vosotros dos seguid detrás. Yo iré en cabeza, y a un paso de mí, Piggy. Tened las lanzas preparadas.

Piggy miró con ansiedad el luminoso velo que colgaba entre él y el mundo.

–¿No será peligroso? ¿No hay un acantilado? Oigo el ruido del mar.

–Tú camina pegado a mí.

Ralph llegó al istmo. Dio con el pie a una piedra que rodó hasta el agua. En aquel momento el mar aspiró y dejó al descubierto un cuadrado rojo, tapizado de algas, a menos de quince metros del brazo izquierdo de Ralph.

–¿No me pasará nada? –dijo Piggy tembloroso–, me siento muy mal...

Desde lo alto de los pináculos llegó un grito repentino, y tras él la imitación de un grito de guerra al cual contestaron una docena de voces tras el peñón.

–Dame la caracola y quédate quieto.

–¡Alto! ¿Quién va?

Ralph echó la cabeza hacia atrás y pudo adivinar el oscuro rostro de Roger en la cima.

–¡Sabes muy bien quien soy! –gritó–. ¡Deja de hacer tonterías!

Se llevó la caracola a los labios y empezó a sonarla. Aparecieron unos cuantos salvajes, que comenzaron a bajar por el saliente en dirección al istmo; sus rostros pintarrajeados les hacían irreconocibles. Llevaban lanzas y se preparaban para defender la entrada. Ralph siguió tocando, sin hacer caso del terror de Piggy.

–Andad con cuidado..., ¿me oís? –gritaba Roger.

Ralph apartó por fin los labios de la caracola y se paró a recobrar el aliento. Sus primeras palabras fueron un sonido entrecortado pero perceptible.

–... a convocar una asamblea.

Los salvajes que guardaban el istmo murmuraron entre sí sin moverse. Ralph dio unos cuantos pasos hacia delante. A sus espaldas susurró una voz con urgencia:

–No me dejes solo, Ralph.

–Arrodíllate –dijo Ralph de lado– y espera hasta que yo vuelva.

Se detuvo en el centro del istmo y miró de frente a los salvajes. Gracias a la libertad que la pintura les concedía, se habían atado el pelo por detrás y estaban mucho más cómodos que él. Ralph se prometió a sí mismo atarse el pelo de la misma manera cuando regresase. En realidad sentía deseos de decirles que esperasen un momento y atárselo allí mismo, pero eso era imposible. Los salvajes prorrumpieron en burlonas risitas durante unos instantes, y uno de ellos señaló a Ralph con su lanza. Roger se inclinó desde lo alto para ver lo que ocurría, después de apartar su mano de la palanca. Los muchachos que aguardaban en el istmo parecían estar dentro de un charco formado por sus propias sombras, del que sólo sobresalían las greñas de las cabezas. Piggy seguía agachado; su espalda era algo tan informe como un saco.

–Voy a reunir la asamblea.

Silencio.

Roger cogió una piedra pequeña y la arrojó entre los mellizos con intención de fallar. Ambos se estremecieron y Sam estuvo a punto de caer a tierra. Una extraña sensación de poder empezaba a latir en el cuerpo de Roger.

Ralph habló de nuevo, elevando la voz:

–Voy a reunir la asamblea.

Les recorrió a todos con la mirada.

–¿Dónde está Jack?

Los muchachos se agitaron y consultaron entre sí. Un rostro pintado habló con la voz de Robert.

–Está cazando. Y ha dicho que no os dejemos entrar.

–He venido por lo del fuego –dijo Ralph– y por lo de las gafas de Piggy.

Los que formaban el grupo frente a él se agitaron como una masa flotante, y sus risas ligeras y excitadas resonaron entre las altas rocas y fueron devueltas por éstas.

Una voz habló a espaldas de Ralph.

–¿Qué quieres?

Los mellizos saltaron al otro lado de Ralph y quedaron entre él y la entrada. Ralph se volvió rápidamente. Jack, reconocible por la fuerza de su personalidad y la melena roja, venía del bosque. A cada lado de él se arrodillaba un cazador. Los tres se escondían tras las máscaras negras y verdes de pintura. En la hierba, detrás de ellos, habían depositado el cuerpo ventrudo y decapitado de una jabalina.

Piggy gimió:

–¡Ralph! ¡No me dejes solo!

Abrazó la roca con grotesco cuidado, apretándose contra ella, de espaldas al mar y a su ruido de succión. Las risas de los salvajes se convirtieron en abierta burla.

Jack gritó por encima de aquel ruido:

–Ya te puedes largar, Ralph. Tú quédate en tu lado de la isla. Éste es mi lado y ésta es mi tribu. Así que déjame en paz.

Las burlas se desvanecieron.

–Birlaste las gafas de Piggy –dijo Ralph excitado– y tienes que devolverlas.

–¿Ah sí? ¿Y quién lo dice?

Ralph se volvió a él con violencia.

–¡Lo digo yo! Para eso me votasteis como jefe. ¿Es que no has oído la caracola? Fue un jugada sucia..., te habríamos dado fuego si lo hubieras pedido...

La sangre le acudió a las mejillas y su ojo lastimado le parecía a punto de estallar.

–Podías haber pedido fuego cuando quisieras, pero no:

tuviste que venir a escondidas, como un ladrón, a robarle a
Piggy sus gafas.

–¡Di eso otra vez!

–¡Ladrón! ¡Ladrón!

Piggy chilló:

–¡Ralph! ¡Que estoy aquí!

Jack se lanzó contra Ralph y estuvo a punto de clavarle en
el pecho su lanza. Ralph adivinó la dirección del arma por la
posición del brazo de Jack y pudo esquivarla con el mango
de su propia lanza. Después dio vuelta a su lanza y asestó a
Jack un golpe cortante en la oreja. Cuerpo a cuerpo, respiraban fuertemente, se empujaban y devoraban con la mirada.

–¿A quién has llamado ladrón?

–¡A ti!

Jack se libró y blandió la lanza contra Ralph. Ambos usaban ahora las lanzas como sables, sin atreverse a emplear las
mortales puntas. El golpe se deslizó por la lanza de Ralph
hasta llegar dolorosamente a sus dedos. Estaban de nuevo
separados en posiciones invertidas: Jack del lado del Peñón
del Castillo y Ralph hacia la isla.

Ambos respiraban agitadamente.

–Vamos, atrévete...

–Atrévete tú...

Se enfrentaban ferozmente, pero se mantenían a una distancia discreta.

–¡Tú atrévete y verás!

–¡Tú atrévete...!

Piggy, pegado al suelo, intentaba llamar la atención de
Ralph. Ralph se acercó e inclinó, sin apartar de Jack la mirada.

–Ralph... acuérdate a lo que vinimos. El fuego. Mis gafas.

Ralph asintió. Aflojó sus tensos músculos, se calmó y clavó en el suelo el mango de la lanza. Jack le miraba herméti-
camente a través de su pintura. Ralph alzó la vista hacia los
pináculos, después la volvió al grupo de salvajes.

–Escuchadme. Os voy a decir a lo que hemos venido. Primero, tenéis que devolver las gafas de Piggy. No puede ver sin ellas. Así no se juega...

La tribu de salvajes pintados se agitó en risas y la mente de Ralph vaciló. Se echó el pelo hacia atrás y contempló la máscara verde y negra frente a él, intentando recordar el verdadero aspecto de Jack.

Piggy murmuró:

–Y lo del fuego.

–Ah, sí. En cuanto a lo del fuego, lo vuelvo a decir. Y llevo repitiéndolo desde que caímos en la isla.

Alzó su lanza y señaló a los salvajes.

–La única esperanza es mantener una hoguera de señal para que se vea mientras haya luz. Así puede que un barco vea el humo y venga a rescatarnos y llevarnos a casa. Pero sin ese humo vamos a tener que esperar hasta que se acerque un barco por casualidad. Podríamos pasarnos años esperando; hasta hacernos viejos...

La risa trémula, cristalina e irreal de los salvajes regó el aire y se desvaneció en la lejanía. Una ráfaga de ira sacudió a Ralph. Su voz se quebró.

–¿Es que no lo entendéis, imbéciles pintarrajeados? Nosotros cuatro –Sam, Eric, Piggy y yo– no somos bastantes. Tratamos de mantener viva la hoguera, pero no pudimos. Y vosotros aquí no hacéis más que jugar a la caza...

Señaló el lugar, detrás de ellos, donde el hilo de humo se dispersaba en una atmósfera de nácar.

–¡Mirad eso! ¿A eso le llamáis una hoguera de señal? Eso es una fogata para cocinar. Y ahora comeréis y ya no habrá humo. ¿Es que no lo entendéis? Puede que haya un barco allá fuera...

Calló, vencido por el silencio y la disfrazada anonimidad del grupo que defendía la entrada. El jefe abrió una boca sonrosada y se dirigió a Sam y Eric, que estaban entre él y su tribu.

–Vosotros dos. Echaos hacia atrás.

Nadie le respondió. Los mellizos, asombrados, se miraron uno al otro, mientras Piggy, tranquilizado por el cese de la violencia, se levantaba con precaución. Jack miró a Ralph y después a los mellizos.

–¡Cogedles!

Nadie se movió. Jack gritó enfurecido:

–¡He dicho que les cojáis!

El grupo enmascarado se movió nerviosamente y rodeó a Samyeric. De nuevo corrió la cristalina risa.

Las protestas de Samyeric brotaron del corazón del mundo civilizado.

–¡Por favor!

–¡...en serio!

Les quitaron las lanzas.

–¡Atadles!

Ralph gritó, consternado, a la negra y verde máscara:

–¡Jack!

–Vamos, atadles.

El grupo de enmascarados sintió por vez primera la realidad física ajena de Samyeric, y el poder que ahora tenían. Excitados y en confusión derribaron a los mellizos. Jack estaba inspirado. Sabía que Ralph intentaría rescatarles. Giró en un círculo sibilante la lanza y Ralph tuvo el tiempo justo para esquivar el golpe. Detrás de ellos, la tribu y los mellizos eran un montón agitado y ruidoso. Piggy se agazapó de nuevo. Momentos después, los mellizos estaban en el suelo, atónitos, rodeados por la tribu. Jack se volvió hacia Ralph y le dijo entre dientes:

–¿Ves? Hacen lo que yo les ordeno.

De nuevo se hizo el silencio. Los mellizos se hallaban en el suelo, atados burdamente, y la tribu observaba a Ralph, en espera de su reacción.

Les contó a través de su melena y lanzó una mirada al estéril humo. Su cólera estalló. Gritó a Jack:

–¡Eres una bestia, un cerdo y un maldito... un maldito ladrón!

Se abalanzó.

Jack comprendió que era el momento crítico e hizo lo mismo. Chocaron uno contra el otro y el propio choque los separó. Jack lanzó un puñetazo a Ralph que le llegó a la oreja. Ralph alcanzó a Jack en el estómago y le hizo gemir. De nuevo quedaron cara a cara, jadeantes y furiosos, pero sin impresionarse por la ferocidad del contrario. Advirtieron el ruido que servía de fondo a la pelea, los vítores agudos y constantes de la tribu a sus espaldas.

La voz de Piggy llegó hasta Ralph.

–Deja que yo hable.

Estaba de pie, en medio del polvo desencadenado por la lucha, y cuando la tribu advirtió su intención los vítores se transformaron en un prolongado abucheo.

Piggy alzó la caracola; el abucheo cedió un poco para surgir después con más fuerza.

–¡Tengo la caracola!

Volvió a gritar:

–¡Os digo que tengo la caracola!

Sorprendentemente, se hizo el silencio esta vez, la tribu sentía curiosidad por oír las divertidas cosas que diría.

Silencio y pausa; pero en el silencio, un extraño ruido, como de aire silbante, se produjo cerca de la cabeza de Ralph. Le prestó atención a medias, pero volvió a oírse. Era un ligero «zup». Alguien arrojaba piedras; era Roger, que aún tenía una mano sobre la palanca. A sus pies, Ralph no era más que un montón de pelos y Piggy un saco de grasa.

–Esto es lo que quiero deciros, que os estáis comportando como una pandilla de críos.

Volvieron a abuchearle y a guardar silencio cuando Piggy alzó la blanca y mágica caracola.

–¿Qué es mejor, ser una panda de negros pintarrajeados como vosotros o tener sentido común como Ralph?

Se alzó un gran clamor entre los salvajes. De nuevo gritó Piggy:

–¿Qué es mejor, tener reglas y estar todos de acuerdo o cazar y matar?

De nuevo el clamor y de nuevo: «¡Zup!»

Ralph trató de hacerse oír entre el alboroto.

–¿Qué es mejor, la ley y el rescate o cazar y destrozarlo todo?

Ahora también Jack gritaba y ya no se podían oír las palabras de Ralph. Jack había retrocedido hasta reunirse con la tribu y constituían una masa compacta, amenazadora, con sus lanzas erizadas. Empezaba a atraerles la idea de atacar; se prepararon, decididos a llevarlo a cabo y despejar así el istmo. Ralph se encontraba frente a ellos, ligeramente desviado a un lado y con la lanza preparada, junto a él estaba Piggy, siempre en sus manos el talismán, la frágil y refulgente belleza de la caracola. La tormenta de ruido les alcanzó como un conjuro de odio. Roger, en lo alto, apoyó todo su peso sobre la palanca, con delirante abandono.

Ralph oyó la enorme roca mucho antes de verla. Sintió el temblor de la tierra a través de las plantas de los pies y oyó el ruido de las piedras quebrándose sobre el acantilado. Entonces, la monstruosa masa encarnada saltó al istmo y Ralph se arrojó al suelo mientras la tribu prorrumpía en chillidos.

La roca dio de pleno sobre el cuerpo de Piggy, desde el mentón a las rodillas; la caracola estalló en un millar de blancos fragmentos y dejó de existir. Piggy, sin una palabra, sin tiempo ni para un lamento, saltó por los aires, al costado de la roca, girando al mismo tiempo. La roca botó dos veces y se perdió en la selva. Piggy cayó a más de doce metros de distancia y quedó tendido boca arriba sobre la cuadrada losa roja que emergía del mar. El cráneo se partió y de él salió una materia que enrojeció en seguida. Los brazos y las piernas de Piggy temblaron un poco, como las patas de un cerdo después de ser degollado. El mar respiró de nuevo con un largo y pausado suspiro; las aguas hirvieron, blancas y rosadas, sobre la roca, y al retirarse, en la succión, el cuerpo de Piggy había desaparecido. El silencio aquella vez fue total. Los labios de Ralph esbozaron una palabra, pero no surgió sonido alguno.

Bruscamente, Jack se separó de la tribu y empezó a gritar enfurecido:

–¿Ves? ¿Ves? ¡Eso es lo que te espera! ¡Lo digo en serio! ¡Te has quedado sin caracola!

Corrió inclinado hacia delante.

–¡Soy el jefe!

Con maldad, con la peor intención, arrojó su lanza contra Ralph. La punta rasgó la piel y la carne sobre las costillas de Ralph; se partió y se fue a parar al agua. Ralph estuvo a punto de desvanecerse, más por el pánico que por el dolor, y la tribu, que gritaba ahora con la misma violencia que su jefe, avanzó hacia él. Sintió junto a su mejilla el zumbido de otra lanza, que no logró alcanzarle por estar curvada, y después, otra, arrojada desde lo alto por Roger. Los mellizos quedaban escondidos detrás de la tribu, y los anónimos rostros diabólicos invadían el istmo. Ralph dio vuelta y escapó. A sus espaldas surgió un gran ruido que parecía proceder de innumerables gaviotas. Obedeciendo a un instinto hasta entonces ignorado por él, giró bruscamente hacia el descampado y las lanzas se perdieron en el espacio. Vio el cuerpo decapitado del cerdo y pudo saltar a tiempo sobre él. Momentos después entraba bajo la protección de la selva, aplastando ramas y follaje.

El jefe se paró junto al cerdo abatido, dio la vuelta y alzó los brazos.

–¡Atrás! ¡A la fortaleza!

Pronto regresó la bulliciosa tribu al istmo, donde Roger salió a su encuentro.

El jefe le habló con dureza:

–¿Por qué no estás de guardia?

Los ojos de Roger reflejaban gravedad.

–Acababa de bajar para...

Emanaba de él ese horror que infunde el verdugo.

El jefe no le dijo más y volvió su mirada hacia Samyeric.

–Tenéis que entrar en la tribu.

–Suéltame...

–... y a mí.

El jefe arrebató una de las pocas lanzas que quedaban y con ella sacudió las costillas a Sam.

–¿Qué es lo que te proponías, eh? –dijo el enfurecido jefe–. ¿Qué es eso de venir aquí con lanzas? ¿Qué es eso de negarte a entrar en mi tribu, eh?

Los movimientos de la lanza se sucedían rítmicamente. Sam gritó:

–¡Así no se juega!

Roger pasó junto al jefe y estuvo a punto de empujarle con el hombro. Los gritos cesaron; Samyeric, tendidos en el suelo, alzaban los ojos en mudo terror. Roger se acercó a ellos como quien esgrime una misteriosa autoridad.

12. El grito de los cazadores

Ralph se había detenido en un soto a examinar sus heridas. La parte afectada cubría varios centímetros del lado derecho del tórax, y una herida inflamada y ensangrentada señalaba el lugar donde la lanza le había alcanzado. Tenía la melena cubierta de suciedad y los mechones de pelo se enredaban como los zarcillos de una trepadora. Se había producido arañazos y erosiones en todo el cuerpo durante su huida por el bosque. Cuando por fin recobró el aliento decidió que el cuidado de sus heridas habría de esperar. ¿Cómo iba a oír el paso de unos pies descalzos si se encontraba chapuzándose en el agua? ¿Cómo iba a estar a salvo junto al arroyuelo o en la playa abierta?

Escuchó atentamente. No se hallaba muy lejos del Peñón del Castillo. En los primeros momentos de pánico creyó oír el ruido de la persecución, pero no había sido más que una breve incursión de los cazadores por los bordes de la zona boscosa, quizá en busca de las lanzas perdidas, porque al poco rato corrieron de vuelta hacia la soleada roca como si les hubiese aterrado la oscuridad bajo el follaje. Había logrado ver a uno de ellos, una figura de rayas marrones, negras y rojas que le pareció ser Bill. Pero, pensó Ralph, realmente no era Bill. La imagen de aquel salvaje se negaba siempre a fundirse con la antigua estampa de un muchacho que vestía camiseta y pantalones cortos.

La tarde avanzó; las manchas circulares de sol pasaban sin descanso sobre la verde fronda y las fibras pardas, pero no llegaba ruido alguno del peñón. Por fin, Ralph se deslizó entre los helechos y salió sigilosamente hasta el borde de los impenetrables matorrales frente al istmo. Ya en el borde, se asomó con extraordinaria cautela entre unas ramas y vio a Robert montando guardia en la cima del acantilado. En la mano izquierda sostenía una lanza y con la derecha arrojaba al aire una piedra que luego volvía a recoger. Tras él se alzaba una columna de humo espeso. Ralph sintió un cosquilleo en la nariz y la boca se le hizo agua. Se pasó el dorso de una mano por la cara y por vez primera desde la mañana sintió hambre. La tribu, seguramente, estaría sentada alrededor del destripado cerdo, viendo cómo su grasa goteaba y ardía entre las ascuas. Estarían embobados en el festín. Un nuevo rostro que no reconoció apareció junto a Robert y le entregó algo; luego dio la vuelta y desapareció detrás de la roca. Robert dejó la lanza en la roca a su lado y empezó a comer algo que sostenía en las manos. El festín, al parecer, había comenzado y el vigilante acababa de recibir su porción.

Ralph comprendió que por el momento no corría riesgo. Se alejó cojeando hacia los frutales, atraído por aquel mísero alimento, pero amargado por el recuerdo del festín. Hoy festín, y mañana...

Intentó aunque sin lograrlo, convencerse a sí mismo de que quizá se olvidasen de él, llegando incluso a declararle desterrado. Pero, en seguida, el instinto le devolvía a la negra e inmediata realidad. La destrucción de la caracola y las muertes de Piggy y Simon cubrían la isla como una niebla. Aquellos salvajes pintados se atreverían a más y más violencias. Además, aún existía aquella indefinible relación entre él y Jack, que jamás le dejaría en paz, jamás.

Se detuvo, su rostro salpicado por el sol, y se arrimó a una rama, dispuesto a esconderse tras ella. Le sacudió un espasmo de terror y exclamó en voz alta:

–No. No son de verdad tan malos. Fue un accidente.

Pasó bajo la rama, corrió inseguro y después se detuvo a escuchar. Llegó a la devastada zona de los frutales y comió con voracidad. Encontró a dos de los pequeños e ignorando por completo su propio aspecto, se extrañó de verlos salir gritando.

Después de comer se dirigió a la playa. El sol llegaba ahora inclinado sobre las palmeras, junto al destrozado refugio. Allí estaban la plataforma y la poza. Lo mejor era rechazar aquel peso que le oprimía el corazón y confiar en el sentido común de la tribu, en la cordura que el sol de la mañana les devolvería. Ahora que la tribu había comido, lo lógico era que lo intentase de nuevo. Y, además, no podía quedarse allí toda la noche, en un refugio vacío junto a la playa abandonada. La piel se le erizó y todo su ser tembló bajo el sol vespertino. Ni hoguera, ni humo, ni rescate. Se volvió y marchó cojeando a través del bosque, hacia el extremo de la isla que le pertenecía a Jack.

Los rayos oblicuos del sol se perdían entre las ramas. Llegó por fin a un claro en la selva donde la roca impedía el crecimiento de la vegetación. En aquellos momentos no era más que una charca de sombras y Ralph estuvo a punto de estrellarse contra un árbol cuando vio algo en el centro, pero pronto advirtió que el blanco rostro era en realidad hueso, que la calavera del cerdo le sonreía desde el extremo de una estaca. Se dirigió lentamente hacia el centro del claro y contempló fijamente el cráneo que brillaba con la mejor blancura de la caracola y parecía sonreírle burlonamente. Una hormiga curioseaba en la cuenca de uno de los ojos, pero aparte de eso, aquel objeto no ofrecía señal de vida.

¿O sí?

Un escalofrío le recorrió la espalda. Se paró para apartarse de los ojos, con ambas manos, el pelo. El cráneo y su propio rostro se encontraban casi al mismo nivel; los dientes se mostraban en una sonrisa, y las vacías cuencas parecían sujetar, como por magia, la mirada de Ralph. ¿Qué era aquello?

El cráneo le contemplaba como alguien que conoce todas las respuestas, pero se niega a revelarlas. Se vio sobrecogido de pánico e ira febriles. Golpeó con furia aquella cosa asquerosa que se balanceaba frente a él como un juguete y volvía a su sitio siempre con la misma sonrisa, obligando a Ralph a asestarle nuevos golpes y a gritarle sus insultos. Se detuvo para frotarse los nudillos lastimados y contemplar la estaca vacía, mientras el cráneo, partido en dos, le sonreía aún desde el suelo a dos metros. Arrancó la temblorosa estaca y a modo de lanza la interpuso entre él y los blancos trozos. Después se apartó poco a poco, sin desviar la mirada de aquel cráneo que sonreía al cielo.

Cuando el verde resplandor del horizonte desapareció y llegó la noche, Ralph regresó al soto frente al Peñón del Castillo. Al asomarse comprobó que la cima aún estaba ocupada y que el vigilante, quienquiera que fuese, tenía su lanza preparada. Se arrodilló entre las sombras, con una amarga sensación de soledad. Eran salvajes, desde luego, pero eran personas como él. Y en aquellos momentos los escondidos terrores de la profunda noche emprendían su camino.

Ralph gimió quedamente. A pesar de su agotamiento, el temor a la tribu no le permitía cobijarse en el descanso ni el sueño. ¿No sería posible penetrar osadamente en la fortaleza, decir «vengo en son de paz», sonreír y dormir en compañía de los otros? ¿No podría actuar como si aún fueran niños, colegiales que en otro tiempo decían cosas como «Señor, sí, señor» y llevaban gorras de uniforme? La respuesta del sol mañanero quizá hubiera sido «sí», pero la oscuridad y el terror de la muerte decían «no». Allí tumbado, en la oscuridad, comprendió que era un desterrado.

–Y sólo por tener un poco de sentido común.

Se frotó una mejilla con el antebrazo y pudo percibir el áspero olor a sal y sudor y el hedor de la suciedad. A su izquierda, las olas del océano respiraban, se contraían y volvían a hervir sobre la roca.

Oyó ruidos que venían de detrás del Peñón del Castillo. Escuchó atentamente, desviando su mente del movimiento del mar, y logró descifrar un cántico familiar.

–*¡Mata a la fiera! ¡Córtale el cuello! ¡Derrama su sangre!*

La tribu danzaba. En alguna parte, tras aquella rocosa muralla, habría un círculo oscuro, un fuego resplandeciente y carne. Estarían saboreando tanto el alimento como el sosiego de su seguridad.

Un ruido más cercano le espantó. Unos cuantos salvajes escalaban el Peñón del Castillo hacia la cima y pudo oír algunas voces. Se acercó unos cuantos metros a gatas y observó que la figura sobre la roca cambiaba de forma y se agrandaba. Sólo dos muchachos en toda la isla hablaban y se movían de aquel modo.

Ralph reclinó la cabeza sobre los brazos y aceptó aquel descubrimiento como una nueva herida. Samyeric se habían unido a la tribu. Defendían el Peñón del Castillo contra él. No había posibilidad alguna de rescatarles y formar con ellos una tribu de deportados, al otro extremo de la isla. Samyeric eran salvajes como los demás; Piggy había muerto y la caracola estallado en mil pedazos. Al cabo de un rato, el vigilante se retiró. Los dos que permanecieron no parecían sino una oscura prolongación de la roca. Tras ellos apareció una estrella que fue momentáneamente eclipsada por el movimiento de las siluetas.

Ralph siguió adelante a gatas, tanteando el escarpado terreno como un ciego. Vastas extensiones de aguas apenas perceptibles se extendían a su derecha y junto a su mano izquierda estaba el inquieto océano, tan temible como la boca de un pozo. Una vez por minuto las aguas se alzaban en torno a la losa de la muerte y caían como flores en una pradera de blancura. Ralph siguió a rastras hasta que alcanzó el borde de la entrada. Justo encima de él se hallaban los vigías y pudo ver la punta de una lanza asomando sobre la roca.

Muy suavemente llamó:

–Samyeric...

No hubo respuesta. Debía hablar más alto si quería hacerse oír, pero así llamaría la atención de aquellos seres pintarrajeados y hostiles que festejaban junto al fuego. Se armó de valor y empezó a escalar, buscando a tientas los salientes de la roca. La estaca que había servido de soporte a una calavera le estorbaba, pero no quería deshacerse de su única arma. Estaba casi a la altura de los mellizos cuando habló de nuevo.

–Samyeric...

Oyó una exclamación y un brusco movimiento en la roca. Los mellizos estaban abrazados, balbuceando algo indescifrable.

–Soy yo, Ralph.

Atemorizado por si salían corriendo a dar la alarma, se alzó hasta asomar la cabeza y los hombros sobre el borde de la cima. Bajo él, a gran distancia, pudo ver la luminosa floración envolviendo la losa.

–Soy yo, no os asustéis.

Por fin se agacharon y vieron su cara.

–Creíamos que era...

–... no sabíamos lo que era...

–... creíamos...

Recordaron su nuevo y vergonzoso vasallaje. Eric permaneció callado, pero Sam se esforzó por cumplir con su deber.

–Será mejor que te vayas, Ralph. Vete ya...

Sacudió su lanza, esbozando un gesto enérgico.

–Lárgate, ¿me oyes?

Eric le secundó con la cabeza y sacudió la lanza en el aire. Ralph se apoyó sobre sus brazos, sin moverse.

–Os vine a ver a los dos.

Hablaba con gran esfuerzo; sentía dolor en la garganta, aunque no la tenía herida.

–Os vine a ver a los dos...

Meras palabras no podían expresar el sordo dolor que sentía. Guardó silencio, mientras las brillantes estrellas se derramaban y bailaban por todo el cielo.

Sam se movió intranquilo.

–En serio, Ralph, es mejor que te vayas.

Ralph volvió a alzar los ojos.

–Vosotros dos no os habéis pintarrajeado. ¿Cómo podéis...? Si fuese de día...

Si fuese de día sentirían el escozor de la vergüenza por admitir aquellas cosas. Pero la noche era oscura. Eric habló primero, pero en seguida los mellizos reanudaron su habla antifonal.

–Tienes que irte porque aquí no estás seguro...

–... nos obligaron. Nos hicieron daño...

–¿Quién? ¿Jack?

–Oh no...

Se inclinaron cerca de él y bajaron sus voces.

–Vete, Ralph...

–... es una tribu...

–... no podíamos hacer otra cosa...

Cuando de nuevo habló Ralph, lo hizo con voz más apagada; parecía faltarle el aliento.

–¿Pero qué he hecho yo? Me era simpático... y yo sólo quería que nos viniesen a rescatar...

De nuevo se derramaron las estrellas por el cielo. Eric sacudió la cabeza preocupado.

–Escucha, Ralph. No trates de hacer las cosas con sentido común. Eso ya se acabó

–Olvídate del jefe...

–... tienes que irte por tu propio bien...

–El Jefe y Roger...

–... sí, Roger...

–Te odian, Ralph. Van a acabar contigo.

–Van a salir a cazarte mañana.

–Pero, ¿por qué?

–No sé. Y Jack, el jefe, nos ha dicho que será peligroso...

–...y que tenemos que tener mucho cuidado y arrojar las lanzas como lo haríamos contra un cerdo.

–Vamos a extendernos en una fila y cruzar toda la isla...

–... avanzaremos desde aquí...

–... hasta que te encontremos.

–Tenemos que dar una señal. Así.

Eric alzó la cabeza y dándose con la palma de la mano en la boca lanzó un leve aullido. Después miró inquieto tras sí.

–Así...

–... sólo que más alto, claro.

–¡Pero si yo no he hecho nada –murmuró Ralph, angustiado–, sólo quería tener una hoguera para que nos rescatasen!

Guardó silencio unos instantes, pensando con temor en la mañana siguiente. De repente se le ocurrió una pregunta de inmensa importancia.

–¿Qué vais a...?

Al principio le resultó imposible expresarse con claridad, pero el miedo y la soledad le aguijaron.

–Cuando me encuentren, ¿qué van a hacer?

Los mellizos no contestaron. Bajo él, la losa mortal floreció de nuevo.

–¿Qué van a...? ¡Dios, qué hambre tengo...!

La enorme roca pareció oscilar bajo él.

–Bueno... ¿qué...?

Los mellizos le contestaron con una evasiva.

–Será mejor que te vayas ahora, Ralph.

–Por tu propio bien.

–Aléjate de aquí lo más que puedas.

–¿No queréis venir conmigo? Los tres juntos... tendríamos más posibilidades.

Tras un momento de silencio, Sam dijo con voz ahogada:

–Tú no conoces a Roger. Es terrible.

–... y el jefe... los dos son...

–... terribles...

–... pero Roger...

A los dos muchachos se les heló la sangre. Alguien subía hacia ellos.

–Viene a ver si estamos vigilando. Deprisa, Ralph.

–Antes de comenzar el descenso, Ralph intentó sacar de aquella reunión un posible provecho, aunque fuese el único.

–Me esconderé en aquellos matorrales de allá cerca –murmuró–, así que haced que se alejen de allí. Nunca se les ocurriría buscar en un sitio tan cerca...

Los pasos aún se oían a cierta distancia.

–Sam... no corro peligro, ¿verdad?

Los mellizos siguieron en silencio.

–¡Toma! –dijo Sam de repente–, llévate esto...

Ralph sintió un trozo de carne junto a él y le echó la mano.

–¿Pero qué vais a hacer cuando me capturéis?

Silencio de nuevo. Su misma voz le pareció absurda. Fue deslizándose por la roca.

–¿Qué vais a hacer...?

Desde lo alto de la enorme roca llegó la misteriosa respuesta.

–Roger ha afilado un palo por las dos puntas.

Roger ha afilado un palo por las dos puntas. Ralph intentó descifrar el significado de aquella frase, pero no lo logró. En

un arrebato de ira, lanzó las palabras más soeces que conocía, pero pronto cedió paso su enfado al cansancio que sentía. ¿Cuánto tiempo puede estar uno sin dormir? Sentía ansia de una cama y unas sábanas, pero allí la única blancura
era la de aquella luminosa espuma derramada bajo él en torno a la losa, quince metros más abajo, donde Piggy había
caído. Piggy estaba en todas partes, incluso en el istmo,
como una terrible presencia de la oscuridad y la muerte. ¿Y
si ahora saliese Piggy de las aguas, con su cabeza abierta...?
Ralph gimió y bostezó como uno de los peques. La estaca
que llevaba consigo le sirvió de muleta para sus agotadas
piernas.

Volvió a enderezarse. Oyó voces en la cima del Peñón del
Castillo. Samyeric discutían con alguien. Pero los helechos y
la hierba estaban a sólo unos pasos. Allí es donde ahora debía ocultarse, junto al matorral que mañana le serviría de
escondite. Éste –rozó la hierba con sus manos– era un buen
lugar para pasar la noche; estaba cerca de la tribu, y si aparecían amenazas sobrenaturales podría encontrar alivio junto
a otras personas, aunque eso significase...

¿Qué significaba eso en realidad? Un palo afilado por las
dos puntas. ¿Y qué? Ya en otras ocasiones habían arrojado
sus lanzas fallando el tiro; todas menos una. Quizá también
errasen la próxima vez.

Se acurrucó bajo la alta hierba y, acordándose del trozo de
carne que le había dado Sam, empezó a comer con voracidad. Mientras comía, oyó de nuevo voces: gritos de dolor de
Samyeric, gritos de pánico y voces enfurecidas. ¿Qué estaba
ocurriendo? Alguien, además de él, se hallaba en apuros,
pues al menos uno de los mellizos estaba recibiendo una paliza. Al cabo, las voces se desvanecieron y dejó de pensar en
ellos. Tanteó con las manos y sintió las frescas y frágiles hojas al borde del matorral. Ésta sería su guarida durante la
noche. Y al amanecer se metería en el matorral, apretujado

entre los enroscados tallos, oculto en sus profundidades, adonde sólo otro tan experto como él podría llegar, y allí le aguardaría Ralph con su estaca. Permanecería sentado, viendo cómo pasaban de largo los cazadores y cómo se alejaban ululando por toda la isla, mientras él quedaba a salvo.

Se adentró haciendo un túnel bajo los helechos; dejó la estaca junto a él y se acurrucó en la oscuridad. Estaba pensando que debería despertarse con las primeras luces del día, para engañar a los salvajes, cuando el sueño se apoderó de él y le precipitó en oscuras y profundas regiones.

Antes de despegar los párpados estaba ya despierto, escuchando un ruido cercano. Al abrir un ojo, lo primero que vio fue la turba próxima a su rostro, y en él hundió ambas manos mientras la luz del sol se filtraba a través de los helechos. Apenas había advertido que las interminables pesadillas de la caída en el vacío y la muerte habían ya pasado y la mañana se abría sobre la isla, cuando volvió a oír aquel ruido. Era un ulular que procedía de la orilla del mar, al cual contestaba la voz de un salvaje, y luego, la de otro. El grito pasó sobre él y cruzó el extremo más estrecho de la isla, desde el mar a la laguna, como el grito de un pájaro en vuelo. No se paró a pensar: cogió rápidamente su afilado palo y se internó entre los helechos. Escasos segundos después se deslizaba a rastras hacia el matorral, pero no sin antes ver de refilón las piernas de un salvaje que se dirigía a él. Oyó el ruido de los helechos sacudidos y abatidos y el de unas piernas entre la hierba alta. El salvaje, quienquiera que fuese, ululó dos veces; el grito fue repetido en ambas direcciones hasta morir en el aire. Ralph permaneció inmóvil, agachado y confundido con la maleza, y durante unos minutos no volvió a oír nada.

Al fin examinó el matorral. Allí nadie podría atacarle, y además la suerte se había puesto de su parte. La gran roca que mató a Piggy había ido a parar precisamente a aquel lugar, y, al botar en su centro, había hundido el terreno, for-

mando una pequeña zanja. Al esconderse en ella, Ralph se
sintió seguro y orgulloso de su astucia.

Se instaló con prudencia entre las ramas partidas para
aguardar a que pasaran los cazadores. Al alzar los ojos observó algo rojizo entre las hojas. Sería seguramente la cima
del Peñón del Castillo, ahora remoto e inofensivo. Se tran-
quilizó, satisfecho de sí mismo, preparándose para oír el alboroto de la caza desvaneciéndose en la lejanía. Pero no oyó
ruido alguno y, bajo la verde sombra, su sensación de triunfo se disipaba con el paso de los minutos. Por fin oyó una
voz, la voz de Jack, en un murmullo.

–¿Estás seguro?

El salvaje a quien iba dirigida la pregunta no respondió.
Quizá hiciese un gesto.

Oyó después la voz de Roger.

–Mira que si nos estás tomando el pelo...

Inmediatamente oyó una queja y un grito de dolor. Ralph
se agachó instintivamente. Allí, al otro lado del matorral, estaba uno de los mellizos con Jack y Roger.

–¿Estás seguro que es ahí donde te dijo?

El mellizo gimió ligeramente y de nuevo gritó.

–¿Te dijo que se escondería ahí?

–¡Sí... sí... ayy!

Un rocío de risas se esparció entre los árboles.

De modo que lo sabían.

Ralph aferró la estaca y se preparó para la lucha. Pero ¿qué
podrían hacer? Tardarían casi una semana en abrirse camino entre aquella espesura y si alguno conseguía introducirse
en ella a rastras se encontraría indefenso. Frotó un dedo
contra la punta de su lanza y sonrió sin alegría. Si alguien lo
intentaba se vería atravesado por su punta, gruñendo como
un cerdo.

Se iban; volvían a la torre de rocas. Pudo oír el ruido de
sus pisadas y después a alguien que reía en voz baja. De nue-

vo, aquel grito estridente parecido al de un pájaro volvía a recorrer toda la línea. De modo que permanecían algunos para vigilarle; pero...

Siguió un largo y angustioso silencio. Ralph se dio cuenta de que a fuerza de mordisquear la lanza se había llenado de corteza la boca. Se puso en pie y miró hacia el Peñón del Castillo.

En ese mismo instante oyó la voz de Jack desde la cima.

–¡Empujad! ¡Empujad! ¡Empujad!

La rojiza roca que había visto en la cima del acantilado desapareció como un telón, y pudo divisar unas cuantas figuras y el cielo azul. Segundos después, retumbaba la tierra; un rugido sacudió el aire y una mano gigantesca pareció abofetear las copas de los árboles. La roca, tronando y arrasando cuanto encontraba, rebotó hacia la playa mientras caía sobre Ralph un chaparrón de hojas y ramas tronchadas. Detrás del matorral se oían los vítores de la tribu.

De nuevo, el silencio.

Ralph se llevó los dedos a la boca y los mordisqueó. Sólo quedaba otra roca allá arriba que pudieran arrojar pero tenía el tamaño de media casa; era tan grande como un coche, como un tanque. Con angustiosa claridad se presentó en la mente el curso que tomaría la roca: empezaría despacio, botaría de borde en borde y rodaría sobre el istmo como una apisonadora descomunal.

–¡Empujad! ¡Empujad! ¡Empujad!

Ralph soltó la lanza para volver a cogerla en seguida. Se echó el pelo hacia atrás con irritación, dio dos pasos rápidos dentro del pequeño espacio donde se hallaba y retrocedió. Se quedó observando las puntas quebradas de las ramas.

Todo seguía en silencio.

Notó el subir y bajar de su pecho y se sorprendió al comprobar la violencia de su respiración; los latidos de su corazón se hicieron visibles. De nuevo soltó la lanza.

–¡Empujad! ¡Empujad! ¡Empujad!

Oyó vitores fuertes y prolongados. Algo retumbó sobre la rojiza roca; después la tierra empezó a temblar incesantemente mientras aumentaba el ruido hasta ser ensordecedor. Ralph fue lanzado al aire, arrojado y abatido contra las ramas. A su derecha, tan sólo a unos cuantos metros de donde él cayó, los árboles del matorral se doblaron y sus raíces chirriaron al desprenderse de la tierra. Vio algo rojo que giraba lentamente, como una rueda de molino. Después, aquella cosa rojiza pasó por delante con saltos enormes que fueron cediendo al acercarse al mar.

Ralph se arrodilló sobre la revuelta tierra y aguardó a que todo recobrase su normalidad. A los pocos minutos, los troncos blancos y partidos, los palos rotos y el destrozado matorral volvieron a aparecer con precisión ante sus ojos. Sentía agobio en el pecho, allí donde su propio pulso se había hecho casi visible.

Silencio de nuevo.

Pero no del todo. Oyó murmullos afuera; inesperadamente, las ramas a su derecha se agitaron violentamente en dos lugares. Apareció la punta afilada de un palo. Ralph, invadido por el pánico, atravesó con su lanza el resquicio abierto, impulsándola con todas sus fuerzas.

–¡Ayyy!

Giró la lanza ligeramente y después volvió a atraerla hacia sí.

–¡Uyyy!

Alguien se quejaba al otro lado, al mismo tiempo que se elevaba un aleteo de voces. Se había entablado una violenta discusión mientras el salvaje herido seguía lamentándose. Cuando por fin volvió a hacerse el silencio, se oyó una sola voz y Ralph decidió que no era la de Jack.

–¿Ves? ¿No te lo dije? Es peligroso.

El salvaje herido se quejó de nuevo.

¿Qué ocurriría ahora? ¿Qué iba a suceder?

Ralph apretó sus manos sobre la mordida lanza. Alguien hablaba en voz baja a unos cuantos metros de él en dirección al Peñón del Castillo. Oyó a uno de los salvajes decir «¡No!», con voz sorprendida, y a continuación percibió risas sofocadas. Se sentó en cuclillas y mostró los dientes a la muralla de ramas. Alzó la lanza, gruñó levemente y esperó. El invisible grupo volvió a reír. Oyó un extraño crujido, al cual siguió un chispear más fuerte, como si alguien desenvolviese enormes rollos de papel de celofán. Un palo se partió en dos; Ralph ahogó la tos. Entre las ramas se filtraba humo en nubecillas blancas y amarillas; el rectángulo de cielo azul tomó el color de una nube de tormenta, hasta que por fin el humo creció en torno suyo.

Alguien reía excitado y una voz gritó:

–¡Humo!

Ralph se abrió paso por el matorral hacia el bosque, manteniéndose fuera del alcance del humo. No tardó en llegar a un claro bordeado por las hojas verdes del matorral. Entre él y el bosque se interponía un pequeño salvaje, un salvaje de rayas rojas y blancas, con una lanza en la mano. Tosía y se embadurnaba de pintura alrededor de los ojos, con una mano, mientras intentaba ver a través del humo, cada vez más espeso. Ralph se tiró a él como un felino, lanzó un gruñido, clavó su lanza y el salvaje se retorció de dolor. Ralph oyó un grito al otro lado de la maleza y salió corriendo bajo ella, impelido por el miedo. Llegó a una trocha de cerdos, por la cual avanzó unos cien metros, hasta que decidió cambiar de rumbo. Detrás de él el cántico de la tribu volvía de nuevo a recorrer toda la isla, acompañado ahora por el triple grito de uno de ellos. Supuso que se trataba de la señal para el avance y salió corriendo una vez más hasta que sintió arder su pecho. Se escondió bajo un arbusto y aguardó hasta recobrar el aliento. Se pasó la lengua por dientes y labios y oyó a lo lejos el cántico de sus perseguidores.

Tenía varias soluciones ante él. Podía subirse a un árbol, pero eso era arriesgarse demasiado. Si le veían, no tenían más que esperar tranquilamente.

¡Si tuviese un poco de tiempo para pensar!

Un nuevo grito, repetido y a la misma distancia, le reveló el plan de los salvajes. Aquel de ellos que se encontrase atrapado en el bosque lanzaría doble grito y detendría la línea hasta encontrarse libre de nuevo. De ese modo podrían mantener unida la línea desde un costado de la isla hasta el otro. Ralph pensó en el jabalí que había roto la línea de muchachos con tanta facilidad. Si fuese necesario, cuando los cazadores se aproximasen demasiado, podría lanzarse contra ella, romperla y volver corriendo. Pero ¿volver corriendo a dónde? La línea volvería a formarse y a rodearle de nuevo. Tarde o temprano tendría que dormir o comer... y despertaría para sentir unas manos que le arañaban y la caza se convertiría en una carnicería.

¿Qué debía hacer, entonces? ¿Subirse a un árbol? ¿Romper la línea como el jabalí? De cualquier forma, la elección era terrible.

Un grito aceleró su corazón, y poniéndose en pie de un salto, corrió hacia el lado del océano y la espesura de la jungla hasta encontrarse rodeado de trepadoras. Allí permaneció unos instantes, temblándole las piernas. ¡Si pudiese estar tranquilo, tomarse un buen descanso, tener tiempo para pensar!

Y de nuevo, penetrantes y fatales, surgían aquellos gritos que barrían toda la isla. Al oírlos, Ralph se acobardó como un potrillo y echó a correr una vez más hasta casi desfallecer. Por fin, se tumbó sobre unos helechos. ¿Qué escogería, el árbol o la embestida? Logró recobrar el aliento, se pasó una mano por la boca y se aconsejó a sí mismo tener calma. En alguna parte de aquella línea se encontraban Samyeric, detestando su tarea. O quizás no. Y además, ¿qué ocurriría si

en vez de encontrarse con ellos se veía cara a cara con el jefe
o con Roger, que llevaban la muerte en sus manos?

Ralph se echó hacia atrás la melena y se limpió el sudor de
su mejilla sana. En voz alta, se dijo:

–Piensa.

¿Qué sería lo más sensato?

Ya no estaba Piggy para aconsejarle. Ya no había asambleas solemnes donde entablar debates, ni contaba con la
dignidad de la caracola.

–Piensa.

Lo que ahora más temía era aquella cortinilla que le cerraba la mente y le hacía perder el sentido del peligro hasta con-
vertirle en un bobo.

Una tercera solución podría ser esconderse tan bien que
la línea le pasara sin descubrirle.

Alzó bruscamente la cabeza y escuchó. Había que prestar
atención ahora a un nuevo ruido: un ruido profundo y amenazador, como si el bosque mismo se hubiera irritado con él,
un ruido sombrío, junto al cual el ulular de antes se veía so-
focado por su intensidad. Sabía que no era la primera vez
que lo oía, pero no tenía tiempo para recordar.

Romper la línea.

Un árbol.

Esconderse y dejarles pasar.

Un grito más cercano le hizo ponerse en pie y echar de
nuevo a correr con todas sus fuerzas entre espinos y zarzas.
Se halló de improviso en el claro, de nuevo en el espacio
abierto, y allí estaba la insondable sonrisa de la calavera, que
ahora no dirigía su sarcástica mueca hacia un trozo de cielo,
profundamente azul, sino hacia una nube de humo. Al instante Ralph corrió entre los árboles, comprendiendo al fin el
tronar del bosque. Usaban el humo para hacerle salir, pren-
diendo fuego a la isla.

Era mejor esconderse que subirse a un árbol, porque así

tenía la posibilidad de romper la línea y escapar si le descubrían.

Así, pues, a esconderse.

Se preguntó si un jabalí estaría de acuerdo con su estrategia, y gesticuló sin objeto. Buscaría el matorral más espeso, el agujero más oscuro de la isla y allí se metería. Ahora, al correr, miraba en torno suyo. Los rayos de sol caían sobre él como charcos de luz y el sudor formó surcos en la suciedad de su cuerpo. Los gritos llegaban ahora desde lejos, más tenues.

Encontró por fin un lugar que le pareció adecuado, aunque era una solución desesperada. Allí, los matorrales y las trepadoras, profundamente enlazadas, formaban una estera que impedía por completo el paso de la luz del sol. Bajo ella quedaba un espacio de quizá treinta centímetros de alto, aunque atravesado todo él por tallos verticales. Si se arrastraba hasta el centro de aquello estaría a unos cuatro metros del borde y oculto, a no ser que al salvaje se le ocurriese tirarse al suelo allí para buscarle; pero, aun así, estaría protegido por la oscuridad, y, si sucedía lo peor y era descubierto, podría arrojarse contra el otro, desbaratar la línea y regresar corriendo.

Con cuidado y arrastrando la lanza, Ralph penetró a gatas entre los tallos erguidos. Cuando alcanzó el centro de la estera se echó a tierra y escuchó.

El fuego se propagaba y el rugido que le había parecido tan lejano se acercaba ahora. ¿No era verdad que el fuego corre más que un caballo a galope? Podía ver el suelo, salpicado de manchas de sol, hasta una distancia de quizá cuarenta metros, y mientras lo contemplaba, las manchas luminosas le pestañeaban de una manera tan parecida al aleteo de la cortinilla en su mente que por un momento pensó que el movimiento era imaginación suya. Pero las manchas vibraron con mayor rapidez, perdieron fuerza y se desvanecieron

hasta permitirle ver la gran masa de humo que se interponía
entre la isla y el sol.

Quizás fuesen Samyeric quienes mirasen bajo los matorrales y lograsen ver un cuerpo humano. Seguramente fingi-
rían no haber visto nada y no le delatarían. Pegó la mejilla
contra la tierra de color chocolate, se pasó la lengua por los
labios secos y cerró los ojos. Bajo los arbustos, la tierra temblaba muy ligeramente, o quizás fuese un nuevo sonido demasiado tenue para hacerse sentir junto al tronar del fuego
y los chillidos ululantes.

Alguien lanzó un grito. Ralph alzó la mejilla del suelo rápidamente y miró en la débil luz. Deben estar cerca ahora, pensó mientras el corazón le empezaba a latir con fuerza. Esconderse, romper la línea, subirse a un árbol; ¿cuál era la solución
mejor? Lo malo era que sólo podría elegir una de las tres.

El fuego se aproximaba; aquellas descargas procedían de
grandes ramas, incluso de troncos, que estallaban. ¡Esos estúpidos! ¡Esos estúpidos! El fuego debía estar ya cerca de los
frutales. ¿Qué comerían mañana?

Ralph se revolvió en su angosto lecho. ¡Si no arriesgaba
nada! ¿Qué podrían hacerle? ¿Golpearle? ¿Y qué? ¿Matarle?
Un palo afilado por ambas puntas.

Los gritos, tan cerca de pronto, le hicieron levantarse.
Pudo ver a un salvaje pintado que se libraba rápidamente de
una maraña verde y se aproximaba hacia la estera. Era un
salvaje con una lanza. Ralph hundió los dedos en la tierra.
Tenía que prepararse, por si acaso.

Ralph tomó la lanza, cuidó de dirigir la punta afilada hacia el frente, y notó por primera vez que estaba afilada por
ambos extremos.

El salvaje se detuvo a unos doce metros de él y lanzó su
grito.

Quizás pueda oír los latidos de mi pecho, pensó. No grites. Prepárate.

El salvaje avanzó de modo que sólo se le veía de la cintura para abajo. Aquello era la punta de la lanza. Ahora sólo le podía ver desde las rodillas. No grites.

Una manada de cerdos salió gruñendo de los matorrales por detrás del salvaje, y penetraron velozmente en el bosque. Los pájaros y los ratones chillaban, y un pequeño animalillo entró a saltos bajo la estera y se escondió atemorizado.

El salvaje se detuvo a cuatro metros, junto a los arbustos, y lanzó un grito. Ralph se sentó agazapado, dispuesto. Tenía la lanza en sus manos, aquel palo afilado por ambos extremos, que vibraba furioso, se alargaba, se achicaba, se hacía ligero, pesado, ligero...

Los alaridos abarcaban de orilla a orilla. El salvaje se arrodilló junto al borde de los arbustos y tras él, en el bosque, se veía el brillo de unas luces. Se podía ver una rodilla rozar en la turba. Luego la otra. Sus dos manos. Una lanza.

Una cara.

El salvaje escudriñó la oscuridad bajo los arbustos. Evidentemente, había visto luz a un lado y otro, pero no en el medio. Allí, en el centro, había una mancha de oscuridad, y el salvaje contraía el rostro e intentaba adivinar lo que la oscuridad ocultaba.

Los segundos se alargaron. Ralph miraba directamente a los ojos del salvaje.

No grites.

Te salvarás.

Ahora te ha visto. Se está cerciorando. Tiene un palo afilado.

Ralph lanzó un grito, un grito de terror, ira y desesperación. Se irguió y sus gritos se hicieron insistentes y rabiosos. Se abalanzó, quebrantándolo todo, hasta encontrarse en el espacio abierto, gritando, furioso y ensangrentado. Giró el palo y el salvaje cayó al suelo; pero otros venían hacia él, también gritando. Con un giro de costado esquivó una lanza que voló a él; en silencio, echó a correr. De pronto, todas las lucecillas que habían brillado ante él se fundieron, el rugido del bosque se elevó en un trueno y un arbusto, frente a él, reventó en un abanico de llamas. Giró hacia la derecha, corrió con desesperada velocidad, mientras el calor le abofeteaba el costado izquierdo y el fuego avanzaba como la marea. Oyó el ulular a sus espaldas, que fue quebrándose en una serie de gritos breves y agudos: la señal de que le habían visto. Una figura oscura apareció a su derecha y luego quedó atrás. Todos corrían, todos gritaban como locos. Les oía aplastar la maleza y sentía a su izquierda el ardiente y luminoso tronar del fuego. Olvidó sus heridas, el hambre y la sed y todo ello se convirtió en terror, un terror desesperado que volaba con pies alados a través del bosque y hacia la playa abierta. Manchas de luz bailaban frente a sus ojos y se transformaban en círculos rojos que crecían rápidamente hasta desaparecer de su vista. Sus piernas, que le llevaban como autómatas, empezaban a flaquear y el insistente ulular avanzaba como ola amenazadora, y ya casi se encontraba sobre él.

Tropezó en una raíz y el grito que le perseguía se alzó aún más. Vio uno de los refugios saltar en llamas; el fuego aleteaba junto a su hombro, pero frente a él brillaba el agua. Segundos después rodó sobre la arena cálida; se arrodilló en ella con un brazo alzado; en un esfuerzo por alejar el peligro, intentó llorar pidiendo clemencia.

Con esfuerzo se puso en pie, preparado para recibir nuevos terrores, y alzó la vista hacia una gorra enorme con visera. Era una gorra blanca, que llevaba sobre la verde visera una corona, un ancla y follaje de oro. Vio tela blanca, charreteras, un revólver, una hilera de botones dorados que recorrían el frente del uniforme.

Un oficial de marina se hallaba en pie sobre la arena mirando a Ralph con recelo y asombro. En la playa, tras él, había un bote cuyos remos sostenían dos marineros. En el interior del bote otro marinero sostenía una metralleta.

El cántico vaciló y por fin se apagó del todo.

El oficial miró a Ralph dudosamente por unos instantes. Luego retiró la mano de la culata del revólver.

–Hola.

Acobardado y consciente de su descuidado aspecto, Ralph contestó tímidamente:

–Hola.

El oficial hizo un gesto con la cabeza, como si hubiese recibido una respuesta.

–¿Hay algún adulto..., hay gente mayor entre vosotros?

Ralph sacudió la cabeza en silencio y se volvió. Un semicírculo de niños con cuerpos pintarrajeados de barro y palos en las manos se había detenido en la playa sin hacer el menor ruido.

–Conque jugando, ¿eh? –dijo el oficial.

El fuego alcanzó las palmeras junto a la playa y las devoró estrepitosamente. Una llama solitaria giró como un acróbata y roció las copas de las palmeras de la plataforma. El cielo estaba ennegrecido. El oficial sonrió alegremente a Ralph.

–Vimos vuestro fuego. ¿Qué habéis estado haciendo? ¿Librando una batalla o algo por el estilo?

Ralph asintió con la cabeza.

El oficial contempló al pequeño espantapájaros que tenía delante. Al muchacho le hacía falta un buen baño, un corte de pelo, un pañuelo para la nariz y pomada.

–No habrá muerto nadie, espero. No habrá cadáveres.

–Sólo dos. Pero han desaparecido.

El oficial se agachó y miró detenidamente a Ralph.

–¿Dos? ¿Muertos?

Ralph volvió a asentir. Tras él, la isla entera llameaba. El oficial sabía distinguir por experiencia la verdad de la mentira. Silbó suavemente.

Otros niños iban apareciendo, algunos de ellos de muy corta edad, con la dilatada barriga de pequeños salvajes. Uno de ellos se acercó al oficial y alzó los ojos hacia él.

–Soy, soy...

Pero no supo continuar. Percival Wemys Madison se esforzó por recordar aquella fórmula encantada que se había desvanecido por completo.

El oficial se volvió de nuevo a Ralph.

–Os llevaremos con nosotros. ¿Cuántos sois?

Ralph sacudió la cabeza. El oficial recorrió con la mirada el grupo de muchachos pintados.

–¿Quién de vosotros es el jefe?

–Yo –dijo Ralph con voz firme.

Un niño que vestía los restos de una gorra negra sobre su pelo rojo y de cuya cintura pendían unas gafas rotas se adelantó unos pasos, pero cambió de parecer y permaneció donde estaba.

–Vimos vuestro fuego. ¿Así que no sabéis cuántos sois?

–No, señor.

–Me parece –dijo el oficial, pensando en el trabajo que le esperaba para contar a todos–. Me parece a mí que para ser ingleses..., sois todos ingleses, ¿no es así?..., no ofrecéis un espectáculo demasiado brillante que digamos.

–Lo hicimos bien al principio –dijo Ralph–, antes de que las cosas...

Se detuvo.

–Estábamos todos juntos entonces...

El oficial asintió amablemente.

–Ya sé. Como buenos ingleses. Como en la Isla de Coral.

Ralph le miró sin decir nada. Por un momento volvió a sentir el extraño encanto de las playas. Pero ahora la isla estaba chamuscada como leños apagados. Simon había muerto y Jack había... Las lágrimas corrieron de sus ojos y los sollozos sacudieron su cuerpo. Por vez primera en la isla se abandonó a ellos; eran espasmos violentos de pena que se apoderaban de todo su cuerpo. Su voz se alzó bajo el negro humo, ante las ruinas de la isla, y los otros muchachos, contagiados por los mismos sentimientos, comenzaron a sollozar también. Y en medio de ellos, con el cuerpo sucio, el pelo enmarañado y la nariz goteando, Ralph lloró por la pérdida de la inocencia, las tinieblas del corazón del hombre y la caída al vacío de aquel verdadero y sabio amigo llamado Piggy.

El oficial, rodeado de tal expresión de dolor, se conmovió algo incómodo. Se dio la vuelta para darles tiempo de recobrarse y esperó, dirigiendo la mirada hacia el espléndido crucero, a lo lejos.

Índice